Jürgen Seibold

FRODO WAR'S NICHT

Kriminalroman

PIPER

Mehr über unsere Autorinnen, Autoren und Bücher:
www.piper.de

Wenn Ihnen dieser Krimi gefallen hat, schreiben Sie uns unter Nennung des Titels »Frodo war's nicht« an *empfehlungen@piper.de*, und wir empfehlen Ihnen gerne vergleichbare Bücher.

Von Jürgen Seibold liegen im Piper Verlag vor:

Allgäu-Krimis:
Band 1: Rosskur
Band 2: Gnadenhof
Band 3: Landpartie
Band 4: Pferdefuß
Band 5: Schandfleck
Band 6: Spritztour
Band 7: Volltreffer

Lesen auf eigene Gefahr:
Band 1: Schneewittchen und die sieben Särge
Band 2: Sein oder Totsein
Band 3: Frodo war's nicht

Die Apothekerin ermittelt:
Band 1: Schwarzer Nachtschatten
Band 2: Rote Belladonna
Band 3: Weißes Teufelskraut

Unser Versprechen für mehr Nachhaltigkeit
• Klimaneutrales Produkt
• FSC®-zertifiziertes Papier
• Hergestellt in Europa

FSC www.fsc.org
MIX
Papier aus verantwortungsvollen Quellen
FSC® C083411

Originalausgabe
ISBN 978-3-492-31765-8
Juni 2022

Redaktion: Kerstin von Dobschütz
Umschlaggestaltung: FAVORITBUERO, München
Umschlagabbildung: Bilder unter Lizenzierung von Shutterstock.com genutzt
Satz: psb, Berlin
Gesetzt aus der Adobe Garamond
Druck und Bindung: CPI books GmbH, Leck
Printed in the EU

Jürgen Seibold

Frodo war's nicht

PIPER

Zu diesem Buch

In Remslingen sind die Orks los! Der Italiener am Eck serviert plötzlich Spaghetti al Smaug und der Bäcker Bruchtal-Brezeln. Passend zu J.R.R. Tolkiens Geburtstag wird die Innenstadt zum kunterbunten Cosplay-Treffen, und auch Robert Mondrians Buchhandlung profitiert von dem Hype. Doch plötzlich geschieht ein Raubmord: Juwelier Gollmanns Mitarbeiter will die Übeltäter in Schach halten, wird jedoch auf niederträchtigste Mordor-Manier ermordet und schlummert seither unter Mittelerde. Phantomzeichnungen von Frodo, Gandalf und zwei Orks hängen zur Belustigung der Polizisten in der Kripodirektion aus. Kommissar Klaus Neher ist allerdings nicht zum Lachen zumute. Glücklicherweise kann er für seine kniffligen Ermittlungen auf die Unterstützung von Ex-Geheimdienstler Robert Mondrian zählen, der nun im wohl schrägsten Kriminalfall seiner Karriere ermittelt …

Jürgen Seibold, 1960 in Stuttgart geboren, arbeitete als Redakteur und freier Journalist. 1989 veröffentlichte der SPIEGEL-Bestsellerautor seine erste Musikerbiografie. Es folgten weitere Sachbücher, Theaterstücke, Thriller, Komödien und Kriminalromane.

PROLOG

Er arbeitete sich schnell und lautlos an das Gebäude heran. Zwei Wächter hatte er schon zu Boden sinken lassen, hatte sie aufgefangen, bevor sie hörbar auf den Asphalt schlagen konnten, und ganz behutsam abgelegt. Das Haus, zu dem er unterwegs war, überragte alle umstehenden Gebäude, auch das Fachwerk war schöner und gepflegter, und gleich, wenn die nächste Stunde voll war und der Minutenzeiger auf dem Ziffernblatt die Zwölf erreichte, würde weit oben, in der Uhrenstube unter dem Türmchen, das über dem Giebel thronte, das Pendel mit dem Abbild der Mondgöttin Luna im Takt der Glockenschläge hin und her schwingen.

Robert hatte das Gefühl, dass er dieses Gebäude kannte, dass er es jeden Tag zu Gesicht bekam, und zugleich kam es ihm fremd und seltsam verzerrt vor. Über ihm zogen sich die Arkaden viel steiler nach oben, als er es erwartet hatte, und das Dach schien sich mit jedem Schritt, den er sich näherte, mehr von ihm zu entfernen, schien immer weiter und schneller gen Himmel zu streben. Er hielt sich im Schatten eines der Nachbarhäuser und schaute sich um. Auch hier war alles vertraut und fremd zugleich. Das Ristorante zu sei-

ner Linken hieß nicht Fontana, *obwohl doch gegenüber wie in der Realität der kleine Brunnen plätscherte. Neben dem Sternerestaurant befanden sich zwei Buchhandlungen, eine direkt unterhalb des Lokals und eine weitere ein Stück Wegs bergauf. Robert drehte sich um: Seine eigene Buchhandlung war dagegen verschwunden, beherbergte jetzt einen Spielwarenladen, vor dem der Lastwagen einer Umzugsfirma stand, und im Gebäude des Puppenspielers war plötzlich ein Bekleidungsgeschäft untergebracht.*

Es war verwirrend, wie so oft in einem Traum. Das Café und die Metzgerei hießen anders als in Wirklichkeit, und obwohl es dunkel und kühl war, spazierten Menschen über den Marktplatz wie an einem sonnigen Nachmittag.

Robert fuhr sich mit den Händen über das Gesicht. Er schüttelte den Kopf und versuchte sich wieder auf seinen Auftrag zu konzentrieren. Unter den Arkaden saßen zwei Männer mit umgehängten Maschinenpistolen und spielten Karten. Am Treppenaufgang, der hinter den Arkaden ins Innere des großen Gebäudes führte, lehnte ein dritter Bewaffneter und schaute seinen beiden Kollegen gelangweilt zu.

Nur einen Wimpernschlag später schlich er die Treppe hinauf und ließ drei bewusstlose Männer zurück, denen im Fallen die Waffen von den Schultern geglitten waren. Die Tür am oberen Ende der Treppe war nicht verschlossen. Er drückte vorsichtig die Klinke, schob die Tür erst einen Spalt und dann etwas weiter auf. Nichts war zu hören, niemand war zu sehen. Nur in dem großen Gastraum, der einige Schritte entfernt war, schien sich jemand zu bewegen. Er trat in den Raum, der eher die Ausmaße eines Saals hatte.

Nun erfüllte auf einmal das röhrende Dröhnen eines Staubsaugers die Luft, eine Frau mittleren Alters saugte Polstermöbel ab und machte sich zwischendurch auch am Teppichboden zu schaffen.

Eine Hand packte ihn an der Schulter. Blitzschnell fuhr er herum und blickte in die angstgeweiteten Augen von Selina Brand.

»Mein Gott, Robert!«, rief sie, und langsam schälte er sich aus seinem seltsamen Traum. »Hast du mich erschreckt!«

Selina hatte ihn an der Schulter gepackt und schaute besorgt auf ihn herunter.

»Du hast im Schlaf wie wild um dich getreten, du hast gestöhnt, und wenn ich es nicht besser wüsste, würde ich sagen, dass du dich im Traum auch geprügelt hast. Oder Schlimmeres.«

Er schwang die Beine über die Bettkante, massierte sich die Schläfen, stand auf und ging ins Wohnzimmer hinüber. Er riss ein Fenster auf, atmete tief ein und aus, bis sich sein Puls wieder beruhigt hatte. Vor ihm lag der Marktplatz von Remslingen. Das Alte Rathaus, das er im Traum gerade beschlichen hatte, hatte wieder die richtigen Proportionen. Das Ristorante hieß wieder *Fontana,* und seine Buchhandlung war genau dort, wo sie sein sollte.

Das galt auch für Selina Brand, die sich nun von hinten an ihn schmiegte und liebevoll ihre Arme um ihn schlang. Sie war genau dort, wo sie sein sollte. Und er ebenfalls.

1

In den Straßen der Remslinger Altstadt drängten sich an diesem Freitag schon seit dem frühen Nachmittag Orks und Elben, Zwerge schwangen ihre Äxte, Zauberer mit künstlichen Bärten und in wallenden Kutten schritten würdevoll über das Kopfsteinpflaster der Fußgängerzone, und vor dem Alten Rathaus reckten mehrere Männer in Aragorn-Kostümen ihre Plastikschwerter in den Frühsommerhimmel. Drei Ringgeister stellten sich vor der Metzgerei Schwarzfuß an, wo es zu Leberkäs- und Schnitzelbrötchen bunte Servietten mit Tolkien-Motiven gab, und vor dem Schaufenster von Gustaf Kruses Puppentheater bestaunten Kinder in Fantasiekostümen die kunstvoll gearbeiteten Puppen, die Kruse eigens für die Tolkien-Tage in Remslingen geschnitzt und mit farbenprächtigen Kleidern ausstaffiert hatte.

Auch auf den Wiesen am Remsufer herrschte ausgelassene Stimmung. Einige Lagerfeuer loderten, und groß gewachsene Hobbits und klein geratene Trolle hatten sich im Kreis um die züngelnden Flammen versammelt. Eine junge Frau im eng anliegenden Schuppenkostüm hatte sich zu ihnen gesellt, ihren Drachenkopf abgenommen und neben sich ins Gras gelegt. Etwas weiter entfernt und somit geschützt vor Funkenflug standen mehrere Baumattrappen aus Pappmaschee, die wohl Ents darstellen sollten, die knorrigen Baumhirten, und eine Horde von Eltern in farbenfrohen Kostümen bejubelte das Sackhüpfen ihrer Kinder.

Dorothee von Meier tauchte mal in diese, mal in jene Gruppe ein, und sie wechselte so beseelt von einem Schauplatz zum anderen, als würde sie schweben vor Glück. Und es war ja auch beeindruckend, was aus ihrer ursprünglichen Idee geworden war. Zum einhundertdreißigsten Geburtstag von John Ronald Reuel Tolkien hatte sie die anderen Mitglieder ihres Vereins Remslinger Kulturlese e. V. für eine Veranstaltung zum Thema *Der Herr der Ringe* begeistert. Auch im Rathaus hatte sie offene Türen eingerannt: Der neue, junge Oberbürgermeister hatte sich als Tolkien-Fan entpuppt, und sein ebenfalls neuer und noch jüngerer Marketingbeauftragter war in seiner Euphorie bald nicht mehr zu stoppen. Aus der geplanten kleinen Lesung, finanziert von der Stadt, wurde schließlich ein ganzes Tolkien-Wochenende. Und während Dorothee von Meier in der Stadtbücherei eine kleine Lesereihe aus den Werken des britischen Schriftstellers organisierte, zettelte die Stadt selbst ein wahres Festival rund um die Figuren und Geschichten aus Mittelerde an. Der Marketingbeauftragte erklärte den staunenden Stadträten, wie groß und weltumspannend die sogenannte Cosplay-Community inzwischen war und welchen Aufwand die Fans betrieben, um sich – kostümiert wie Comic- oder Fantasyfiguren – auf Messen oder sonstigen Veranstaltungen zu treffen. Er ließ seine Kontakte in die Cosplay-Szene spielen, konnte auch einige Schausteller und Gaukler gewinnen, die sonst auf historischen Märkten aktiv waren, und nun war ganz Remslingen eine wilde Mischung aus Mittelerde und Mittelalter.

Sonja Fischer hatte ihre Vitaminoase zwar für die Dauer der Tolkien-Tage geschlossen – sie hatte Robert erzählt, dass sie dem Auflauf der Cosplayer entgehen und die Gelegenheit nutzen wolle, alte Freunde zu besuchen –, aber wenigstens hatte sie ihr Schaufenster mit großformatigen Szenenfotos aus Peter Jacksons *Herr-der-Ringe*-Filmen verhängt.

Die meisten anderen örtlichen Händler machten den Spaß mit. Juwelier Gollmann hatte sein Schaufenster mit einer überlebensgroßen Gollum-Figur dekoriert und Sprechblasen aus Karton gebastelt und aufgehängt, auf denen »Mein Schatz!« stand. In der Bäckerei am Marktplatz gab es Moria-Kringel und Bruchtal-Brezeln, und das *Café Journal* hatte ein sehr opulentes Auenland-Frühstück auf die Karte gesetzt.

Lino Fontana, der Wirt des *Ristorante Fontana* am Marktplatz, hatte seine Speisekarte angepasst und einige seiner Spezialitäten umbenannt – nun bot er Spaghetti al Smaug an, und die Pizza Frodo verkaufte er auch stückweise auf die Hand. Sein Vater Pasquale Fontana fand das zwar albern, aber seit er seinem Sohn das Ristorante übergeben hatte, hielt sich der einstige *padrone* zur allgemeinen Überraschung tatsächlich vollständig mit Kommentaren zu den Geschäftsideen und Entscheidungen seines Sohnes zurück. Nur an einem hielt er eisern fest: Wann immer er Lust dazu hatte, saß er auf einem Stuhl am Rand des Außenbereichs, schmauchte sein Pfeifchen und süffelte dazu Rotwein aus seiner alten Heimat Apulien. Allerdings blieb der Stuhl verwaist, seit die Remslinger Innenstadt mit Besuchern geradezu geflutet worden und nirgendwo mehr ein ruhiges Eckchen zu finden war.

Selbst Robert Mondrian beteiligte sich an dem Festival, und Selina Brand hätte ihn gern unterstützt, aber sie hatte von Donnerstag bis Samstag Termine in ganz Deutschland, die sie nicht verschieben konnte. Eine Hilfe war sie ihm trotzdem gewesen: Einer der Kleinverlage, für die sie den Außendienst besorgte, hatte mehrere Schmuckausgaben von Tolkiens Werken im Programm, die Robert ins Angebot genommen hatte. Er hatte seinem Mitarbeiter Alfons sogar gestattet, einige Plastikfiguren im Buchladen aufzustellen, die er sich von einem befreundeten Sammler ausgeliehen hatte. Nur ein Räuchermännchen, das einen zwanzig Zentimeter hohen Drachen darstellte, musste wieder aus dem Regal genommen werden, weil der Gestank der Räucherkerze zu penetrant war. Alfons' Freundin Marie, die an der Uni Stuttgart an ihrem Bachelor in Germanistik arbeitete und im Anschluss einen Master in Sprachtheorie und Sprachvergleich machen wollte, brachte Robert mit einem ihrer Professoren zusammen, der von den Sprachen, die Tolkien für seine Mittelerde-Welt erfunden hatte, ebenso fasziniert war wie Mondrian. Und so erläuterte der Professor mehrmals am Tag für eine halbe Stunde einem kleinen, aufmerksamen Publikum in der Leseecke der Buchhandlung, dass sich Tolkiens Elben in Sprachen unterhielten, die der Schriftsteller aus Walisisch und Finnisch entwickelt hatte.

Doch während es in Roberts Laden eher ruhig zuging und sogar die Kunden nur gedämpft mit ihm oder seinem Mitarbeiter sprachen, um den Vortrag nicht zu stören, herrschte draußen ein unbeschreiblicher Trubel. Der Betreiber eines historischen Karussells hatte sich die Mühe gemacht, seine Holzpferde mit selbst gebastelten Masken und Kostümen als Trolle und Elben zu inszenieren. Der Aufwand hatte sich gelohnt: Kein Sitzplatz blieb ungenutzt, und die verzückten Eltern beugten sich hin und her, um ihre Kleinen zusammen mit möglichst vielen der kostümierten Pferde aufs Handyfoto zu bekommen. Die Kinder jauchzten, die Erwachsenen lachten, und überall standen Cosplayer einzeln oder in Gruppen herum und deklamierten Zitate aus Tolkiens Fantasysaga. Einige rannten auch kreuz und quer über den Marktplatz, verfolgten sich durch die Gassen oder stellten sich vor dem Beinsteiner Tor zur Schlacht – in der Hoffnung, ihre theatralischen Posen würden vor der imposanten Kulisse weniger albern wirken. An manchen Ecken verstand man sein eigenes Wort nicht mehr, und überall waren Lärm und Bewegung.

Deshalb wunderte sich auch niemand, dass plötzlich

eine Gruppe kostümierter Gestalten aus Gollmanns Juweliergeschäft rannte und zwischen den Feiernden hindurch in Richtung Kurze Gasse drängte. Und kaum jemand bemerkte zunächst, dass Juwelier Gollmann unmittelbar danach ins Freie trat, kreidebleich und mit wackligen Knien. Er schaute nach links und nach rechts, als suchte er jemanden, dann begann er um Hilfe zu rufen.

Robert trat vor die Tür seiner Buchhandlung, die im Moment durchgehend offen stand, und ließ den Blick über das Getümmel auf dem Marktplatz schweifen. Juwelier Gollmann bemerkte er zunächst nur aus den Augenwinkeln, aber als er den Mann wanken und an der Hausmauer nach Halt tasten sah, wandte er seinen Kopf zu ihm hin und versuchte, aus dem schlau zu werden, was er über die Köpfe der Menge hinweg erkennen konnte. Gollmann war blass, er schien zu zittern, und sein Nachbar Lino eilte herbei, stützte seinen Arm und sah ihn besorgt an. Nun war zu hören, wie eine Passantin nach einem Blick durch die offene Tür des Schmuckladens einen hysterischen Schrei ausstieß, und mehrere Umstehende näherten sich Gollmann. Einige von ihnen holten ihre Handys hervor – einer schien Hilfe herbeizurufen, die anderen machten Fotos vom Juwelier und seinem Ladengeschäft. Als ein besonders dreister Schaulustiger Anstalten machte, für weitere Aufnahmen durch die Eingangstür nach drinnen zu gehen, fuhr der Nachbar wütend dazwischen und drängte den Mann mit wilden Gesten und lauter Stimme zur Seite.

Einen Moment lang dachte Robert darüber nach, dem Juwelier und seinem Nachbarn zu Hilfe zu eilen, aber dann sah er zwei Frauen in Sanitäterkluft zu Gollmann rennen. Eine der beiden fühlte ihm den Puls, die andere flitzte in den Laden hinein, wohin der Juwelier aufgeregt gedeutet hatte. Nur Sekunden später – Gollmann wurde von Wirt Lino auf einen Stuhl vor dessen Ristorante bugsiert – ließ die Sanitäterin vom Juwelier ab und eilte ebenfalls in den Laden. Kurz darauf war eine Sirene zu hören, und ein Rettungswagen bahnte sich von der Kurzen Straße herauf den Weg durch die Menschenmenge. Und noch während ein schwer verletzter Mann aus dem Juweliergeschäft in den Wagen geschafft wurde, mischten sich unter die Zauberer, Orks und Elben auf dem Marktplatz immer mehr uniformierte Polizisten. Sie bezogen Posten an den Ausgängen des Platzes, begannen damit, Umstehende zu befragen, und als Robert unter einigen herbeieilenden Frauen und Männern in Zivil auch die Kripokommissare Neher und Lachenmaier erkannte, wusste er, dass Gollmann Schlimmeres widerfahren war als nur ein Schwächeanfall.

»Aufregend«, raunte ihm Alfons ins Ohr, der unbemerkt neben seinen Chef getreten war und fasziniert beobachtete, was auf dem Marktplatz vor sich ging.

Robert warf ihm einen genervten Blick zu.

»Darf ich?«, fragte Alfons trotzdem, und als Robert Mondrian nur resigniert mit den Schultern zuckte, war er mit einigen schnellen Schritten in der Menge verschwunden. Robert sah ihm nach, verlor ihn kurz aus den Augen, entdeckte ihn dann aber in einer Entfernung vom Juweliergeschäft, die leidlich Respekt vor Gollmanns Privatsphäre bezeugte, ihm aber doch eine gute Sicht auf alle womöglich noch kommenden Ereignisse gewährte.

»Soll ich ihn zurückpfeifen?«

Robert hatte Marie Beck nicht kommen sehen. Nun stand sie neben ihm vor der Tür zur Buchhandlung und nickte zu ihrem Freund hinüber.

»Nein, lassen Sie ihn ruhig«, sagte Robert und winkte ab. Er schaute zur Leseecke. Dort war der Vortrag gerade zu Ende gegangen, und die Handvoll Zuhörer erhoben sich und plauderten noch mit dem Referenten, einem stattlichen Herrn Anfang sechzig, der müde wirkte und sich offensichtlich sehr anstrengen musste, die immer gleichen Fragen mit freundlichem Lächeln zu beantworten.

»Lust auf einen Kaffee?«, fragte Robert. »Ihr Professor hat gleich Pause.«

Gustaf Kruse hatte sich zwar viel Arbeit mit den Handpuppen gemacht, die er passend zu den Tolkien-Tagen angefertigt hatte, aber ein neues Theaterstück war ihm zu diesem turbulenten Event nicht eingefallen. Stattdessen führte der Puppenspieler bis Sonntag zwei andere Stücke aus seinem Repertoire auf, die zumindest vage zur Fantasiewelt von *Der Herr der Ringe* passten, und natürlich sein emanzipiertes Märchenstück *Die Froschkönigin oder die eiserne Henrike*, mit dem er im vergangenen Jahr so großen Erfolg gehabt hatte.

Die beiden Aufführungen für Kinder waren schon vorüber, der kleine Theatersaal war gut gefüllt gewesen, und bis zum Beginn der Abendvorstellung hatte er noch etwas Zeit. Also schlenderte er durch die Altstadt und genoss das Treiben der Gäste. An einem Stand ließ er sich ordentlich Zuckerwatte auf ein Holzstäbchen wickeln, und während er kleine Büschel von dem klebrigen Zeug abzupfte und sich zwischendurch die Lippen sauber leckte, betrachtete er die Schaufenster, an denen er vorbeikam. Sonja Fischer, die er nach wie vor nicht mochte, hatte die Glasflächen mit Filmfotos zugeklebt, der Obstladen war übers Wochenende geschlossen. Gollmann hatte seine Fenster schön dekoriert und in seiner Werbung – sehr passend, wie Kruse fand – vor allem auf den wertvollen Ring hingewiesen, den er mit großem Trara im Verkaufsraum ausstellte. Im Weggehen fragte sich der Puppenspieler, ob dem ziemlich humorlosen Juwelier wohl aufgefallen war, dass sein Name dem des unglückseligen Gollum ähnelte, den der *Eine Ring*, mit dem Sauron alle anderen Ringe beherrschen wollte, ins Verderben geführt hatte. Kruse drehte seine Runde, bestaunte die aufwendigen Kostüme der zahlreichen Gäste, lächelte über die jauchzenden Kinder und die fotografierenden Eltern am historischen Karussell, und nachdem er die Zuckerwatte aufgegessen und das Holzstäbchen in einen Mülleimer geworfen hatte, holte er sich im *Ristorante Fontana* eine Pizzaschnitte und hielt auf das *Café Journal* zu, wo er sich zum Abschluss noch einen Espresso gönnen wollte.

Da bemerkte er aus den Augenwinkeln, dass auf der

anderen Seite des Marktplatzes plötzlich zusätzliche Unruhe in das ohnehin chaotische Treiben kam. Er wandte sich um. Ein paar Meter entfernt vom Juweliergeschäft wurden Menschen beiseitegestoßen, manche protestierten lautstark und riefen den Rüpeln mit erhobener Faust Schimpfworte hinterher. Kruse war recht groß, dennoch konnte er aus seiner Position nur einen spitzen Hut durch die Menge pflügen sehen – einer der Radaubrüder war offenbar als Zauberer Gandalf verkleidet, aber der Schneise nach zu urteilen, die sich in der Menge auftat, mussten dort mehrere Personen in Richtung Kurze Straße rennen. Nun wankte Gollmann aus seinem Laden und sah sich nach Hilfe um. Lino Fontana, der ihm eben noch eine Pizzaschnitte überreicht hatte, eilte zu ihm, und recht nah beim Geschehen stand eine Frau, die nie weit war, wenn irgendetwas in Remslingen vorfiel, das Stoff für Klatsch und Tratsch bot: Elsa Heberle.

Die Flucht durch die Menschenmenge hätte nicht besser laufen können. Natürlich hatte jeder sie sehen können, aber die Polizei würde mit der Beschreibung der Täter nicht viel anfangen können. Gandalf lachte kehlig, Frodo bedeutete ihm mit einer knappen Geste, still zu sein, bis sie die Altstadt und das Gewimmel der Cosplayer hinter sich gelassen hatten. Nur die Orks tappten still und gleichgültig hinter ihnen her.

Die Kostüme hatten sich noch aus einem weiteren Grund als sehr praktisch erwiesen. In Gandalfs weit fallendem Mantel ließen sich gut die Messer verbergen, mit denen sie den Juwelier und seinen Mitarbeiter in Schach gehalten hatten. Und die Orks hatten sie dicker als üblich ausstaffiert. In den Beuteln, über denen sich ihre mit Kunstfell und Plastikstücken besetzten Wämser spannten, war die Beute untergebracht. Goldketten, Uhren, Diademe, Ohrringe. Vor allem aber den *Einen Ring*, den Gollmann als sein teuerstes Stück besonders protzig inszeniert hatte.

Die Glasglocke, unter der er auf Samt gebettet gelegen hatte, war mit einer recht teuren Sicherheitsvorrichtung versehen gewesen. Doch die Sperre zu öffnen war mit dem richtigen Programmiercode kein allzu schweres Unterfangen, und dass die Glocke Alarm auslöste, sobald sie von ihrem Unterbau gehoben wurde, störte nicht allzu sehr, wenn man ohnehin nur Sekunden später untertauchen wollte. Dumm war nur gewesen, dass Gollmanns Mitarbeiter offenbar den Helden spielen wollte und sie anzugreifen versuchte. Dabei ging die Glasglocke zu Bruch – und der Mitarbeiter nach einem Messerstich zu Boden.

Mit zügigen Schritten, aber ohne zu rennen, erreichten sie den Parkplatz in der Weingärtner Vorstadt und öffneten die Schlösser, mit denen sie ihre Fahrräder neben einem Kombi an den Stamm eines Baums angekettet hatten. Die Orks schwangen sich flink auf ihre Drahtesel, Frodo brauchte einen Moment länger, und Gandalf fuhr erst kurz nach ihnen los und hatte auf den ersten Metern einige Mühe, mit dem Vehikel geradeaus zu fahren. Nur mühsam kam er in Tritt und folgte den anderen. Es ging die schmale Straße in Ufernähe entlang, über die Talstraße hinweg, sobald der dichte Verkehr die erste Lücke bot, weiter remsabwärts am Reitverein vorbei, aus der Stadt hinaus und vorüber an der Kläranlage. Als nach einer Weile jenseits des Flusses schon die Fabrik und die ersten Gebäude von Remslingen-Neustadt zu sehen waren, schlugen sich die vier Gestalten für ein paar Minuten in die Büsche und setzten ihre Fahrt kurz darauf fort, nun nicht mehr kostümiert, aber mit prallen Rucksäcken beladen. Schließlich erreichten sie einen geschlossenen Transporter, weiß lackiert und ohne Werbeaufschrift, der am Straßenrand abgestellt war. Die Räder und die Rucksäcke verschwanden auf der Ladefläche, und kaum war der letzte ihrer Kumpane eingestiegen, gab die Frau am Steuer auch schon Gas und preschte mit dem Gefährt in Richtung Hegnach davon.

Die Kaffeemaschine mahlte, röchelte und zischte, und als die letzten Gäste des Vortrags gegangen waren, trug Robert drei Tassen in die Leseecke. Professor Dr. Markus Bopp nahm den Milchkaffee dankend entgegen und ließ sich mit einem tiefen Seufzen in einen der Sessel fallen. Marie rührte etwas Zucker in ihren Latte macchiato, und Robert grinste Bopp über seinen doppelten Espresso hinweg an. Der Professor erwiderte seinen Blick mit schlecht gespielter Leidensmiene.

»Worauf habe ich mich da nur eingelassen?«, brummte er und wandte sich an Marie. »Da haben Sie mir ja etwas eingebrockt, Frau Beck!«

Sie grinste, und nun ließ auch Bopp zu, dass sich ein gutmütiges Lächeln auf sein rundliches Gesicht legte.

»Nein, im Ernst«, gestand er, »mir macht das großen Spaß. Wenn ich an der Uni mit Tolkiens Sprachen ankomme, muss ich schon das Zauberwort ›prüfungsrelevant‹ einstreuen, dass mir überhaupt jemand zuhört.«

Er nahm einen großen Schluck Kaffee.

»Aber immer wieder dasselbe sagen, kondensiert auf das, was gerade so in eine halbe Stunde passt – das ist dann doch anstrengend. Und die Fragen im Anschluss ... na ja, da höre ich von Ihnen in der Regel bessere, Frau Beck.«

Sie dankte mit einem kurzen Nicken, und Robert deutete zum Schaufenster hinaus.

»Gleich werden wir vor allem Antworten hören.«

Alfons arbeitete sich durch die Menge auf dem Marktplatz auf die Buchhandlung zu, und er sah aus, als wollte er Neuigkeiten loswerden.

»Antworten auch auf Fragen, die keiner von uns gestellt hat«, sagte Robert und erhob sich, um auch für Alfons einen Kaffee aus der Maschine zu lassen. Als er mit einer dampfenden Tasse zurückkehrte, hatte sich sein Mitarbeiter schon neben Marie niedergelassen, wartete mit seinem Bericht aber noch, bis sie vollzählig waren.

»Chef, die Kripo ermittelt wieder!«

»Ich weiß. Ich habe gesehen, dass Kommissar Neher und sein Kollege zum Juweliergeschäft unterwegs waren. Was ist denn passiert?«

»Gollmanns Mitarbeiter wurde niedergestochen. Er

lebt, ist aber schwer verletzt im Rettungswagen weggebracht worden. Ich habe etwas von einer Notoperation aufgeschnappt, vermutlich liegt er schon auf dem OP-Tisch in Winnenden. Meine Güte, hoffentlich kommt er durch! Als wir hier in Remslingen noch das Krankenhaus hatten, wären es ja nur wenige Minuten gewesen, aber so ...«

Alfons war ganz außer sich. Seine Wangen hatten sich gerötet, und er knetete die Finger. Marie legte beruhigend eine Hand auf seine, aber ihr Freund sah sie nur irritiert an.

»Findest du das nicht schlimm? Ich meine, da wird fast vor unseren Augen jemand niedergestochen und ...«

»Schon gut, Alfons, jetzt übertreib nicht. Der Mann wird es schon schaffen, nach Winnenden ist es nicht weit, und die Ärzte werden ihre Arbeit gut machen.«

Sie musterte ihn, außer seiner Aufregung war durchaus auch Faszination von seinem erhitzten Gesicht abzulesen.

»Und die Polizei weiß ebenfalls, was nun zu tun ist«, fügte sie mit warnendem Unterton hinzu.

»Na ja, die Polizei. Der wird vielleicht erst mal gar nicht klar sein, wer überhaupt zuständig ist: Neher und Lachenmaier kümmern sich ja um Mord und Totschlag, aber was da vorhin passiert ist, fällt einstweilen gar nicht unbedingt in ihr Ressort!«

»Was ist denn sonst noch passiert?«, warf Robert ein.

»Die Täter haben Schmuck gestohlen, darunter wohl auch den wertvollsten Ring im Laden.«

»Dieses protzige Ding, das Gollmann neben seiner Theke unter einer Glashaube ausgestellt hatte?«

Robert erinnerte sich mit Schaudern an die kitschige Inszenierung, die der Juwelier ihm gestern stolz präsentiert hatte: Ein dunkelblaues Kissen lag auf einer Plastiksäule in Marmoroptik, ein fetter Klunker mit noch fetterem Preisschild ruhte auf dem Stoff, und darüber wölbte sich eine kleine Kuppel aus Glas. Zu allem Übel hatte Gollmann noch mehrere Strahler an der Decke angebracht und auf den Ring gerichtet, die den eingefassten Diamanten und die sorgfältig polierte Glaskoppel nach allen Richtungen gleißen und blitzen ließen.

»Genau das!«, bestätigte Alfons.

»Das ist ja ein Ding!«, entfuhr es Robert. »Ein Schmuckraub am helllichten Tag mitten in der Stadt! Immerhin wird die Polizei reichlich Augenzeugen finden.«

»Das wird uns nicht viel helfen«, kam eine Stimme vom Eingang her. Dort lehnte Kommissar Klaus Neher im Türrahmen und lächelte resigniert.

»Ah, Herr Neher! Auch einen Kaffee?«

»Ja, bitte.«

Neher stieß sich vom Türrahmen ab und kam zu ihnen in die Leseecke.

»Meine Kollegen klappern die Anwohner ab, aber Sie zu befragen wollte ich mir natürlich nicht nehmen lassen. Auch Sie nicht, Herr Weber«, fügte er mit einem Augenzwinkern hinzu.

Robert lachte und ging in die kleine Teeküche, Alfons wirkte etwas nervös.

»Hören Sie uns schon lange zu?«, fragte er und nickte zur Tür hinüber.

»Etwa seit: ›Na ja, die Polizei.‹«

Alfons schluckte und senkte den Blick.

»Aber Sie können beruhigt sein«, fuhr Neher fort. »Die Frage der Zuständigkeit wird uns nicht an unserer Arbeit hindern.«

Robert kam mit einem Cappuccino wieder, und Neher nippte vorsichtig an der Tasse.

»Wie geht's denn Herrn Gollmann?«, erkundigte sich Robert.

»Ihm ist nichts weiter passiert, aber der Schreck sitzt ihm in den Knochen. Und natürlich der Ärger darüber, dass er bestohlen wurde. Immerhin scheint er einen guten Versicherungsvertreter zu haben. Den rief er an, gleich nachdem die Sanitäter nach ihm geschaut hatten, und der scheint sich jetzt schon um den ersten Papierkram zu kümmern.«

»Ich kann Ihnen übrigens leider nicht viel zu dem Zwischenfall sagen«, sagte Robert, ohne Nehers Frage abzuwarten. »Fast nichts, eigentlich. Ich stand gerade vor meinem Laden, als ich Herrn Gollmann auf die Straße treten sah. Lino Fontana, der Wirt des Ristorante nebenan, stützte ihn, als Gollmann ins Wanken geriet. Dann kamen auch schon die Sanitäter – und die Schaulustigen.«

Neher seufzte und nahm noch einen Schluck.

Robert sah ihn an, er wirkte müde.

»Was meinten Sie damit, als Sie vorhin sagten, dass Ihnen die Augenzeugen diesmal keine Hilfe seien?«

Der Kommissar setzte die Tasse ab und massierte sich kurz die Schläfen, bevor er antwortete.

»Den Raub selbst hat wohl niemand beobachtet, auch nicht den Moment, in dem Herrn Gollmanns Mitarbeiter niedergestochen wurde. Aber die Flucht der Täter haben viele mitbekommen.«

»Und das soll Ihnen nicht helfen?«

Robert wunderte sich, aber Neher winkte nur ab.

»Sagen wir es mal so«, fasste er schließlich zusammen: »Dank der Augenzeugen wissen wir, dass der Zauberer Gandalf, der Hobbit Frodo Beutlin und zwei Orks direkt nach der Tat das Juweliergeschäft verlassen haben und in Richtung Kurze Straße geflohen sind.«

Alfons nickte betrübt, weil er das schon aufgeschnappt hatte. Professor Bopp musste ein Lachen unterdrücken, und Marie räusperte sich.

»Oh, die waren verkleidet«, entfuhr es Robert.

»Ja, Herr Mondrian, passend zu dem ganzen Irrsinn, der sich an diesem Wochenende in der Stadt abspielt.«

»Und jetzt sind sie vermutlich untergetaucht, und Ihre Kollegen haben keine Ahnung, wer hinter den Masken und in den Kostümen steckte.«

Neher nickte, erhob sich und ging aus dem Laden. Robert sah ihm nach. Alfons trat neben ihn.

»Der Kommissar sieht aus, als könnte er Hilfe brauchen«, raunte er seinem Chef zu.

Der schüttelte nur den Kopf und trug die leeren Tassen in die Teeküche. Alfons dachte kurz – aber wirklich nur einen Wimpernschlag lang – daran, ihm zu folgen und ihm den neuen Fall schmackhaft zu machen. Aber dann betrat eine Kundin den Laden, und er eilte zu ihr.

Der weiße Transporter stand schließlich verlassen am Straßenrand in einem der Gewerbegebiete der Umgebung. Die Frau hatte sich wie selbstverständlich auch hinter das Steuer des unauffälligen Kombis gesetzt, mit dem drei der vier Räuber zu dem Versteck fahren wollten, in dem sie zwei, drei Tage warten wollten, bis sich die ärgste Aufregung gelegt haben würde. Von der Bildfläche verschwunden, aber nah genug am Tatort, um gerade dort von niemandem gesucht zu werden.

Der älteste der drei Männer strich der Frau noch kurz über die Wange, bevor er sich in den anderen Wagen setzte und sich auf den Weg zu dem Hehler machte, der einen ersten Teil der Beute zu Geld machen sollte. Er brauchte bis zu seinem Fahrtziel deutlich länger als seine drei Komplizen, aber vor Ort konnte er das Nützliche mit dem äußerst Angenehmen verbinden. Als die Uhren und ein Teil des Schmucks übergeben und ein stattlicher Vorschuss auf den zu erwartenden Erlös kassiert war, fuhr er noch ein paar Kilometer, um die Frau zu treffen, die für ihn den Kontakt zu dem Hehler hergestellt hatte. Als er ihr Haus betrat, ging es sehr schnell nicht mehr um Schmuck. Auch nicht um Geld oder Kleidung. Sondern nur um sie beide, mit Haut und Haaren. Wobei … er das Zusammensein körperlich zwar sehr genoss, sich im entscheidenden Moment aber vorstellte, wie er sich in einem anderen Bett wälzte, eine gute Autostunde entfernt.

Robert hatte gut zu tun an diesem Nachmittag. Professor Bopp absolvierte zunehmend routiniert seine halbstündigen Vorträge, und die letzten beiden vor Ladenschluss waren besonders gut besucht. Anschließend stöberten die Gäste im Angebot der Buchhandlung Mondrian, und auch mehrere der hochpreisigen Tolkien-Schmuckausgaben fanden einen Käufer.

Dorothee von Meier kam vorbei und verschenkte Freikarten für die sonntägliche Lesung an Alfons, ihre einstige Schülerin Marie und den Professor. Robert steckte sie zwei Karten zu und zwinkerte ihm verschwörerisch zu, während sie etwas von einer Begleitung raunte, die er gern mitbringen dürfe. Robert bedankte sich, hatte aber keine Lust, auf ihre Anspielung einzugehen. Ohnehin wusste er nicht, ob Selina Lust auf eine Lesung hatte, wenn sie nach ihrem anstrengenden Programm am Sonntag endlich mal die Beine hochlegen konnte. Immerhin registrierte er, dass die Lesung wohl etwas größer aufgezogen wurde: Sie fand in der Stadtbücherei statt, und die Namen der beiden Männer, die aus Tolkiens Texten rezitieren sollten, kannte sogar er, obwohl er weder großer Fernseh- noch Kleinkunstfreund war.

»Die Gagen der beiden übernimmt die Stadt«, erklärte Frau von Meier, als Robert wegen der prominenten Mitstreiter nachfragte. »Da kann man das ja schon mal machen, nicht wahr?«

Robert hatte Mühe, ernst zu bleiben, aber die pensionierte Lehrerin achtete ohnehin nicht länger auf ihn, grüßte noch einmal in alle Richtungen und eilte auch schon wieder hinaus auf den Marktplatz. Dort stand sie einen Moment, offenbar unschlüssig, in welcher Richtung nun wohl die beste Unterhaltung zu finden war, bevor sie mit schnellen Trippelschritten davonging.

Alfons flitzte zwischen den Kunden hin und her, er versuchte erkennbar, einen guten Eindruck auf seinen Chef zu machen. Doch den besten Eindruck machte er damit, dass er den Überfall auf das Juweliergeschäft nicht mehr erwähnte. Erst als die letzte Kundin hinausgegangen war und Alfons für diesen Tag die Tür geschlossen hatte, die altmodische Türklingel verhallt war und die beiden Kakadus das Echo des Läutens täuschend echt von sich gegeben hatten, kam er wieder auf das Thema zu sprechen.

»Chef, darf ich Sie was fragen?«

»Ja, ich würde zum Feierabend einen Cappuccino nehmen«, versetzte Robert, ohne von den Papieren aufzusehen, die er gerade ordnete. Alfons stutzte, doch dann ging er in die kleine Teeküche hinüber, und während die Maschine Laut gab, genehmigte sich Robert ein Grinsen. Und als er kurz zur Leseecke hinüberschaute, erwiderte Marie seinen Blick ebenso amüsiert. Alfons kehrte mit drei Bechertassen zurück, gab seinem Chef und seiner Freundin eine und nippte an der dritten.

»Ich hatte etwas anderes gemeint«, nahm er dann einen neuen Anlauf.

»Ich weiß«, erwiderte Robert versöhnlich, behielt aber einen etwas spöttischen Unterton bei. »Und wie gedenkst du nun in diesem neuen Kriminalfall zu ermitteln?«

Alfons schmollte kurz, fing sich jedoch schnell wieder.

»Das weiß ich noch gar nicht, aber wäre das nicht auch für Sie interessant, Chef?«

»Und was würde mich deiner Meinung nach besonders für Recherchen in dieser Angelegenheit qualifizieren? Dass sich die Räuber als Romanfiguren aus *Der Herr der Ringe* verkleidet haben und ich als Buchhändler an den Umgang mit Romanfiguren gewöhnt bin?«

Dazu fiel Alfons nichts ein, er zuckte etwas hilflos mit den Schultern.

»Du hast den Kommissar doch gehört«, fügte Robert hinzu. »Die arbeiten mit Hochdruck an dem Fall, und das sollten wir diesmal wirklich den Profis überlassen.«

Der Blick des jungen Mannes senkte sich, und er ließ seine schmalen Schultern hängen.

»Aber natürlich kannst du in deiner Freizeit machen, was du willst. Und wenn es dir Spaß macht, in dieser Geschichte herumzuschnüffeln, dann werde ich dich nicht daran hindern. Aber mich lässt du bitte raus, in Ordnung?«

»Ich meinte ja nur …«, sagte Alfons noch, schon ziemlich resigniert, dann zog er die Ladentür auf und ging hinaus. Marie folgte ihm, hob kurz den Daumen in Richtung Robert, hakte ihren Freund unter und steuerte mit ihm auf das *Fontana* zu.

Robert holte den Werbeaufsteller herein, und als er ihn vom Bollerwagen hievte und an die Verkaufstheke lehnte, hörte er die Glocke noch einmal läuten. Alfons ging an ihm vorbei und lud den Vogelkäfig auf den frei gewordenen Wagen.

»Sorry, Chef, ich war ganz in Gedanken. Um ein Haar hätte ich Sherlock und Watson im Laden vergessen.«

Damit war er auch schon wieder draußen. Die Kakadus riefen ein paarmal »Vergessen! Vergessen!« und ernteten das Gelächter der Passanten. Dann hatte die kostümierte Menge auf dem Marktplatz seinen Mitarbeiter, dessen Freundin und die zwei vorwitzigen Vögel verschluckt. Robert sah durchs Schaufenster. Vor der Tür des Ristorante tauchten Marie und Alfons wieder aus dem Gewimmel auf. Wirt Lino kam ihnen entgegen, nickte beflissen, deutete dann aber auf den Käfig auf dem Bollerwagen. Es ging ein bisschen hin und her, schließlich überließ Lino den beiden den äußersten der Tische auf dem Marktplatz. Alfons bugsierte den Bollerwagen neben sich an die Hauswand und redete auf die beiden Kakadus ein, die sich daraufhin abwandten und stur auf die Mauer starrten.

Robert lachte. Sosehr ihn Alfons mit seinen Marotten manchmal nervte: Ohne ihn und diese schrägen Vögel wäre sein Leben in Remslingen um einiges ärmer.

Das Handy weckte sie zuerst auf, aber noch bevor sie über ihn hinweg danach greifen konnte, hatte auch er die Augen aufgeschlagen und hob das Smartphone ans Ohr. Er meldete sich mit einem Brummen, setzte sich aber sofort auf, als er hörte, wer ihn anrief. Sie musterte ihn und versuchte zu hören, wer dran war, aber er rückte ein kleines Stück von ihr ab.

»Hat alles geklappt«, sagte er. »Die Anzahlung bringe

ich mit. Er glaubt, dass es ein bisschen weniger einbringen könnte, als wir hoffen.«

Die Antwort fiel wohl barsch aus, denn er schlug einen versöhnlichen Ton an, als er schnell hinzufügte: »Nein, ich lass mich nicht über den Tisch ziehen, keine Sorge. Aber wir haben ja noch genug übrig, das wird sich unter dem Strich schon lohnen, mach dir da bloß keinen Kopf. Und vergiss den Ring nicht.«

Wieder eine Pause, die Frau neben ihm lauschte, konnte aber nicht einmal sagen, ob am anderen Ende der Leitung ein Mann oder eine Frau sprach.

»Ich weiß, dass das mit dem Ring noch einmal eine ganz andere Nummer wird. Aber das krieg ich geregelt. Ich mach das ja nicht zum ersten Mal.«

Er hörte zu, dann lachte er. Es klang rau, vertraut, und der Frau neben ihm versetzte es einen Stich. Das war kein Mann am anderen Ende.

»Genau, ich schaff das schon. Wie jedes Mal, das kannst du mir glauben.«

Kurze Pause. Die Frau neben ihm ließ sich auf den Rücken sinken, was die Bettfedern zum Knarren brachte.

»Nein, ich bin allein«, versicherte er, eine Spur zu eilig, und er wandte sich um und warf der Liegenden einen bösen Blick zu. »Ich bin auch schon fast wieder auf dem Rückweg.«

Kurze Pause.

»Was heißt hier ›lang gebraucht‹? Ich muss ja sicher sein, dass mir niemand folgt. Zerbrich dir nicht deinen hübschen Kopf, ich weiß, was ich tue. Also dann, bis nachher.«

Er drückte das Gespräch weg, massierte sich die Schläfen und griff schließlich nach seinen Kleidern. Dann legte die Frau neben ihm eine Hand auf seine Schulter. Er zögerte und legte die Kleider schließlich noch einmal beiseite.

Nach Ladenschluss räumte Robert Mondrian in der Buchhandlung noch ein wenig um, sortierte Belege und ordnete Unterlagen. Doch gegen halb acht fiel ihm nichts mehr ein, womit er seine Zeit weiter totschlagen konnte. Selina Brand fehlte ihm, und daran würde sich bis morgen am späten Nachmittag auch nichts ändern.

Er hatte keine Lust, seinen Abend allein zu verbringen, aber es würde wohl genau darauf hinauslaufen. Klaus Neher hatte mit seinem neuen Fall zu tun und durfte sich vermutlich so schnell keine Pause gönnen. Gustaf Kruse hatte noch eine Abendvorstellung zu spielen und war mittlerweile sicher schon mit den letzten Vorbereitungen dazu beschäftigt. Ob er sich im Thai-Imbiss etwas holen und vor dem Fernseher essen sollte? Auf ein Nudelgericht im *Fontana* hätte er Appetit gehabt, aber der Käfig mit Sherlock und Watson stand noch vor dem Haus, und er hatte keine Lust darauf, sich mit Alfons zu unterhalten. Schließlich entschied er sich für ein Vesper in der Küche, trank dazu Wasser und arbeitete sich danach durch das Fitnessprogramm, das er dreimal die Woche daheim absolvierte. Als er mit den Übungen fertig war, ihm aber noch immer das Bedauern über Selinas Abwesenheit durch den Kopf ging, erlegte er sich eine zweite Runde auf und stand schließlich ausgepumpt und leidlich abgelenkt so lange unter der Dusche, bis das ganze Badezimmer vom Wasserdampf vernebelt war. Er stieß das Fenster auf und malte sich grinsend aus, was Frau Heberle wohl als Grund dafür vermuten würde, dass dichte Dampfwolken aus seinem Bad drangen.

Im Wohnzimmer rubbelte er sich die Haare trocken und ließ den Blick noch einmal über den Marktplatz schweifen. Er sah Marie und Alfons aufstehen, und bald hatten sie den Bollerwagen mit den Kakadus die Kurze Straße hinunter- und aus seinem Blickfeld gezogen. Hunger hatte er nun keinen mehr, aber ein Spaziergang würde ihm guttun. In der Mediathek würde er auch später noch einen sehenswerten Film finden.

Der Abend war mild, und die Passanten, die ihm auf dem Weg durch die Altstadt begegneten, waren größtenteils gut gelaunt. Sie waren aufgekratzt und hungrig auf dem Weg zum Restaurant oder schlenderten satt und entspannt nach Hause. Inzwischen dominierten normale Spaziergänger das Bild der Innenstadt, die Windjacke oder Handtasche trugen statt fantasievoller Kostüme. Doch als er die Stadtmauer durch das Bädertörle unterquerte und auf die Remsbrücke trat, sah er vor sich auf den Wiesen überall Lagerfeuer, um die herum sich die Cosplayer inzwischen versammelten, die den Tag über die Altstadt bevölkert hatten.

Robert hörte Melodien und Akkorde herüberwehen,

und tatsächlich saßen an fast jeder Feuerstelle Musiker und animierten die anderen zum Mitsingen. Die Qualität der Darbietungen war sehr unterschiedlich. Ein hiesiger Krimiautor, den Dorothee von Meier schon seit Jahren für eine Lesung gewinnen wollte, schrammelte auf der Gitarre einen Klassiker von Leonard Cohen und sang dazu. Am nächsten Feuer erwiesen sich ein Geiger, ein Gitarrist und eine auf ihrer Cajón sitzende Sängerin als Musiker von ganz anderem Kaliber, und als Robert an einer Gruppe vorüberkam, die sich besonders dicht und zahlreich um einen stattlichen Haufen brennender Scheite drängten, kam ihm der Musiker inmitten des Getümmels vage bekannt vor: Ein jungenhafter Gitarrist mit zerzausten roten Haaren und rotem Fünftagebart begleitete sich gekonnt zu Liedern über ein Haus aus Legosteinen, über die Geigerin einer irischen Folkband und über schlechte Angewohnheiten. Ihm war es, als habe er auch die Lieder schon einmal gehört.

Die Remsauen waren noch ein gutes Stück in Richtung Beinstein mit Lagerfeuern und feiernden Gruppen belegt, und fast überall wurde gesungen und gespielt. Die stilistische Bandbreite war beeindruckend, es wurde gejazzt, und ein Gitarrist mit langen Rastalocken glänzte mit einer unglaublichen Soloversion von Queens *Bohemian Rhapsody*. In der Nähe der Rundsporthalle loderte eine Feuerstelle auf dem Parkplatz, und vier Frauen in bunt getupften Kleidern sangen zur Melodie des Oldies *Mr. Sandman* in bestem Schwäbisch von einem Mann, der mit einer gewissen Sandra verabredet und für sein Date an die Falsche geraten war. Hier wurde mitgesungen, geklatscht und gelacht, und Robert blieb stehen und genoss eine Weile die gelöste Stimmung, bevor er am Fluss entlang gemächlich den Rückweg antrat.

Unter der Brücke der alten Bundesstraße lag der Fußweg in tiefem Schatten, und kaum hatte Robert die dunkelste Passage betreten, da stellten sich ihm zwei Typen in den Weg. Er machte die letzten Schritte auf sie zu, blieb direkt vor dem größeren der beiden stehen und fixierte ihn mit einem so abschätzigen Grinsen, dass der andere bald verstanden hatte, wie schlecht seine Chancen in einer Rauferei standen. Er trat zur Seite, der zweite folgte seinem Beispiel, und Robert ging weiter. Zwar lauschte er auf sich nähernde Schritte, für den Fall, dass die beiden Kerle womöglich blöd genug waren, ihn von hinten doch noch angreifen zu wollen. Aber sie ließen ihn in Ruhe, und so widerfuhr Robert nichts Unangenehmeres als der stechende Geruch, der aus der offenen Lederjacke des Möchtegernräubers geströmt war.

Er strich noch ein wenig durch die Altstadt und beäugte schließlich die Polizeiabsperrung an Gollmanns Juweliergeschäft, die um diese Zeit aber keine Schaulustigen mehr anlockte. Vor dem *Fontana* waren die meisten Tische besetzt, die Gäste schienen gut versorgt mit Speisen und Getränken, und als Robert den Wirt im Inneren des Lokals am Stammtisch Platz nehmen sah, beschloss er, ihm ein wenig Gesellschaft zu leisten. Lino saß mit einer seiner Bedienungen zusammen, die sich gerade einen Teller Spaghetti schmecken ließ. Er plauderte angeregt mit ihr, aber als er Robert herankommen sah, deutete er sofort auf einen freien Stuhl und gab dem jungen Mann hinter dem Tresen ein Zeichen. Kurz darauf stand ein gefülltes Glas vor Robert.

»Mein bester Primitivo«, sagte Lino mit ordentlich Pathos in der Stimme und prostete seinem Gast zu. »Geht natürlich aufs Haus, schon wegen Ihrer letzten Buchempfehlung.«

»Danke«, erwiderte Robert, nahm einen Schluck und zeigte sich angemessen begeistert. »Wissen Sie denn, wie es Ihrem Nachbarn, Herrn Gollmann, inzwischen geht?«

Lino wiegte den Kopf und machte ein betroffenes Gesicht.

»Schlimme Sache, das mit dem Überfall«, brummte er schließlich. »Kevin Schröder, seinen Verkäufer, hat es wohl ziemlich übel erwischt. Gollmann selbst geht es den Umständen entsprechend gut. Ich war gerade erst oben in seiner Wohnung und habe ihm was zu essen gebracht. Natürlich flattern ihm noch die Nerven, und er macht sich Sorgen um seinen Mitarbeiter, aber sonst scheint er es ganz gut überstanden zu haben.«

Die Bedienung drehte die letzten Spaghetti auf ihre Gabel, ließ das Knäuel im Mund verschwinden, trug den leeren Teller zur Küchendurchreiche und flitzte wieder hinaus zu den Gästen im Freien. Nun saßen sie nur noch zu zweit am Tisch, und der Nachbartisch war unbesetzt. Pasqualino »Lino« Fontana beugte sich ein wenig vor, und Robert konnte sich schon denken, was jetzt kam.

»Und, haben Sie schon etwas herausgefunden?«, raunte Lino.

»Herausgefunden?«, tat Robert ahnungslos. »Was soll ich denn herausgefunden haben?«

»Na, Sie …« Er warf schnelle Blicke in alle Richtungen, als habe er zu viele schlechte Agentenfilme gesehen. »Sie ermitteln doch sicher auch diesmal wieder, hab ich recht?«

Lino war ein netter Kerl, aber er war nicht gerade der verschwiegenste Zeitgenosse, und deshalb hob Robert erst das Glas an die Lippen, bevor er antwortete. Um Zeit zu gewinnen und, vor allem, um seinen Ärger darüber hinunterzuspülen, dass sogar der Wirt des *Fontana* über sein kriminalistisches Hobby Bescheid wusste.

»Richie hat mir das natürlich nur im Vertrauen erzählt«, plapperte Lino unterdessen weiter drauflos. »Und keine Sorge, Herr Mondrian, Ihr Geheimnis ist bei mir gut aufgehoben.«

Er tat, als würde er mit zwei Fingern seine Lippen verschließen, und warf den imaginären Schlüssel danach mit großer Geste hinter sich. Robert seufzte. Lino Fontana, Richie McCafferty, Alfons Weber und Elsa Heberle hatten mehr gemeinsam, als man ihnen ansah. Und mehr, als Robert recht sein konnte.

»Dann bin ich beruhigt«, schwindelte er. »Aber leider weiß ich über die Angelegenheit sogar deutlich weniger als Sie, Lino. Ich stand gerade vor meiner Buchhandlung, als Herr Gollmann auf den Marktplatz trat. Gleich danach habe ich gesehen, wie Sie zu ihm rannten und ihn stützten. Ich finde es übrigens prima, wie Sie Ihrem Nachbarn beigestanden haben.«

»Keine Ursache, Herr Mondrian. Gollmann ist ein guter Nachbar. Er hat keinen Humor, aber er weiß eine gute Pasta zu schätzen. Und wenn er seine Freundin Doreen zu Besuch hat …« Er zwinkerte und grinste anzüglich. »… holen sich die beiden meistens noch einen Wein im Ristorante.«

So viel zu Linos absoluter Verschwiegenheit.

»Schade, dass Ihr Vater nicht auf seinem Stammplatz saß«, sagte Robert. »Sein Stuhl steht ja gewissermaßen auf der Grenze zwischen dem Ristorante und dem Schmuckgeschäft. Der Trubel ist ihm wohl zu viel geworden?«

»Allerdings, und nun sitzt er auf einem Schemel in der Küche, wo er natürlich nicht rauchen darf. Und die schlechte Laune, die ihm das beschert, lässt er an meinem Koch aus, der sich heute schon viermal deswegen bei mir beschwert hat.«

Er rollte theatralisch mit den Augen und machte dazu eine Handbewegung, die seine Machtlosigkeit in dieser Sache unterstrich. Dann schien ihm etwas einzufallen.

»Aber als Gollmann überfallen wurde, saß er nicht in der Küche, sondern war oben in seiner Wohnung.«

Das klang nicht vielversprechend, fand Robert. In der Etage über dem Ristorante befanden sich einige Nebenzimmer des Fontana, im zweiten Stock wohnte Lino, und sein Vater lebte in den Räumen des Dachgeschosses. Was sollte er von dort aus schon mitbekommen haben?

»Dort oben steht er gern am offenen Fenster, weil er

zwar gern Pfeife raucht, aber nicht will, dass seine Wohnung allzu stark danach riecht. Wissen Sie was, Herr Mondrian? Ich geh ihn kurz holen. Wir befragen ihn gemeinsam, in Ordnung?«

»Ich weiß nicht recht …«

»Bitte!«, rief Lino lachend und erhob sich. »Sie würden vor allem meinem Koch einen großen Gefallen tun!«

Er flitzte durch die Küchentür, kurz danach kam er mit seinem Vater zurück. Die beiden konnten gegensätzlicher kaum aussehen. Der Junior hochgewachsen und schlank, und daneben der Alte, der schon ein wenig gebeugt ging, seinem Filius kaum bis zur Schulter reichte, dafür aber durch seinen imposanten Kugelbauch die fehlende Größe zumindest mit Blick auf das Gewicht mehr als ausglich. Auch die Laune der beiden bildete einen starken Kontrast: Lino war stets freundlich, während sein alter Herr mürrisch dreinblickte, und wenn er mal ein Brummen hören ließ, das man als halbwegs zufrieden deuten konnte, war das in seinem Fall schon das höchste der positiven Gefühle.

»*Papà*, setz dich zu uns und erzähl Herrn Mondrian bitte, was du heute von dem furchtbaren Unglück nebenan mitbekommen hast.«

Pasquale nickte Robert zu, ließ sich auf den freien Stuhl sinken, auf dem vorhin sein Sohn gesessen hatte, und warf einen ungnädigen Blick erst auf das halb geleerte Glas vor sich und dann auf seinen Sohn. Lino verstand und beeilte sich, sein Glas an einen freien Platz zu versetzen und seinem Vater ein neues zu füllen. Der Alte hob das Glas, murmelte ein kaum verständliches *salute* und kippte den Primitivo auf einen Zug, als wäre es Wasser. Lino seufzte, erhob sich und holte eine Flasche an den Tisch, aus der sich sein Vater auch sofort nachschenkte. Immerhin ließ er sich nun die Zeit, Robert zuzuprosten, bevor er den nächsten Schluck nahm. Danach stellte er das Glas auf dem Tisch ab und musterte den Gast schweigend, bis sich schließlich seine dicken Lippen zu einem Grinsen kräuselten.

»Soso, *il signore libraio*, der Herr Buchhändler ermittelt wieder.«

Pasquale Fontana hatte eine raue, tiefe Stimme. Er ließ das »R« rollen und konnte noch immer kein »H« aussprechen. Und wenn er einen verschwörerischen Tonfall anschlug wie jetzt, hatte man sofort Filmszenen mit Marlon Brando und Al Pacino vor Augen. Deshalb musste Robert diesmal lächeln, obwohl er sich sonst über jeden ärgerte, der auf seine Schwäche für kriminalistische Recherchen anspielte.

»Wissen Sie, *Signore libraio*«, fuhr der Alte fort, »irgendwie werde ich das Gefühl nicht los, dass Sie nicht immer Buchhändler waren.«

Unter dem scharfen Blick des Seniorchefs fühlte sich Robert schnell unbehaglich, und er war froh, als Fontana junior seinen Vater für seine Neugier tadelte und ihn an das eigentliche Thema erinnerte, den Raubüberfall von nebenan.

»Ist ja schon gut, Lino«, gab sich Pasquale versöhnlich, trank noch einen Schluck und lehnte sich auf seinem Stuhl zurück. »Viel habe ich ja nicht gesehen.«

»Das hatte ich mir schon gedacht«, entgegnete Robert und seufzte. »Ich wollte Sie auch nicht stören, drüben in der Küche, aber Ihr Sohn meinte …«

Pasquale schnitt ihm mit einer kurzen Handbewegung das Wort ab.

»*Un momento, Signore!* Ich habe nicht viel gesehen – aber nicht *nichts*.«

Robert blinzelte, und als er Lino fragend ansah, zuckte der nur mit den Schultern.

»Ich wohne ja direkt unter dem Dach«, fuhr Pasquale fort, als er wieder Roberts volle Aufmerksamkeit hatte. »Da habe ich einen guten Blick über den Marktplatz, und wenn ich – wie an diesem verrückten Wochenende zum Beispiel oder wenn es mal regnet – nicht draußen vor dem Ristorante sitzen kann, mag ich meinen Ausguck ganz gern. Dazu ein schönes Pfeifchen, das kann ich Ihnen nur empfehlen. Aber Sie rauchen ja nicht.«

Robert hob eine Augenbraue, und der Senior quittierte seinen Blick mit einem Grinsen.

»Ihre Küche und Ihr Wohnzimmer kann ich von meiner Wohnung aus ganz gut einsehen. Sie mögen Rotwein, und manchmal grübeln Sie bis spät in die Nacht über irgendwelchen Dokumenten.«

Zwischen dem *Fontana* und der Buchhandlung lag die volle Länge des Marktplatzes, das mochten gut vierzig Meter sein. Entsprechend erstaunt war Robert.

»Das sehen Sie auf diese Entfernung?«

»*Ma certo*, aber sicher. Meine Augen sind noch sehr gut. Und für größere Entfernungen habe ich mir ein kleines Fernglas gekauft. Das war ein Tipp von Frau Heberle.«

»Dass die sich damit auskennt, ist keine Überraschung«, erwiderte Robert und lachte.

»Es ist nur schade, dass Ihr Schlafzimmer nach hinten rausgeht«, raunte Pasquale Fontana und zwinkerte ihm zu. »Sie haben Geschmack, was Frauen angeht.«

»Also bitte, *papà!*«, empörte sich Lino, aber der Alte winkte nur ab.

»Wie auch immer: Als Gollmann überfallen wurde, stand ich oben am Fenster und konnte alles überblicken. Und weil ich glaubte, in der Ferne einen alten Freund erkannt zu haben, hatte ich das Fernglas zur Hand genommen. Wissen Sie, es gibt ja nichts Peinlicheres, als jemandem zu winken, den man mit jemand anderem verwechselt hat.«

Lino rutschte unruhig auf seinem Stuhl hin und her, aber Robert wartete geduldig, ob Fontana senior etwas beobachtet hatte, was ihm helfen würde. Was *der Polizei* helfen würde, korrigierte er sich in Gedanken.

»Plötzlich hörte ich Rufe von unten, schwenkte das Fernglas auf den Eingang des Juweliergeschäfts, und dann sah ich die vier Gestalten auch schon herauskommen. Die hatten es ganz schön eilig, pflügten ziemlich rücksichtslos durch die Menge und waren nur Sekunden später durchs Gewimmel in Richtung Kurze Straße verschwunden.«

Robert nahm einen Schluck Primitivo, sagte jedoch nichts. Dem Alten blitzte der Schalk aus den Augen, er hatte offenbar noch mehr zu bieten. Und als er bemerkte, dass der Buchhändler ihn nach wie vor aufmerksam ansah, legte sich ein Grinsen auf sein Gesicht.

»Zu dem Zauberer kann ich nicht viel sagen, außer dass ihm mal der spitze Hut verrutschte, den er aber sofort wieder an seinen Platz rückte. Von der Hobbit-Verkleidung fielen mir vom Fenster aus natürlich zuerst die übergroßen Füße auf, die es ihrem Träger auch durchaus schwer machten, sich schnell fortzubewegen, ohne ins Stolpern zu geraten. Allerdings würde ich wetten, dass unter dieser Maskerade eine Frau steckte, die vermutlich noch keine fünfzig war.«

»Wie kommen Sie darauf?«

»Die Perücke war ein ziemliches billiges Ding, zumindest hat sie auf mich so gewirkt. Sie war – wie der Hut des Zauberers – etwas verrutscht, und zwischen der Gesichtsmaske, die von einem Gummiband gehalten wurde, und der Perücke konnte ich die richtigen Haare unter der Perücke sehen. Sie waren gefärbt oder getönt.«

»Woher wollen Sie das wissen?«

»Der Haaransatz hatte eine andere Farbe, etwas heller. Nicht grau, sondern ein helleres Braun oder ein sehr dunkles Blond – deshalb glaube ich, dass sie jünger ist als fünfzig. Gefärbt waren die Haare in einem Kastanienbraun, das leicht ins Rötlichbraune geht. Meine Frau hatte ihre Haare jahrelang in dieser Farbe getönt. Und ich nehme mal an, dass eher Frauen als Männer Tönung benutzen. Auch der Gang schien mir auf eine Frau hinzudeuten, obwohl natürlich das Watscheln wegen der übergroßen Füße ihre Schritte nicht sehr elegant aussehen ließ.«

»Und die Orks?«

»Diese Missgeburten, die sie begleiteten? Sahen ziemlich dick aus, aber vermutlich sind sie in Wirklichkeit eher schlank: Von oben konnte ich es aus ihren Jacken, oder was immer das für Oberteile waren, blitzen sehen – dort haben sie vermutlich ihre Beute reingestopft.«

»Das wären dann ein Zauberer, über den Sie nichts sagen können, ein Hobbit, der möglicherweise eine Frau war, und zwei Orks, in deren vermeintlichen Bäuchen sich der geraubte Schmuck befand?«

»Genau. Und, hilft Ihnen das weiter?«

»Vielleicht«, sagte Robert, und als er bemerkte, dass Pasquale Fontana ihn grinsend musterte, fügte er schnell hinzu: »Das gebe ich so auf jeden Fall an die Polizei weiter. Mal sehen, ob diese Details ihr etwas nützen.«

Der Alte erhob sich, nahm sein Glas zur Hand und zwinkerte Robert zu.

»Ich muss dann auch wieder in die Küche«, sagte er. »Dem Koch ein wenig auf die Finger schauen.«

Der Wein, den er im *Ristorante Fontana* getrunken hatte, war gut gewesen. Doch was ihm Linos Vater erzählt hatte, hatte die Müdigkeit, die ihm der Primitivo normalerweise beschert hätte, gleich wieder weggewischt. Und so saß Robert am Küchentisch, nippte am Wasserglas und dachte nach. Natürlich würde er Neher alles mitteilen, was er an Details zu dem Überfall auf Gollmanns

Schmuckgeschäft in Erfahrung brachte. Aber würde dem Kommissar die Beobachtung von Pasquale Fontana etwas nützen? Drei Männer und vielleicht eine Frau – wobei der Alte schon sehr genau hingesehen haben musste, wenn er wirklich zwischen Gesichtsmaske und verrutschter Perücke erkannt haben wollte, dass das Haar darunter getönt oder gefärbt gewesen war. Und dann auch noch ein so weit verbreiteter Farbton: »Gefärbt waren die Haare in einem Kastanienbraun, das leicht ins Rötlichbraune geht.« In seinem Buchladen und überall in der Stadt sah er ständig Frauen mit einer solchen Haarfarbe, auch Sonja Fischer schwor auf diesen Farbton. Und natürlich konnte auch ein Mann seine Haare tönen.

Robert trank noch einen Schluck Wasser, leerte den Rest ins Spülbecken und holte ein Bier aus dem Kühlschrank. Er ging ins dunkle Wohnzimmer hinüber und stellte sich ans Fenster. Auf dem Marktplatz war nicht mehr viel los, vor dem *Café Journal* sicherte eine Bedienung Tische und Stühle mit Ketten, und aus dem *Ristorante Fontana* schwankten zwei Paare, hakten sich unter und entfernten sich schwatzend und lachend. Robert ließ seinen Blick über die Fassaden der Häuser gleiten, über das Alte Rathaus und den Brunnen. Er fasste das Dachgeschoss des Ristorante genauer ins Auge. War dort oben, in der Wohnung des alten Fontana, ein Fenster geöffnet? Kräuselte sich Pfeifenrauch in den Nachthimmel? Es war ihm, als sei dort ganz kurz etwas aufgeblitzt, blankes Metall vielleicht, auf dem sich ein wenig Licht spiegelte.

Mit bloßem Auge konnte er es auf diese Entfernung nicht erkennen, also ging er in den Keller. Vom Zielfernrohr seines Gewehrs, das er dort sicher versteckt verwahrte, ließ er lieber die Finger – Linos neugierigen Vater, der ein Zielfernrohr durchs Fernglas vielleicht erkannte, musste er nun wirklich nicht mit der Nase darauf stoßen, dass er Waffen im Haus hatte. Auch das Nachtsichtgerät blieb im Keller, aber das kleine Fernglas sollte unverdächtig wirken. Als er wieder am Wohnzimmerfenster stand, nahm er durch das Fernglas erneut Pasquales Dachgeschosswohnung ins Visier. Erst war nichts zu sehen, dann machte Robert eine Bewegung aus. Der Alte trat einen Schritt nach vorn, aus dem Dunkel des Zimmers ans Fenster. Pasquale Fontana hatte sein Fernglas direkt auf Robert gerichtet. Er schien zu grinsen, dann hob er die freie Hand und winkte seinem Nachbarn über den Marktplatz zu.

2

Die beiden Männer saßen am Küchentisch. Durch das Fenster waren die anderen Einfamilienhäuser der Umgebung zu sehen und der große, alte Baum, der in der Mitte des Parkplatzes auf der anderen Straßenseite stand. Der Untersetzte überflog die Zeitung, die ihm der Hagere hingeschoben hatte. Mit jeder Zeile, die er las, wurden die Furchen auf seiner Stirn tiefer, und als er die Lektüre beendet hatte, ließ er seine flache Hand auf die Zeitung klatschen, dass die Tassen auf dem Tisch nur so schepperten.

»Das darf doch wohl nicht wahr sein!«, entfuhr es dem Untersetzten.

Er sprang auf, warf dadurch den Stuhl, auf dem er gesessen hatte, um und stellte sich breitbeinig ans Küchenfenster, beide Hände zu Fäusten geballt und schwer auf das Fensterbrett gestützt. Der Hagere kam um den Tisch herum, stellte den Stuhl wieder auf, lehnte sich gegen die Küchenzeile und verschränkte die Arme vor der Brust.

»Im Radio haben sie es ja schon gestern gebracht«, sagte der Hagere. »Da habe ich noch geglaubt, ich hätte mich verhört. Aber jetzt, da wir es schwarz auf weiß nachlesen können …«

Der Mann am Fenster fuhr herum, Zorn war ihm ins Gesicht geschrieben.

»Glaubst du, dass unser feiner Freund uns ausgebootet hat?«, zischte er.

»Keine Ahnung«, brummte der Hagere und zuckte mit den Schultern. »Falls es so ist, hat es sich für ihn nicht ausgezahlt: Er ist niedergestochen worden.«

»Und jetzt?«

»Wir suchen uns das nächste Ziel. Und wir hoffen, dass unser feiner Freund niemandem erzählt, was wir vorhatten.«

Der Untersetzte schnaubte.

»Ich stell mir gerade vor, dass wir mit leeren Händen dastehen – und trotzdem von der Polizei in die Mangel genommen werden, weil es Indizien gibt, die gegen uns sprechen!«

»So weit wird es schon nicht kommen, Henk.«

»Du hast gut reden. Wir haben uns immer hier in meiner Wohnung getroffen, und er hat immer mich angerufen, wenn etwas zu besprechen war.«

»Meine Telefonnummer hat er aber auch, und ich werde jetzt trotzdem erst mal die Füße stillhalten. Du solltest dich beruhigen und abwarten. Wir haben nichts Illegales getan. Und unseren Plan kennen nur wir drei.«

Der Untersetzte lief nervös in der Küche auf und ab. Schließlich blieb er stehen und grinste den anderen an.

»Was geht dir denn jetzt wieder durch den Kopf?«, fragte der Hagere.

»Pass mal auf: Der Laden ist überfallen worden, von wem auch immer. Wir haben trotzdem noch den Nachschlüssel und den Code für den Tresor. Was, wenn wir warten, bis die Kriminaltechnik mit der Spurensicherung fertig ist, und wir gehen dann rein und holen uns, was noch da ist? In der Nacht auf Montag oder Dienstag zum Beispiel? Damit rechnet doch kein Mensch! Der Artikel las sich nicht so, als hätten diese Unbekannten alles mitgenommen. Selbst wenn die wertvollsten Stücke fehlen sollten: In einem Juweliergeschäft lohnt sich auch noch das Wühlen in der Resterampe. Wäre das nicht noch raffinierter als ein normaler Bruch?«

Der Türöffner summte schon, bevor Dorin Rigidu den Klingelknopf berührt hatte. Er drückte die schwere Metalltür auf, die neben dem Zufahrtstor in den hohen Zaun eingelassen war, und überquerte die geschotterte Fläche vor der Villa. Die Tür am oberen Ende der Freitreppe schwang auf, und ein dünner Mann in schwarzer Livree trat ins Sonnenlicht. Mit ungerührter Miene wartete er, bis Rigidu ihn erreicht hatte, dann wandte er sich um und bedeutete dem Besucher mit einer knappen Geste, ihm ins Haus zu folgen. Dorin kannte den Weg in die Bibliothek, und bis der Butler ihn in den hellen Raum geführt hatte, schwankte er wie jedes Mal zwischen zwei Gefühlen. Einerseits freute er sich auf ein gutes Geschäft, denn er würde gleich einen seiner besten Kunden treffen, einen Mann, der nicht um jeden Euro feilschte und meistens fair bezahlte. Andererseits war mit diesem Kunden nicht zu spaßen. Er wusste, was er wollte, und er konnte unangenehm werden, wenn er es nicht bekam.

Der Butler zog sich diskret zurück und schloss die Tür, und Dorin stand unbehaglich auf einem der weichen Läufer, die auf dem Parkettboden ausgelegt waren. Er nestelte am Gurt seiner Tragetasche, der tiefer in seine Schulter einzuschneiden schien, seit er das Haus betreten hatte. Sein Kunde saß in einem ausladenden Ohrensessel vor dem Kamin und wandte ihm den Rücken zu, als habe er die Ankunft seines Gastes nicht bemerkt. Dorin hüstelte leise, aber auch danach dauerte es noch eine Weile, bevor der Hausherr seinen Blick von den züngelnden Flammen vor sich löste und sich umständlich aus dem Sessel hochdrückte. Schließlich blieb Sandro Gorthauer einen Moment lang stehen, als müsse er sich erst versichern, dass er auch die Balance halten konnte. Dann griff er nach dem Gehstock, der neben ihm am Sessel lehnte, und kam langsam auf seinen Gast zu.

Der stechende Blick aus tief liegenden Augen, die grauen buschigen Brauen, die fahle Haut und die knochige Gestalt von Gorthauer ließen Dorin an eine Figur aus einem Horrorfilm denken, ein bedrohliches Wesen, halb Greis, halb Gespenst. Aber die tiefe, volltönende Stimme des Hausherrn passte nicht zu seiner Erscheinung.

»Nun, Rigidu, haben Sie etwas dabei, das mir gefallen könnte?«

Er wies mit dem Knauf seines Gehstocks auf den großen Tisch in der Mitte des Raums, auf dem schon eine Unterlage aus schwarzem Filz ausgerollt war. Wie immer würde Dorin darauf sein Angebot ausbreiten, würde warten, bis sein Kunde alles taxiert hatte und ihm die gewünschten Stücke und den Preis nannte, den er zu zahlen bereit war. Dorin beeilte sich, seine Tragetasche zu leeren und die Ware halbwegs ansprechend zu arrangieren. Dann trat er zur Seite. Gorthauer ging die letzten Schritte zum Tisch, und sein Blick glitt über die Schmuckstücke, über Ringe, Uhren und Geschmeide, die vor ihm ausgebreitet lagen. Der Hausherr ließ sich Zeit, nahm nur wenige Schmuckstücke in die Hand, betrachtete sie sorgfältig oder hielt sie mit spitzen Fingern gegen das Licht.

»Diesmal ist nichts Besonderes dabei«, knurrte er schließlich und streckte seine flache Hand seinem Gast entgegen. In der Handfläche lagen zwei Ringe. »Die beiden nehme ich. Achthundert für beide ist in Ordnung, nehme ich an.«

Dorin nickte, sammelte die übrigen Stücke wieder ein und verpackte sie in der Tragetasche. Er schob sich den Gurt über die Schulter und wandte sich zur Tür. Das Geld würde ihm der Butler geben, aber als er die Klinke schon in der Hand hatte, spürte er förmlich Gorthauers Blick in seinem Rücken. Er drehte sich um. Der alte Mann stand am Tisch, die beiden Ringe in der einen Hand, die andere auf den Gehstock gestützt. Seine Miene drückte Missbilligung aus, Ungeduld und Gereiztheit. Dorin schluckte, er wusste, was nun kommen würde.

»Wo ist der Ring, den ich mir gewünscht habe?«

In die kräftige Stimme des Mannes hatte sich etwas Lauerndes geschlichen. Dorin Rigidu kannte diesen Tonfall nicht an seinem Kunden, aber er wusste, dass er nichts Gutes bedeutete.

»Ich habe natürlich nach ihm gefragt, und er gehört auch zur Beute«, beeilte er sich zu versichern. »Aber er wird wohl zurückgehalten, um erst alles andere zu verkaufen. Ich vermute, dass sie auf diese Weise einen besonders hohen Preis erzielen möchten. Aber glauben Sie mir bitte, dass ich trotzdem gut verhandeln ...«

Gorthauers Miene hatte sich nur ganz leicht verfinstert, und um seine Mundwinkel hatte es mürrisch gezuckt. Doch Dorin Rigidu war auch auf diesen kleinen Hinweis hin mitten im Satz verstummt. Gerade noch rechtzeitig.

»Der Preis!«, schnaubte der Hausherr. »Darum werde ich mich kümmern, wenn der Ring hier auf meinem Tisch liegt. Sorgen Sie lieber dafür, dass mir das gute Stück niemand vor der Nase wegschnappt.«

Dorin nickte und wollte schon etwas sagen, da verengten sich Gorthauers Augen zu Schlitzen.

»Ich kann mich in diesem Punkt doch auf Sie verlassen, Rigidu?«

Dorin hatte selten eine Frage gehört, die gleichzeitig so deutlich nach Befehl, Warnung und Drohung klang.

»Selbstverständlich«, brachte er noch hervor, dann wandte sich der Hausherr auch schon ab und ging zum Kamin.

Hinter ihm räusperte sich der Butler, einen schmalen Umschlag mit dem Geld schon in der Hand. Und auch diesmal fragte sich Dorin Rigidu, woher der Mann wusste, welchen Preis sie vereinbart hatten. Vielleicht war eine Mikrofonanlage installiert, oder der Butler horchte ganz profan an der Tür. Jedenfalls hatten die Umschläge bisher noch immer den richtigen Betrag enthalten.

Selina Brand hatte Robert am frühen Samstagabend angerufen und bedauert, dass sie es heute doch nicht mehr nach Remslingen schaffen würde. Ihre letzten Termine hätten sich mehr als erwartet in die Länge gezogen, erzählte sie, und nun habe sie ein Zimmer in einem Gasthof in der Nähe von Hannover genommen und würde am Sonntag frühestens um die Mittagszeit nach Hause kommen.

Das Telefonat war schön gewesen, aber als er auflegte, war ihm trotzdem der Abend verdorben. Er hatte darauf gehofft, mit Selina schön auswärts zu essen, sich vielleicht einen Film anzuschauen und danach in ihre Wohnung zu gehen, die sich nur ein kurzes Stück vom Kino entfernt in der Fronackerstraße befand. Natürlich genossen sie es beide, jeweils noch eine eigene Wohnung zu haben. Aber inzwischen verbrachten sie mehr Nächte zusammen als getrennt voneinander, und das genoss Robert noch mehr. Nun stand er in seinem Wohnzimmer am Fenster und schaute auf den Marktplatz hinunter.

Noch immer tummelten sich dort und in den angrenzenden Gassen und Straßen viele Kostümierte, und ein bisschen hatte sich Robert schon an den Anblick all dieser Fantasiefiguren gewöhnt. Das Kinderkarussell war seit einer halben Stunde geschlossen, und der Betreiber begann damit, sein Fahrgeschäft für die Nacht vorzubereiten. Er zog eine transparente Plane vor, die wie ein Vorhang am runden Überbau des Karussells befestigt war und verhindern sollte, dass sich Betrunkene nachts an den Holzpferden zu schaffen machten oder sich zwischen ihnen übergaben.

Jetzt, am frühen Abend, merkte man schon, wie sich das Geschehen allmählich von der Innenstadt hinaus auf die Wiesen an der Rems verlagerte. Unterwegs würden sich viele der Gäste noch mit einem Imbiss versorgen. Vermutlich war der Thai-Imbiss noch für gut eine Stunde völlig überlaufen, auch vor den Ausgabetheken der Dönerbuden würde es für eine Weile stattliche Warteschlangen geben.

Also kochte Robert Nudeln ab und improvisierte eine einfache Soße aus Butter, Salz und frischem Salbei, löschte mit etwas Weißwein ab und löste darin unter ständigem Umrühren einen nicht mehr ganz so frischen Rest Ziegenkäse auf, den er im Kühlschrank entdeckt hatte. Das Ergebnis schmeckte würzig und ungewohnt, machte aber sehr satt, und der nach dem Ablöschen übrig gebliebene Weißwein füllte fast noch ein Glas und passte gut zur Pasta. Danach musste sich Robert zwischen Sofa und Spaziergang entscheiden. Nach dem warmen Tag machte die Aussicht auf etwas frische Luft das Rennen, und Robert schlenderte zwischen den Häusern der Altstadt hinunter zur Galerie an der Rems und folgte dann dem Fluss. Ab und zu blieb er stehen, wenn an einem der Lagerfeuer, deren Rauch in der Luft lag, hörenswert gespielt und gesungen wurde. Aber meistens bummelte er am Ufer entlang, schloss zwischendurch die Augen und lauschte dem Gemisch aus Musik, Gesprächen und Kinderjohlen.

Robert hatte sich gewundert, als Neher ihn anrief und vorschlug, mit ihm auf ein Bier in den *Scottish Pub* zu gehen. Dass der Kripokommissar einen Tag nach dem Überfall auf das Juweliergeschäft in all dem Ermittlungstrubel dazu Zeit hatte, überraschte ihn. Doch noch bevor er nachfragen konnte, erklärte der Kommissar, dass er und sein Kollege Lachenmaier sich die Nächte in Schichten aufgeteilt hatten, und jetzt gleich, um zwanzig Uhr, beginne seine Freischicht. Da könne ein Bier zum Einschlafen nicht schaden. Neher hatte ihn auf dem Handy erreicht, als ihn seine ausgedehnte Runde auf den Uferweg entlang der Rems geführt hatte. Also spazierte Robert zur Kripodirektion, und der Kommissar kam ihm am Eingang entgegen. Doch als sie loswollten, bemerkte Neher, dass er seinen Geldbeutel und das Handy im Büro hatte liegen lassen.

»Sorry, war etwas viel in den vergangenen Minuten, ich bin gerade etwas durcheinander. Kommen Sie kurz mit hoch?«, fragte Neher und flitzte los, bevor Robert antworten konnte.

Im menschenleeren Büro des Kommissars – Neher erklärte, Lachenmaier sei gerade für die Sonderkommission unterwegs – war die Luft etwas stickig, in einer Ecke des Raums entdeckte Robert den Grund dafür: Dort war eine Liege aufgebaut, Bettzeug lag obenauf, und ein danebengestellter Hocker mit einer kleinen Lampe diente wohl als Nachttisch. Neher war Roberts Blick gefolgt und lachte freudlos.

»Zum Philip-Marlowe-Idyll fehlt nur noch eine Flasche Bourbon, was?«

»Man kann nicht alles haben«, versetzte Robert grinsend, und schon ging es zurück auf den Flur. Auf halbem Weg zum Treppenhaus standen einige Beamte beisammen, einer pinnte Blätter an die Wand, was die anderen mit Lachen quittierten. Neher blieb neben den anderen stehen, Robert folgte seinem Beispiel. Die Kollegen hatten nach Gollmanns Aussagen Phantombilder der Schmuckräuber anfertigen lassen, und so hingen in einer Reihe Abbildungen zweier Orks, des Hobbits Frodo Beutlin und des Zauberers Gandalf im Flur. Robert musste grinsen, aber als er Neher ansah, war ihm keinerlei Belustigung anzusehen. Im Gegenteil, dem Kommissar entgleisten die Gesichtszüge, er machte einige schnelle Schritte nach vorn, riss die Bilder von der Wand und knallte sie dem nächstbesten Kollegen auf die Brust. Der sah Neher ganz verdattert an.

»Gollmanns Mitarbeiter ist inzwischen gestorben. Ich habe es vor fünf Minuten erfahren. Vielleicht sollten wir uns deshalb lieber darauf konzentrieren, seinen Mörder zu finden, anstatt uns hier über einen tragischen Fall lustig zu machen!«

Die anderen schauten betreten zu Boden, Neher marschierte los, Robert im Schlepptau. Kurz vor dem Treppenhaus blieb er stehen, wandte sich um, vielleicht um sich für seinen brüsken Auftritt zu entschuldigen, aber die anderen hatten sich schon wieder in ihre Büroräume verzogen.

Den Fußweg durch die Remslinger Altstadt brachten sie schweigend hinter sich. Es war etwas weniger los als am Nachmittag, aber noch immer trafen sie Maskierte und Kostümierte an, die einzeln oder in Gruppen durch die Gassen streiften. Im *Scottish Pub* herrschte das übliche muntere Durcheinander. In einer Ecke direkt unter einem Lautsprecher spielten eine Frau und drei Männer im vorgerückten Alter Karten. Nur wenige Plätze waren frei, auch auf dem Podest, das sonst als Bühne für Bands diente, saßen Paare an kleinen Tischen, und an der Theke diskutierten zwei Männer über Politik. Neher und Mondrian setzten sich an einen Ecktisch und rückten die beiden überzähligen Stühle an den ebenfalls freien Nachbartisch – teils um mehr Platz zu haben, teils als Signal, dass sie sich ungestört unterhalten wollten. Im Gastraum war niemand als Tolkien-Figur verkleidet, auch der Pub war nicht passend zu dem Rummel um *Der Herr der Ringe* dekoriert. Robert wusste, dass der Wirt nichts von Tolkien hielt, an Literatur ließ er nur Walter Scott, Robert Burns und Robert Louis Stevenson gelten, und Filme gewannen in seinen Augen vor allem durch Schauspieler, die stolze Schotten waren wie er. Deshalb mussten die wenigen Cosplayer, die hier einkehren wollten, mit einem

Platz auf der kleinen Terrasse vorliebnehmen, was an diesem milden Abend aber durchaus angenehm war.

Ihnen blieb die dröhnende Soundeinlage nicht erspart, denn wie zu jeder vollen Stunde ließ auch jetzt um acht Uhr abends Wirt Richie McCafferty einen Song der schottischen Hardrockband Nazareth laufen, deren Sänger mit ihm die Heimatstadt und den Nachnamen teilte. Und wie immer drehte er dafür die Lautstärke ordentlich auf. Einige Gäste schauten deshalb genervt zur Theke hin und verrieten sich als Pub-Neulinge, andere grinsten und unterbrachen ihre Unterhaltung, weil man ohnehin kaum sein eigenes Wort verstehen konnte, nur die Kartenspieler direkt unter dem Lautsprecher reagierten nicht auf den Lärm und kartelten unbeirrt weiter. Neher winkte Richie zu und hielt zwei Finger in die Luft, und als der Wirt nach dreieinhalb Minuten den Regler wieder in den grünen Bereich schob und die Musik etwas ruhiger wurde, prosteten sich Kommissar und Buchhändler zu.

»Das wird heute mein einziger Nazareth-Song sein«, sagte Neher. »Vor dem nächsten muss ich mich auf den Weg zu meiner Pritsche machen.«

Robert nickte zu den Kostümierten auf der Terrasse hinaus.

»Was passiert jetzt mit den Tolkien-Tagen? Für morgen sind ja auch noch Veranstaltungen angekündigt.«

»Ich weiß es nicht. Wir als Polizei haben dazu keine Empfehlung abgegeben, mir persönlich ist es egal, meine Kollegen und ich können unabhängig davon ermitteln, was entschieden wird. Und soweit ich weiß, sitzt der

Oberbürgermeister heute Abend mit einigen seiner Mitarbeiter beisammen und berät, was werden soll.«

»Die beraten noch? Immerhin ist ein Mord geschehen, da wird doch keiner wollen, dass hier weiter groß gefeiert wird!«

»Dass Gollmanns Mitarbeiter tot ist, wurde noch nicht bekannt gegeben. Das Juweliergeschäft ist geschlossen, die Kriminaltechnik sichert nach wie vor Spuren, und vor den Schaufenstern wurde Sichtschutz angebracht. Außerhalb des Ladens werden wir nichts Verwertbares finden, das unsere Leute nicht schon direkt nach dem Raub entdeckt hätten. Und von allen Gandalfs, Frodos und Orks, die wir danach auftreiben konnten, haben wir die Personalien notiert, haben Fingerabdrücke und DNA-Proben genommen. Die Abgleiche laufen, aber dass die Täter darunter sind, glaube ich eher nicht.«

Nehers Handy vibrierte. Der Kommissar nahm das Gespräch entgegen, hörte aber fast nur zu, bevor er sich bedankte und das Gerät wieder wegsteckte.

»Das war unsere Pressestelle«, erklärte er. »Die Stadtverwaltung hat sich entschieden, die Tolkien-Tage wie geplant bis morgen Abend laufen zu lassen. Einige besonders krawallige Veranstaltungen werden abgesagt, alles andere soll stattfinden wie geplant.«

Robert schnaubte, aber Neher zuckte mit den Schultern.

»Schauen Sie, Herr Mondrian, ihre Entscheidung hat sich die Stadt sicher nicht leicht gemacht. Aber wir haben jetzt um die zwei-, dreitausend kostümierte Tolkien-Fans in der Stadt. Wenn die alle nach Hause geschickt werden, sorgt das für mehr Aufregung, als wenn wir darauf achten, das Spektakel in etwas ruhigere Bahnen zu lenken und vollends über die Bühne gehen zu lassen. Es ist ja nur noch ein Tag, und wie gesagt: Unsere Ermittlungen werden dadurch nicht gestört.«

Danach wechselte Neher das Thema, um zwischendurch auch mal auf andere Gedanken zu kommen, und als es auf neun Uhr zuging, verabschiedete er sich, ging zum Zahlen an den Tresen und winkte Robert im Hinausgehen noch kurz zu. Robert sah dem Kommissar nach, der die Kurze Straße hinaufschlenderte, bis er kurz vor deren Einmündung in den Marktplatz aus seinem Blickfeld verschwand. Erst dann fiel ihm ein, dass Neher ihn diesmal nicht um Hilfe oder einen Rat gebeten hatte. Anders als im Fall der toten Frau an der Siechenhauskapelle. Anders als im Fall des vergifteten Obstlieferanten hinter Sonjas Vitaminoase. Erleichtert bestellte er ein zweites Bier, doch als ihm das Glas gebracht wurde, spürte er zu seiner eigenen Überraschung auch ein leichtes Bedauern. Dabei sollte er doch froh sein, endlich mal seine Ruhe zu haben, endlich mal nicht in einen Mordfall oder in die Ermittlungen verwickelt zu sein. Endlich mal nicht anwenden zu müssen, was er früher, in einem anderen, weit zurückliegenden Leben gelernt und geübt hatte. Endlich mal nur mit den Kunden seiner Buchhandlung, mit seiner Freundin Selina, mit seinen Nachbarn, mit seinem Mitarbeiter zu tun zu haben, anstatt mit Räubern, Mördern oder Schlägern. Endlich mal mit Neher nur ein

Bier trinken und über Alltäglichkeiten reden zu können und nicht immer nur über den neuesten Fall, um den sich die Kripo kümmern musste. Und vielleicht ein bisschen auch er selbst. Darüber sollte er sich doch freuen, sollte zufrieden sein, dass er in Ruhe gelassen wurde.

Endlich.

Eigentlich …

Dann wurden Schlagzeug und Bass laut aufgedreht, die Gitarre drängte sich in einem langen, verzerrten Ton ins Klangbild, und für die nächsten dreieinhalb Minuten ließ Nazareths *This Flight Tonight* Roberts Gedanken ruhen.

Dass das Haus einen Hintereingang besaß, war sehr nützlich. Hier hatten sie ungesehen ins Gebäude schleichen können, nachdem sie den Transporter etwa fünfzehn Gehminuten entfernt abgestellt hatten. Und nun war geplant, an einem Ort die Nacht zu verbringen, an dem die Polizei ganz sicher nicht nach ihnen fahnden würde. Schon früher war das beste Versteck direkt vor der Nase derer gewesen, die sie suchten.

Obwohl sie eigentlich nicht befürchten mussten, hier aufgespürt zu werden, war die Frau gereizt und unruhig, und irgendwann machte sich einer ihrer drei Begleiter auf den Weg, sich nach dem Zustand des verletzten Verkäufers zu erkundigen. Natürlich konnte er dazu nicht einfach an der Pforte fragen, aber er war geübt im Verkleiden und im Spielen verschiedenster Rollen. Und so schaffte er es heimlich ins Kreiskrankenhaus in Winnenden, fand dort alles, womit er sich als Pfleger ausgeben konnte, und machte sich auf die Suche nach dem Verletzten.

Kein Arzt, dem er auf den Fluren begegnete, nahm von ihm Notiz, auch die Reinigungskräfte beachteten ihn nicht, und wann immer eine Pflegerin oder ein Pfleger stutzte, weil er oder sie den Kollegen nicht zuordnen konnte, grüßte er freundlich und behielt seinen flotten Schritt bei, mit dem er schnell um die nächste Ecke verschwunden war. Frechheit hatte bisher immer gesiegt, wenn er sich an ähnliche Einsätze gewagt hatte, und falls doch jemand Verdacht schöpfen würde, war er schlagfertig genug, sich herauszureden – und eine etwaige Beschreibung der Polizei gegenüber würde die Kripo durch die falsche Haarfarbe, das ausgepolsterte Hemd und die dickrandige Brille mit Fensterglas auf eine falsche Fährte führen. So kam er gut durch, konnte durch einen glücklichen Zufall aufschnappen, was er über den Verkäufer wissen wollte, und stand bald darauf vor den drei anderen und berichtete ihnen, was er erfahren hatte.

»Scheiße«, knurrte die Frau. »Ein Toter, das ist noch mal eine andere Hausnummer als nur ein Überfall!«

Sie wandte sich an einen der beiden Männer, die mit ihr zusammen auf Nachricht gewartet hatten.

»Was musst du auch gleich zustechen, nur weil der Typ den Helden spielen wollte? Du hättest ihm auch eine runterhauen können, das hätte doch gereicht!«

Die Stimmung war gedrückt, und sie wurde auch nicht dadurch besser, dass draußen nach wie vor der Trubel der Tolkien-Tage zu hören war und dass sich kein Martinshorn in die Geräuschkulisse mischte.

Die Wohnung über dem Juweliergeschäft war von der Spurensicherung eher flüchtig untersucht worden. Es gab keinen Hinweis darauf, dass die Täter vor dem gestrigen Überfall hier im ersten Stock gewesen sein konnten. Und so hatten sich die Kriminaltechniker von ihm den kleinen Raum zeigen lassen, in dem die wöchentlich vorbeischauende Putzfrau ihre Utensilien lagerte. DNA-Proben und Fingerabdrücke nahmen sie auch von seiner Freundin Doreen, die manchmal bei ihm übernachtete und zu diesem Zweck Haar- und Zahnbürste und einiges andere in seiner Wohnung deponiert hatte.

Doch das war alles schon gestern erledigt worden, und seither saß Roland Gollmann – von ein paar Stunden unruhigen Schlafs abgesehen – in seinem Wohnzimmer und starrte durchs Fenster in den Himmel, oder er sprang auf und holte sich Kaffee oder Wasser aus der Küche. Gollmann war ohnehin ein nervöser Mensch, und der Überfall hatte ihm den Rest gegeben. Er verging vor Sorge um seinen Mitarbeiter, und er biss sich die Unterlippe wund, weil er sich wieder und wieder fragte, warum Kevin Schröder unbedingt den Alarmknopf hatte drücken wollen. Wie oft hatte er ihm eingeschärft, dass man in einem solchen Fall nicht den Helden spielen sollte. Dass man alles ruhig geschehen lassen und nur darauf bedacht sein sollte, heil aus der ganzen Sache herauszukommen. Gollmann war ordentlich versichert, und er konnte den Wert aller Gegenstände, die er in seinem Laden anbot, belegen. Er zahlte stattliche Beiträge, da konnte ihm ruhig auch mal ein finanzieller Verlust erstattet werden. Warum also hatte Kevin nicht einfach die Füße stillgehalten und abgewartet, bis die vier Maskierten wieder verschwunden waren?

Das Klingeln des Telefons riss ihn aus seinen Gedanken. Er nahm das Mobilteil vom Couchtisch und meldete sich mit brüchiger Stimme. Am anderen Ende war einer der Polizisten, die ihn nach dem Überfall befragt hatten. Der Mann teilte ihm das mit, was er am meisten gefürchtet hatte.

»Kann ich ins Krankenhaus kommen?«, hörte Gollmann sich sagen, und nach einer kurzen Pause auch: »Nein, ich will nicht meinen toten Mitarbeiter sehen. Ich will mich um seine Frau kümmern. Sie ist doch sicher in der Klinik, oder? Und ich kann die Nachricht auch seinen Eltern überbringen. Ich kenne sie gut, schon seit vielen Jahren. Sie sind im Altersheim, ich fürchte …« Er schluckte. »Das sollte jemand machen, der sie kennt.«

Der Beamte war einverstanden, und seinem Tonfall nach zu urteilen auch sehr erleichtert, dass Gollmann diese unangenehme Aufgabe übernehmen wollte. Der Juwelier drückte das Gespräch weg, starrte noch einige Minuten zum Fenster hinaus, bevor er sich ächzend erhob und zur Garderobe schlurfte.

Viertel vor zehn kam Richie für eine kurze Pause an Roberts Ecktisch. Er prostete seinem Gast mit dem Kaffeebecher zu und setzte sich.

»Na, hat der Kommissar wieder deine Hilfe gebraucht?«

Natürlich hatte Richie mitbekommen, dass sich die beiden nicht nur über das Wetter unterhielten, wenn sie sich im Pub trafen.

»Nein, diesmal nicht«, erwiderte Robert. »Ich wüsste auch nicht, wie ich ihm helfen sollte. Hast du was beobachtet?«

»Nicht wirklich. Am Nachmittag rannten hier zwar ein paar Gestalten vorbei, aber ob die Schmuckdiebe darunter waren, kann ich nicht sagen. Ich habe alles haarklein einem von Nehers Kollegen berichtet, und eine Vierergruppe, aus der ein Typ im Gandalf-Kostüm herausragte, könnte auch tatsächlich kurz nach dem Raubüberfall hier vorbeigekommen sein.«

»Und wohin sind die gerannt?«, fragte Robert, bemerkte Richies Grinsen und hob beschwichtigend die Hände. »Sorry, dass ich gefragt habe, das war wohl ein Reflex.«

Er lachte, aber Richie wurde wieder ernst und antwortete.

»Diese Typen kamen die Kurze Straße herunter und flitzten dann links ums Eck, die Straße hinauf. Ich hab mich noch gewundert, weil sich alle anderen bis dahin in die Gegenrichtung gewandt hatten, zum Beinsteiner Tor oder durchs Tor hindurch hinaus auf die Wiesen am Fluss.«

Robert schaute zum Fenster hinaus und stellte sich das Gewimmel vor, das am Nachmittag hier geherrscht haben musste.

»Das konntest du so genau sehen?«

»Ich stand gerade vor der Tür, eine rauchen.«

»Und wohin sind die vier dann abgebogen?«

Richie zuckte mit den Schultern.

»Keine Ahnung, ich hab nicht weiter auf die Typen geachtet. Dass das wichtig sein könnte, habe ich ja erst durch die Fragen des Polizisten erfahren.«

»Kannst du dir einen Grund vorstellen, warum sie nicht durchs Tor hinausgerannt sind, sondern praktisch wieder zurück in die Altstadt?«

»Vielleicht haben sie ihren Wagen dort irgendwo geparkt, im Parkhaus oder flussabwärts entlang der Rems, was weiß ich.«

Robert rief sich den Stadtplan vor Augen. Richie konnte recht haben. Aber war die Polizei nicht so schnell vor Ort gewesen, dass sie vier verkleidete Gestalten in einem davonfahrenden Auto bemerkt und das Quartett angehalten hätten? Denn ob sie ihren Wagen nun in der Marktgarage untergestellt oder ein Stück entfernt am Fluss geparkt hatten: Sowohl das Bezahlen im Parkhaus als auch der Fußweg zum Wagen hätten vermutlich lange genug gedauert, dass bis dahin erste Kontrollen an den Ausfallstraßen eingerichtet worden wären. Und falls sie das Parkhaus benutzt hatten: Gab es dort nicht Kameras, und konnte die Kriminaltechnik vielleicht mit einem Ticket, das zur passenden Zeit bezahlt wurde, etwas anfangen?

Wieder spielte um Richies Mundwinkel ein spöttisches Grinsen, und Robert wechselte schnell das Thema.

»Kurz vor zehn, du musst wieder was von Nazareth auflegen«, sagte er und deutete auf die Wanduhr neben der Theke.

»Stimmt, danke.«

Richie stand auf, und Robert deutete auf die vier Kartenspieler direkt unter dem Lautsprecher.

»Und vielleicht warnst du sie lieber vor, falls du einen besonders fetzigen Titel raussuchst.«

Richie folgte Roberts Blick und lachte.

»Ach, die stört das nicht: Taub, alle vier, sie arbeiten in einem kleinen Betrieb drüben in der Weingärtner Vorstadt, und seit zwei Wochen kommen sie regelmäßig her und spielen Binokel. Gute Leute, und das nicht nur, weil sie ordentlich Umsatz machen. Ich hab mich vorgestern ein bisschen mit ihnen unterhalten, sehr interessant, was sie so erzählen.«

»Unterhalten? Erzählen? Ich dachte, sie sind taubstumm?«

»Taubstumm ist nur die Frau, die anderen können sprechen, hören aber nichts oder fast nichts. Ich habe eine Cousine, die in Winnenden in der Paulinenpflege arbeitet. Die hat mir vor einiger Zeit etwas Gebärdensprache beigebracht. Ich habe mich richtig gefreut, das mal wieder anwenden zu können. Und wenn mir nicht die richtige Gebärde einfällt, hilft es, dass alle vier recht gut von den Lippen ablesen können.«

Richie musterte seinen Gast, schaute dann zu den Kartenspielern hinüber.

»Weißt du was? Ich mache dich mit denen bekannt, das bringt dich auf andere Gedanken. Ich würde dich gern ein bisschen ablenken, denn ich habe den Eindruck, dass du schon wieder heimlich mitermittelst.«

Er lachte und machte eine einladende Geste. Robert grinste und deutete auf die Lautsprecherbox direkt über den Spielern.

»Können wir machen, danke für das Angebot. Ich setz mich dann auch gern zu ihnen – aber bitte erst nach dem nächsten Nazareth-Song.«

Der Polizist saß noch immer auf dem Stuhl, von dem aus er jeden sehen und notfalls überprüfen konnte, der zu Kevin Schröder wollte. Seit der Verkäufer seinen Verletzungen erlegen war, hatte er vor allem damit zu tun gehabt, die frischgebackene Witwe des Mannes im Auge zu behalten. Ein Chirurg hatte ihr die schlechte Nachricht leidlich schonend beigebracht. Julia Schröder schien eine starke Frau zu sein, und der Beamte litt wie ein Hund, weil sie nach dem Gespräch mit dem Arzt einfach auf den Stuhl gesunken war, auf dem sie zuvor voller Angst gewartet hatte. Dort saß sie nun, leicht vornübergebeugt, und weinte stumm. Ab und zu tupfte sie ihre Augen und die Nase mit einem Papiertaschentuch, das sie die übrige Zeit in ihrer linken Hand knetete.

Der Polizist musterte sie gerade wieder und bemerkte deshalb erst mit Verzögerung, dass jemand neben ihm stand. Er hob den Blick. Eine Pflegerin mit teilweise ergrauten Haaren, die sie zu einem Dutt gebunden hatte, sah auf ihn hinunter.

»Ja, bitte?«, fragte er sie und stand auf.

»Ich … ich weiß nicht, ob das etwas zu bedeuten hat und ob es für Ihre Ermittlungen irgendwie wichtig sein könnte …«

Ihre Stimme war kräftig, und sie sprach mit einem leichten Akzent, den er nicht zuordnen konnte.

»Sagen Sie mir einfach alles, was Ihnen aufgefallen ist. Meine Kollegen und ich können dann immer noch entscheiden, ob es wichtig ist. Also?«

»Mir ist hier auf der Etage ein Mann begegnet, der wie ein Pfleger gekleidet war, den ich aber nicht kannte. Ich arbeite schon sehr lange in dieser Abteilung, wissen Sie. Erst in Waiblingen und seit dem Neubau dann hier in Winnenden. Sie können mir glauben, dass ich fast jeden Kollegen kenne.«

Der Polizist hob die Augenbrauen.

»Und einer Kollegin von mir ist der Typ auch aufgefallen. Wir beide sind uns sicher: Dieser Mann gehört nicht zur Belegschaft. Dann frage ich mich aber, was er hier zu suchen hatte und warum er sich hier verkleidet herumtrieb.«

»Gute Frage«, gab ihr der Polizist recht und lotste sie ein paar Meter von der trauernden Witwe weg. Dann stellte er sich so auf, dass er Frau Schröder und die Pflegerin gleichzeitig im Blick behalten konnte.

»Würden Sie mir den Mann bitte beschreiben?«

»Normal groß, schwarze Haare, dicke Brille oder zumindest eine Brille mit dickem Rand. Mir kam es so vor, als seien die Gläser nicht besonders stark, aber das kann ich nicht mit Sicherheit sagen. Er hatte ein paar Kilo zu viel, wobei das Gesicht, die Arme und Beine eigentlich sehr schlank aussahen – womöglich hat er sich etwas unter das Hemd gesteckt, um molliger zu wirken.«

Der Polizist notierte die Aussage und die Personalien der Pflegerin, bedankte sich bei ihr und rief den Innendienst der Soko Juwelier an.

Roland Gollmann fragte am Empfang nach der Abteilung, in der Kevin Schröder lag. Die Kripo hatte im Krankenhaus schon Bescheid gesagt, und die Dame im Foyer bat ihn, auf eine Schwester zu warten, die ihn zu Schröders Witwe bringen würde. Sie kam nach wenigen Minuten und ging ihm voraus. Er musste sich sputen, um mit ihr Schritt zu halten, und als sie um die letzte Ecke bogen und er ein Stück voraus die junge Frau seines Mitarbeiters wie ein Häufchen Elend auf ihrem Stuhl sitzen sah, drückte ein uniformierter Polizist gerade ein Gespräch weg und steckte das Handy weg. Gollmann dankte der Schwester, die eilig zurück an ihre Arbeit ging, und hielt auf den Beamten zu.

»Gollmann«, stellte er sich vor. »Der verstorbene Herr Schröder war mein Mitarbeiter, und ich habe mit Ihren Kollegen von der Kripo vereinbart, dass ich mich um seine Frau kümmere.«

Der Juwelier sah dem Polizisten an, wie froh er darüber war, dass ihm jemand diese unangenehme Aufgabe abnahm. Und als Gollmann daraufhin neben den Stuhl der weinenden Frau trat und stumm stehen blieb, dauerte es eine Weile, bis Julia Schröder ihn bemerkte. Dann schaute sie mit verheulten Augen zu ihm auf und erhob sich wie in Zeitlupe. Gollmann nahm sie wortlos in den Arm, und sie ließ es geschehen. Den Kopf an seine Schulter gelehnt, weinte sie eine Zeit lang stärker, beruhigte sich danach aber etwas. Schließlich fasste der Juwelier sie mit den Händen an den Schultern und schob sie etwas von sich weg, um sie besser ansehen zu können.

»Geht's halbwegs?«, fragte er leise, und als sie nickte, fuhr er fort: »Sollen wir schauen, ob wir irgendwo einen Kaffee bekommen?«

»Aber ... Kevin ...«

Ihr Blick huschte zu der Tür, durch die der Chirurg gekommen war, der ihr die Nachricht vom Tod ihres Mannes überbracht hatte, und schon schossen ihr wieder Tränen in die Augen.

»Sie sollten jetzt mal eine Pause haben, etwas durchschnaufen können. Kommen Sie?«

Julia Schröder zögerte, setzte sich aber schließlich doch in Bewegung. Gollmann warf dem Beamten einen kurzen fragenden Blick zu, der zuckte nur mit den Schultern, und sie machten sich auf den Weg zu dem Ristorante, das in einem Gebäude direkt neben der Klinik untergebracht war. Vor dem Lokal standen Tische und Stühle, und eine junge Bedienung war damit beschäftigt, Ketten um deren Beine zu schlingen und mit Schlössern zu sichern. Als sie das Paar an sich vorbei auf den Eingang zugehen sah, rief sie ihnen hinterher: »Tut mir leid, wir haben schon geschlossen!«

Gollmann und seine Begleiterin drehten sich langsam um, und als die Bedienung das verweinte Gesicht der Frau bemerkte, sah man sie förmlich nachdenken. Sie wusste, dass die beiden aus dem Krankenhaus gekommen waren, und dort konnte es für die junge Frau keine guten Nachrichten gegeben haben.

»Wissen Sie was?«, sagte sie. »Für Sie bleibt das Lokal jetzt einfach noch ein bisschen geöffnet. Nur der Koch ist leider schon gegangen. Ein Glas Wein vielleicht?«

Julia Schröder nickte.

»Und zwei Espressi, wenn es möglich ist.«

»Natürlich, kommt sofort.«

Sie deutete auf den letzten Tisch, an den die Stühle noch nicht gekettet waren, und ging nach drinnen. Die Geräusche aus dem Ristorante deuteten darauf hin, dass die Kaffeemaschine schon ausgeschaltet und geputzt worden war, aber die Bedienung brachte die beiden Espressi und das Weinglas mit einem freundlichen Lächeln.

»Ich habe Ihnen einen trockenen Roten eingeschenkt, ich hoffe, das ist recht so?«, fragte sie noch.

Julia Schröder nickte, nippte und versuchte ein Lächeln. Die Bedienung zog sich ins Lokal zurück, und Gollmann brachte die Witwe seines Mitarbeiters behutsam zum Reden, hörte ihr geduldig zu und streute ab und zu einen einfühlsamen Satz ein. Eine halbe Stunde saßen sie so, dann schlug der Juwelier vor, noch ein paar Schritte zu gehen. Er ging ins Ristorante, bezahlte, bedankte sich für das Entgegenkommen, gab der Bedienung ordentlich Trinkgeld und führte Julia gemächlich über den Parkplatz hinweg in den kleinen Park neben dem Krankenhaus. Dort sorgten Bäume für Dunkelheit und Ruhe, nur das Plätschern des kleines Bachs war zu hören und ab und zu das Martinshorn eines Rettungswagens.

»Wird die Polizei den Mörder meines Mannes finden, Herr Gollmann?«

Julias Stimme klang so gequält, dass er es kaum ertragen konnte.

»Ich hoffe es«, antwortete er. »Ich bin der Polizei als Augenzeuge leider keine große Hilfe, die Räuber waren verkleidet. Ich zerbreche mir nach wie vor den Kopf, ob mir irgendetwas an diesen Typen aufgefallen ist, was der Kripo helfen könnte, aber bisher …«

»Glauben Sie, dass es meinen Mann zufällig erwischt hat? Oder hatten es die Räuber auf ihn abgesehen?«

Und warum haben sie Kevin erstochen und nicht mich, den Juwelier?, ging es Gollmann durch den Kopf. Diese Frage würde Julia nie aussprechen, aber er selbst hatte sie sich seit gestern schon hundertfach gestellt. Sollte er ihr erzählen, dass sich ihr Mann wie ein Held verhalten, dass er den Alarmknopf gedrückt hatte, dass er sich abwehrbereit neben der Glashaube aufgebaut hatte, die den Ring als wichtigstes Schaustück schützen sollte, und dass er deshalb sterben musste? Aber warum hatte dann er selbst den Überfall untätig über sich ergehen lassen, und warum hatte nicht er den tödlichen Fehler anstelle seines Mitarbeiters begangen? Gollmann beschloss zu schweigen.

»Nein, das hatte nichts mit Ihrem Mann zu tun, Julia. Die Situation geriet wohl irgendwie außer Kontrolle, einem der Räuber gingen die Nerven durch, und dann …«

Er verstummte, und in sein Schweigen drang ihr unterdrücktes Schluchzen.

»Wie kann ich Ihnen denn helfen?«, fragte er. »Wenn Sie jetzt nicht allein sein möchten, kann ich Ihnen gern mein Gästezimmer herrichten. Oder wollen Sie Ihre Freundin anrufen, wie hieß sie gleich noch? Lena?«

Sie nickte.

»Lena ist sicher für Sie da, und Sie können bestimmt für ein paar Tage bei ihr wohnen. Vielleicht hilft es Ihnen ja, wenn Sie beide in Ruhe reden können und … und wenn Sie jetzt nicht allein in Ihrer Wohnung sind.«

»Das geht schon«, murmelte Julia. »Aber haben Sie vielen Dank, Herr Gollmann. Lena werde ich anrufen, gute Idee. Vielleicht hat sie ja Zeit.«

»Und den Eltern Ihres Mannes …«

Julia Schröder seufzte, vor dieser Aufgabe hatte sie offenbar großen Respekt.

»Ich könnte Sie begleiten, wenn Sie es ihnen erzählen. Soll ich Sie morgen Vormittag abholen?«

Julia blieb stehen und sah den Juwelier an. Das diffuse Licht der nächsten Laterne spiegelte sich in ihren feuchten Augen.

»Das wäre schön. Ich rufe Sie an, wenn ich morgen aufstehe, okay?«

Richie winkte Robert direkt nach dem Nazareth-Song zu sich und begleitete ihn an den Tisch der Kartenspieler. Die Frau hatte gerade ihr Blatt studiert, aber wohl aus den Augenwinkeln bemerkt, dass sich jemand näherte, und als sie Robert und Richie entgegensah, schauten auch die drei Männer zu ihnen auf. Richie gestikulierte, ohne dass Robert irgendeiner dieser Bewegungen eine Bedeutung hätte zumessen können. Die Frau schien aber das meiste zu verstehen, und als der Wirt einige Worte, zu denen er keine Geste parat hatte, mit deutlichen Lippenbewegungen wiederholte, lächelte sie, nickte und rückte etwas zur Seite. Richie schob einen zusätzlichen Stuhl in die entstandene Lücke.

»Setz dich«, kommandierte er und blieb hinter Robert stehen, als der seiner Anweisung gefolgt war.

Hilfe suchend drehte sich Robert zu Richie um, aber der ermunterte ihn fröhlich, einfach draufloszureden. Dann begann er, stockend und von fahrigen Handbewegungen begleitet, sich als Buchhändler vorzustellen und seinen Namen zu sagen. Und als ihn zwar alle vier aufmerksam ansahen, aber sonst keine Reaktion zeigten, deutete er auf Richie und gab ihm die Schuld dafür, dass er hier so ungebeten hereingeplatzt sei, entschuldigte sich für die Störung und machte Anstalten aufzustehen, weil er nun auch wieder gehen müsse.

Die Frau lachte und machte einige Gebärden in schneller Abfolge. Robert drehte sich zu Richie um, aber das Tempo der Gesten hatte ihn offensichtlich überfordert. An seiner Stelle machte einer der Männer den Übersetzer.

»Sie will wissen, ob Sie Binokel spielen.«

Er sprach mit einer weichen Stimme, und auch wenn er manche Konsonanten schleifen ließ und die eine oder andere Silbe eigenartig betonte, war er gut zu verstehen.

»Sie … sie sprechen sehr gut«, stammelte Robert und schluckte.

»Sie aber auch«, erwiderte der andere, und erst gluckste der eine, dann der nächste, und schließlich bogen sich alle vier vor Lachen. Robert war erst etwas verlegen, konnte angesichts der fröhlichen Mienen um ihn herum aber nicht anders, als einfach mitzulachen. Richie sah, dass das Eis gebrochen war, und kehrte hinter den Tresen zurück.

»Besonders gut beherrsche ich Binokel noch nicht«, gab Robert zu, als sie sich wieder einigermaßen beruhigt hatten. »Meine Freundin hat mir bisher nur ganz vage die Regeln erklärt. Aber wenn ich Ihnen ein bisschen zuschauen darf, vielleicht auch an einem der nächsten Abende, dann werde ich es hoffentlich vollends begreifen.«

»Das ist okay, bis auf eins: Es ist nichts mit ›Sie‹, hier am Tisch duzen wir uns alle.«

»Gern, ich bin Robert.«

»Angenehm, Hennes«, sagte er und deutete auf sich, dann nacheinander auf die anderen: »Fynn, Kalle, Doris.«

Es war eine ausgesprochen angenehme Runde, und auch wenn die vier ab und zu angestrengt über die nächste Karte nachdachten, die sie ausspielen wollten, war dem Quartett anzumerken, dass alle die Gesellschaft der jeweils anderen genossen. Doris schien die Karten am geschicktesten für sich einzusetzen, und die meisten Binokelrunden entschied sie für sich. Sie war eine schlanke Frau Mitte vierzig, deren Gesicht mit den zahlreichen Lachfalten eher sympathisch als attraktiv war und deren Augen manchmal listig blitzten, wenn sie darauf wartete, was die anderen ausspielten. Ihre kastanienbraunen Haare hatten einen Schimmer, der leicht ins Rötliche ging, und Robert ärgerte sich, dass er nach dem Gespräch mit Pasquale Fontana alle Frauen auch nach ihrer Haarfarbe taxierte.

Hennes war einige Jahre jünger als sie, aber sein Haaransatz war schon ziemlich weit nach oben gewandert. Er trug eine randlose Brille, schüttete unablässig Bier, Wasser und Kaffee im Wechsel in sich hinein, und über seinem Gürtel beulte sich das Shirt über einem kleinen Bäuchlein. Fynn war der Jüngste in der Runde, keine dreißig, und ein nervös wirkender Typ von erschreckend hagerer Statur. Er nippte gelegentlich an seinem Bier, zwei leicht gelblich verfärbte Finger deuteten darauf hin, dass er starker Raucher war, und an der linken Hand begann sich ein Heftpflaster zu lösen, dessen Ecken er immer wieder festdrückte. Vielleicht rührte seine Nervosität daher, dass er die nächste Zigarettenpause herbeisehnte. Seine schwarzen Haare standen wie Igelborsten in alle Richtungen ab, und auf seinem Shirt standen der Name und die Tourdaten einer Metalband. Vermutlich verbuchte er Nazareth unter Melodicrock. Kalle war der Senior, ein hochgeschossener Mann um die sechzig mit halblangem, schütterem Haar, dicker Brille und schlanken, langen Fingern. Er hatte ein Weizenglas vor sich stehen, trank aber nur in den Pausen zwischen den Binokelrunden. Sonst saß er hoch konzentriert da, spielte seine Karten schnell aus und ärgerte sich auch mehr als die anderen am Tisch, wenn er verlor.

Hennes erklärte Robert zwischendurch die Regeln und warum seine Mitspieler gerade dieses oder jenes angesagt, gemeldet, gestochen oder bedient hatten. Doris ließ ihn einmal einen Blick in ihr Blatt werfen. Dazu steckte sie ihre Karten so, dass sie mit schnellen Handbewegungen auf die Meldbilder zeigen konnte, mit denen sie die verdeckten Restkarten in der Tischmitte ersteigern wollte. Robert verstand nicht alles, aber nach und nach ergaben die einzelnen Regeln ein schlüssiges Bild, und so ließ er sich später am Abend dazu überreden, selbst einmal einen Versuch zu unternehmen. Er verlor haushoch, hatte aber Spaß am Spiel und versprach, an den nächsten Tagen wieder zu der Runde zu stoßen und ein wenig mitzuspielen.

Richie brachte Getränkenachschub, und die anderen packten die Karten weg und lehnten sich zurück. Robert wartete den nächsten Nazareth-Song ab, bevor er sich mit ein wenig Small Talk versuchte. Das war nicht seine größte Stärke, aber peinlich wurde der Einstieg ins Gespräch aus einem anderen Grund.

»Ich wusste gar nicht«, setzte er an, »dass die Paulinenpflege in der Weingärtner Vorstadt eine Einrichtung hat.«

Fynn und Kalle machten große Augen, und um die Mundwinkel von Doris zuckte es verdächtig.

»Du glaubst, dass wir in einer Behindertenwerkstatt arbeiten?«, fragte Hennes, und sein Tonfall war an diesem Abend schon freundlicher gewesen.

»Oh … Ich … ich wollte euch nicht zu nahe … äh …«

Robert stammelte schnell und sinnlos vor sich hin, und am liebsten wäre er im Boden versunken oder hätte sich in Luft aufgelöst.

»Ich … äh … Wo … und … was arbeitet ihr denn?«, fügte er schließlich hilflos hinzu.

Doris grinste nun breit. Sie deutete auf Fynn und sich selbst, machte einige Fingerbewegungen und kritzelte mit leichter Hand zwei Zeilen Programmcode auf den Zettelblock, auf dem sie bis dahin ihre erspielten Punkte notiert hatte. Kalle fuhr mit seinen langen Fingern durch die Luft, als würde er irgendetwas zusammenbauen, und Hennes wartete, bis die Pantomime beendet war. Robert wurde nicht recht schlau aus dem kurzen Schauspiel, aber alle schauten ihn auf eine Weise an, dass ihm klar war: Er musste nun erraten, was sie beruflich machten.

»Gut, dann versuch ich mal mein Glück«, sagte er. »Doris und Fynn programmieren, und Kalle … hm … Kalle bastelt oder baut irgendetwas. So weit richtig?«

Doris klopfte ihm freundschaftlich auf die Schulter, Fynn lachte, und Kalle wiegte seinen Kopf hin und her als Zeichen, dass Robert seinen Beruf noch nicht ganz erraten hatte. Hennes machte dem Rätselraten ein Ende.

»Wir sind so eine Art Taskforce und arbeiten für einen Investor, der mit seinem Geld neue Geschäftsideen anschiebt. Wenn ihm ein Start-up zusagt, sieht er genau hin, wo es in dem neuen Unternehmen noch hakt – und dann schickt er einige seiner Spezialisten hin, die den jungen Leuten helfen, die schwersten Hürden zu nehmen. Ein solches Start-up sitzt in der Weingärtner Vorstadt, und wir bringen die Geschäftsidee auf Vordermann. Doris ist ein Ass als Programmiererin, Fynn assistiert ihr. Kalle hat Modellbauer gelernt, ist in Waiblingen aber als Videoprofi gefragt. Und ich bin Grafikdesigner und kümmere mich um CI, Branding und so.«

Robert nickte und verschwieg, dass er die letzten Begriffe nicht wirklich verstanden hatte. Um Nachfragen zu vermeiden, hob er sein Glas und prostete den anderen zu.

»Tut mir leid«, sagte er, »dass ich beidfüßig und mit Anlauf in den Fettnapf gesprungen bin. Darf ich euch als Entschuldigung einladen?«

»Darfst du«, versetzte Hennes, und auch sein Gesicht verzog sich zu einem freundlichen Lächeln. »Aber das wird eine eher teure Entschuldigung.«

Richie brachte ihm die Rechnung, und er musste Hennes recht geben. Zusammen mit den vier Mitgliedern der Taskforce erhob er sich, verabschiedete sich von Richie und trat in die milde Nacht hinaus. Hinter dem Beinsteiner Tor standen zwei Elben breitbeinig nebeneinander und erleichterten sich in die Rems, und vor dem Thai-Imbiss unterhielten sich drei Gäste in Troll-Kostümen. Ansonsten war es ruhig auf den Straßen.

»Habt ihr mitbekommen, was oben am Marktplatz passiert ist?«, fragte er, als er sich zu den anderen umgedreht hatte.

»Der Juwelier wurde überfallen«, sagte Hennes. »Und die Polizei hat vermutlich Probleme, in dem ganzen Trubel, der hier das Wochenende über herrscht, die Täter zu finden.«

Robert nickte. Doris sah plötzlich nachdenklich aus. Sie wandte sich an Hennes, und der übersetzte ihre Gebärden.

»Doris fragt, wann dieser Überfall genau stattgefunden hat.«

»Gestern Nachmittag. Ich stand gerade vor meinem Buchladen und habe gesehen, wie Juwelier Gollmann kreidebleich aus seinem Geschäft kam. Das war etwa fünfzehn oder zwanzig nach vier.«

Doris gestikulierte wieder, und Hennes übersetzte.

»Zu dieser Zeit waren wir gerade hier in der Straße unterwegs. Wir wollten unseren Feierabend drüben im Biergarten auf der Storcheninsel beginnen, und von der Kurzen Straße herunter kamen ein paar kostümierte Gestalten, die sich ziemlich rücksichtslos durch die Menge drängten.«

Weitere Gebärden, eine weitere Übersetzung.

»Es waren vier Typen, ein Hobbit, ein Zauberer und zwei ziemlich wüste Erscheinungen.«

»Das waren Orks, der Zauberer Gandalf und der Hobbit Frodo Beutlin«, bestätigte Robert. »So haben die Augenzeugen der Polizei die Täter beschrieben. Das hilft der Kripo natürlich nicht sonderlich weiter.«

Doris tippte sich an die Nase und machte einige schnelle Handbewegungen.

»Sie hat zwei Parfüms gerochen, einen fruchtigen

Frauenduft und ein altmodisches schweres Herrenparfüm oder Rasierwasser.«

Robert verkniff sich die Frage, die ihm auf der Zunge lag: Ob Doris mit einem empfindlicheren Geruchssinn das fehlende Hören wettmachte – aber er nickte nur und schwieg, weil er nicht schon wieder in einen Fettnapf treten wollte.

»Das ist eine Macke von Doris«, erklärte er grinsend. »Sie hat's mit Duftstoffen und liebt es, in Parfümerien nach neuen Produkten zu stöbern. Frauen halt.«

Sie drohte ihm lachend mit dem Zeigefinger, und er machte eine schnelle Geste, vielleicht eine gespielte Entschuldigung. Dann fiel den beiden auf, dass Robert nachdenklich geworden war.

»Sag mal, Robert«, setzte Hennes an. »Richie hat mal erwähnt, dass du dich gelegentlich als eine Art Hobby-Ermittler betätigst.«

Robert hob die Augenbrauen. Wenn Richie das schon herumerzählte, musste er künftig wohl vorsichtiger zu Werke gehen.

»Und du siehst aus, als würde dir gerade der Juwelenraub durch den Kopf gehen«, fuhr Hennes fort. »Liege ich richtig?«

Ihm war anzusehen, dass die letzte Frage nur rhetorisch gemeint war, und nach kurzem Zögern zuckte Robert mit den Schultern.

»Kann schon sein, aber ich will das eigentlich nicht an die große Glocke hängen. Sonst dreht mein Mitarbeiter wieder durch und bringt mir mein Cape.«

Er erzählte ihnen von Alfons und seiner kuriosen Idee, seinen Chef zu »Bookman« auszurufen. Sie lachten, aber als sie sich verabschiedeten, wurde Hennes wieder ernst, schaute kurz in die Runde, und als Doris nickte, sagte er: »Wir halten die Augen offen, und falls Doris diese beiden Parfüms wieder unter die Nase kommen, sagen wir dir Bescheid. Wir haben das Start-up fast schon auf den richtigen Weg gebracht und hätten in den nächsten Tagen durchaus noch Zeit für eine kleine, spannende Nebenbeschäftigung.«

Hennes zwinkerte ihm zu, und dann machten sich die vier auf den Weg zu ihrer Unterkunft, die sich in der Etage direkt über der kleinen Firma in der Weingärtner Vorstadt befand. Robert schlenderte die Kurze Straße hinauf, setzte sich auf die Mauer des Brunnens am Alten Rathaus und genoss die Ruhe, die sich jetzt, am späten Abend, über die Altstadt gelegt hatte.

»Sag mal«, sagte die Frau zu dem Mann, der ihr gegenüber saß, »unsere lieben Kollegen sind bisher noch nicht in Gollmanns Laden eingebrochen, oder?«

»Nö, denen sind wir ja zuvorgekommen.«

Er grinste breit und schien sehr zufrieden mit sich. Damit war er der Einzige in der Runde. Die Frau war gereizt, der Boss mies gelaunt, und der Jüngste hatte sich etwas abseits auf den Boden gesetzt und den Rücken gegen die Wand gelehnt. Er nestelte nervös mit den Fingerspitzen der rechten Hand an dem Pflaster an seiner linken.

»Können sie wissen, dass wir es waren?«, fragte die Frau.

»Nö. Ich hab Henk nur ganz nebenbei ein bisschen ins Gespräch gezogen, der hat auf keinen Fall begriffen, worum es mir ging. Henk und Ralph sind nicht die Hellsten.«

»Meinst du, die ziehen ihren Bruch trotzdem durch?«

»Hm, weiß nicht. Wie gesagt: Die beiden sind nicht die Hellsten, und gemessen an dem, was sie sonst so erbeuten, ist in Gollmanns Schmuckbude noch immer genug zu holen. Aber da reinzugehen, nachdem dort jemand ums Leben kam ... Ob sie so dreist sind, kann ich nicht einschätzen.«

»Wäre aber eigentlich ganz praktisch, oder?«

»Du meinst, weil die Polizei sie dann drankriegen könnte und uns in Ruhe lassen würde? Ja, das wäre praktisch.«

»Vielleicht hat der Verkäufer zu ihrem Plan irgendwelche Notizen gemacht«, dachte sie laut, »und die Polizei stößt darauf und heftet sich auf die Fährte der beiden. Da können sie leugnen, wie sie wollen, da fahren die ein. Vor allem, wenn die Polizei sonst niemandem den Überfall nachweisen kann.«

»Aber Augenzeugen haben vier Verkleidete gesehen, so stand es ja auch in der Zeitung.«

»Vermutlich kommt die Polizei zu dem Schluss, dass Henk und Ralph ihre Komplizen schützen und nur vorgeben, keine zu haben. So wie sie ja auch behaupten, es gar nicht gewesen zu sein.«

Die Frau fand immer mehr Gefallen an ihrer Idee.

»Kannst du nicht mal bei denen vorfühlen? Du sprichst Henk auf den Überfall an und fragst ihn ganz treuherzig, ob er sich denn für ihn gelohnt hat? Kannst ja auch versuchen, ihn zu erpressen. Du sagst der Polizei nicht, dass du von seinem Plan weißt – und dafür gibt er dir ein bisschen was von der Beute ab. Das würde auch gleich dafür sorgen, dass er nicht auf die Idee kommt, du wärst es gewesen, der ihm bei Gollmann zuvorgekommen ist.«

»Nicht schlecht …«

»Und vielleicht verplappert er sich, wenn er wirklich so dämlich ist, wie du glaubst.«

»Ist er.«

»Gut, dann kannst du vielleicht raushören, ob sie ihren Einbruch noch machen. Da ließe sich der Polizei ja vielleicht ein kleiner Tipp geben. Oder, unabhängig davon, könnte man den Bullen ja stecken, dass sie sich mal in Kevin Schröders Wohnung umsehen sollen. Irgendetwas wird sich dort schon finden, die beiden Deppen bekommen Probleme, und wir verschaffen uns so zumindest etwas Zeit.«

»Okay, klingt gut. So machen wir's.«

3

Schon kurz nach acht Uhr, ungewöhnlich früh für einen Sonntag, blinzelte Robert Mondrian zum Schlafzimmerfenster hinaus. Die Morgensonne tauchte die umliegenden Dächer in helles Licht. Er fühlte sich zwar noch etwas müde, aber er spürte, dass er auch dann nicht wieder würde einschlafen können, wenn er die Decke über den Kopf zog. Also schwang er die Beine aus dem Bett, stellte sich im Wohnzimmer eine Weile ans offene Fenster und schaute auf den um diese Zeit noch ziemlich leeren Marktplatz hinunter. Im *Café Journal* gab es erste Gäste, aber die meisten Tische vor dem Lokal waren noch frei. Auf einem Stuhl direkt am Gebäude saß ein sehr zerknittert wirkender Kommissar Neher. Robert beschloss, ihn mit Geschichten vom Vorabend aufzumuntern – und ihn vielleicht auch ein bisschen über seinen aktuellen Fall auszufragen.

Neher freute sich, als Robert an seinen Tisch trat, aber er brachte trotzdem nur ein müdes Lächeln zustande. Vor ihm stand ein Pott Milchkaffee, den er mit beiden Händen umklammerte, und seine aschfahle Gesichtsfarbe unterstrich die dunklen Augenringe auf sehr unvorteilhafte Weise.

»Haben Sie schon gefrühstückt?«, fragte Robert.

Neher nickte in Richtung Tasse, woraufhin Robert die Bedienung herbeiwinkte und für zwei Personen das Auenland-Frühstück bestellte, das Rührei mit Speck, Brötchen, Wurst, Käse, Honig und frisches Obst beinhaltete. Der Kommissar wehrte sich nur kurz, und auch als Robert ihm mitteilte, dass er eingeladen sei, regte sich nicht wirklich Widerstand.

»Sie sehen fertig aus, Herr Neher.«

»Vielleicht sollte ich auf Buchhändler umsatteln. Sie wirken ausgeruht und entspannt.«

»Na ja, heute ist mein Laden zu, während Ihrer sozusagen geöffnet bleibt, bis Sie den Fall gelöst haben.«

»Schön gesagt, Herr Mondrian, das stimmt leider.«

»Haben Sie etwas rausgefunden, oder haben Sie sich die Nacht vergeblich um die Ohren gehauen?«

»Teils, teils. Ich darf Ihnen natürlich nichts Genaues verraten, aber unsere Kriminaltechniker konnten einige Spuren im Juwelengeschäft sichern. Nun sind die Kollegen dran, Fingerabdrücke und DNA mit Gollmanns Stammkunden abzugleichen und mit allen, die in den vergangenen Tagen im Laden waren, soweit Gollmann sich an sie erinnern kann. Reine Fleißarbeit.«

»Wie meistens, stimmt's?«

»Ja. Das ist nicht halb so aufregend wie in diesen Fernsehkrimis.« Ein Schatten legte sich auf Nehers Gesicht, als er hinzufügte: »Jedenfalls meistens nicht.«

Robert wusste, was dem Kommissar in diesem Moment durch den Kopf ging, und er konnte ihn gut verstehen. Einen Menschen zu erschießen, wie es Neher im vorigen Jahr hatte tun müssen, war nichts, das man so ohne Weiteres wieder aus seinen Gedanken verbannen konnte. Da halfen auch die Monate, die seit Nehers tödlichem Treffer vergangen waren, nicht viel. Das Frühstück kam, und Neher stürzte sich vermutlich auch deshalb so eifrig auf das Rührei, weil er damit die unangenehme Erinnerung für eine kleine Weile verscheuchen konnte. Auch Robert langte tüchtig zu. In Richies Pub hatte er nichts gegessen, weil er das auch niemand anderem empfehlen würde, und als er in die Wohnung zurückgekehrt war, hatte er sich sofort schlafen gelegt, obwohl sein Abendessen schon Stunden zurücklag. Eine Weile aßen sie schweigend, dann erzählte Robert von dem, was er im *Scottish Pub* erlebt hatte, nachdem Neher gegangen war. Der Kommissar lachte, als Robert von seinem Fauxpas mit der Behindertenwerkstatt erzählte, und allmählich wurde die Stimmung des Beamten etwas gelöster.

»Doris hält es übrigens für möglich, dass sie und ihre Kollegen den fliehenden Tätern begegnet sind«, sagte Robert. »Ihr ist ein altmodisches Herrenparfüm aufgefallen und ein fruchtiger Frauenduft – so hat sie sich jedenfalls ausgedrückt.«

Neher blinzelte und schaute auf.

»Ist also doch was an dem Klischee dran, dass Menschen, denen bestimmte Sinneseindrücke verwehrt bleiben, andere deutlicher wahrnehmen?«

Robert grinste.

»Das habe ich mich nach meinem ersten Tritt in den Fettnapf nicht mehr zu fragen getraut. Und Hennes, der ihre Gebärden für mich übersetzte, meinte, dass sie für das Thema einfach eine Schwäche hätte.«

»Umso besser, vielleicht kann sie sogar die Marke benennen. Ich bin für jeden Hinweis dankbar. Den Nachnamen dieser Doris kennen Sie nicht?«

»Nein, ich weiß nur, dass sie irgendwo in der Weingärtner Vorstadt arbeiten und im selben Haus auch untergebracht sind. Aber womöglich weiß Richie mehr, und selbst wenn nicht: Die vier treffen sich abends regelmäßig im Pub zum Kartenspielen.«

Neher sammelte mit der Gabel mehrere Rühreistückchen ein und stellte sich dabei auffällig umständlich an. Er schien mit sich zu kämpfen. Schließlich hob er den Blick.

»Die gesamte Kripo ist ja derzeit schwer beschäftigt, da kann ich mich schlecht auf gut Glück abendeweise in Richies Pub setzen. Ob Sie wohl so nett wären und …?«

»Obwohl mich Kriminalfälle doch gar nicht interessieren …«, entgegnete Robert und lachte. »Abgemacht. Wir müssen nur schauen, dass mein Mitarbeiter nichts davon erfährt, sonst legt er sich gleich eine Strategie für seine Ermittlungen zurecht.«

»Und bringt Ihnen Ihr Cape, nicht zu vergessen!«

Das schallende Gelächter der beiden Männer sorgte dafür, dass sich ein paar Gäste zu ihnen umdrehten – und dass im ersten Stock von Gustaf Kruses Haus ein Fenster geöffnet wurde.

Roland Gollmann war noch nie ein Langschläfer gewesen. In der Jugend, ja, da hatte er es nach einer wilden Party auch mal bis in den frühen Nachmittag hinein im Bett ausgehalten. Aber das war lange her, und seit vielen Jahren stand er selbst sonn- und feiertags nicht nach sieben Uhr auf. Und so war er zwar überrascht, aber auch froh, als Julia Schröder ihn kurz vor acht Uhr anrief. Sie verabredeten sich für neun, er würde sie in Schwaikheim abholen, wo sie im renovierten Haus von Kevin Schröders Eltern wohnte. Gollmann hatte die Familie schon gekannt, bevor Kevin geboren wurde: Er hatte eines der Winnender Gymnasien besucht, und ein Schulkamerad, den er damals häufig besucht hatte, war im Haus direkt neben dem der Schröders aufgewachsen.

Und so musste er für die Fahrt dorthin nicht besonders auf die Strecke achten, zumal um diese Uhrzeit noch nicht viel los war auf den Straßen. In seinem Kopf ging es wild durcheinander. Er hatte Respekt, vielleicht sogar ein bisschen Angst vor dem Gespräch mit Kevins Eltern. Und er wusste nicht, in welcher Verfassung er die junge Witwe antreffen würde. Schwaikheim erreichte er jedenfalls zügig, und als er am Rathaus vorbeifuhr, sah er die Bürgermeisterin ins Gebäude gehen, die offenbar auch acht Monate nach ihrer Wahl noch Sonntagsschichten einlegte. Die Turmuhr der Mauritiuskirche schlug neun, als er seinen Wagen in der Weiler Straße abstellte. Er wollte gerade aussteigen, da schwang die Haustür neben seinem Auto auf, und Julia Schröder kam heraus. Sie stieg ein und nickte ihm zur Begrüßung knapp zu.

Gollmann musste schlucken. Sie sah schlimmer aus, als er erwartet hatte. Julia Schröder war eine schöne Frau von vierunddreißig Jahren, schlank, mit kurzen schwarzen Haaren und von sehr einnehmendem Wesen. Nun aber saß sie neben ihm wie erschlagen. Ohne Körperspannung hing sie auf dem Beifahrersitz, mit hängenden Schultern und fahler Haut, die Lippen zu einem blassen Strich zusammengepresst. Ihre Augen schimmerten feucht, die Lider waren geschwollen, die Augenringe tief und dunkel und die Nase gerötet.

»Wollten Sie nicht bei Ihrer Freundin übernachten?«

»Nein, ich wollte dann doch lieber allein sein. Aber ich habe Lena gestern noch angerufen. Wir haben mehr als zwei Stunden geredet, das hat gutgetan, und danach bin ich ins Bett. Viel geschlafen habe ich allerdings nicht.«

»Sollen wir los? Oder wollen wir uns vor dem Gespräch mit Ihren Schwiegereltern noch ein bisschen die Beine vertreten?«

»Nein, nein, es wird schon gehen. Es ist sicher besser, wenn wir es so bald wie möglich hinter uns bringen.«

Sie schniefte, dann lächelte sie ihn unter Tränen an.

»Vielen Dank übrigens, dass Sie mich auf diesem schweren Gang begleiten, Herr Gollmann.«

»Keine Ursache«, brachte er noch hervor, dann startete er den Motor und konzentrierte sich auf die Straße. Er hatte einen dicken Kloß im Hals, würde Julia Schröder aber keine Hilfe sein, wenn er nun selbst losheulte. Die junge Frau hielt ein Papiertaschentuch umklammert, mit dem sie sich ab und zu Nase und Augenwinkel trocken tupfte. Doch mit jedem Kilometer wirkte sie ein wenig gefasster. Offenbar wappnete sie sich für das Zusammentreffen mit den Eltern ihres Mannes, und das schien ihr zu einer stabileren Verfassung zu verhelfen. Das machte es auch für Gollmann etwas leichter, und als er im Winnender Stadtteil Schelmenholz die Hochhäuser passierte und von der Hauptstraße auf den Parkplatz des Seniorenheims einbog, in dem die Schröders lebten, blieben sie nur noch kurz im Wagen sitzen, atmeten ein paarmal tief durch und machten sich dann auf den Weg.

Maria und Otto Schröder bewohnten ein Doppelzimmer im vierten Stock des Seniorenheims. Als Julia Schröder klopfte, ließ sich von drinnen sofort eine klare, kräftige Frauenstimme mit »Herein!« hören. Sie trat ein, Gollmann folgte ihr und zog die Tür hinter sich zu. Kevins Vater lehnte in brauner Stoffhose und kariertem Hemd am Fenster, das einen schönen Blick nach Süden bot, auf Wald, Wiesen und Weinberge, leider auch auf den Waldfriedhof am Ortsrand. Otto Schröders Kleider waren ihm inzwischen mindestens zwei Nummern zu groß geworden. Neben ihm saß seine Frau Maria, eine freundliche, rundliche Dame mit hochgesteckten weißgrauen Haaren. Beide sahen ihnen einen Moment lang überrascht entgegen, dann begrüßten sie ihre Schwiegertochter mit breitem Lächeln, mussten sich aber einen Moment besinnen, bis sie ihren Begleiter zuordnen konnten.

»Roland Gollmann«, wollte ihnen der Juwelier auf die Sprünge helfen, aber Kevins Vater winkte mit seiner knochigen Hand ab und lachte meckernd.

»Der kleine Roland, schon klar. Als würden wir dich nicht mehr kennen! Bist ja noch genauso ein dünner Kerl wie früher.«

Maria Schröder hatte sich unterdessen erhoben und sah fragend zwischen den beiden Besuchern hin und her.

»Ist etwas mit Kevin?«, fragte sie schließlich geradeheraus.

»Setzen Sie sich doch«, schlug Gollmann vor.

Der alten Frau wich alle Farbe aus dem Gesicht, und ihr Mann ließ sich schwer auf den freien Stuhl neben ihr fallen.

»Bitte«, wiederholte Gollmann und deutete auf den Stuhl hinter Maria Schröder. Sie setzte sich langsam, ließ den Juwelier aber nicht aus den Augen. Julia zog den Besucherstuhl zu sich heran und nahm direkt gegenüber den beiden Platz. Gollmann sah sich um, aber es gab keine weitere Sitzgelegenheit im Raum. Er deutete auf eines der Betten.

»Darf ich?«

»Bitte.«

Otto Schröders Stimme klang auf einmal hohl und brüchig, und Gollmann setzte sich besonders umständlich auf die Bettkante, damit er noch ein bisschen länger darüber nachdenken konnte, wie sich die schlechte Nachricht am besten vermitteln ließ. Auch Julia Schröder rang noch mit sich, da wurde es dem Alten zu bunt.

»Jetzt raus damit! Es wird nicht besser, wenn wir es noch länger vor uns herschieben. Es ist etwas mit Kevin, richtig? Müssen Sie Ihr Juweliergeschäft schließen, und er verliert seinen Job? Oder hatte er einen … einen Unfall und muss eine Weile im Krankenhaus bleiben?«

Maria Schröders linke Hand hatte zu zittern begonnen, und sie hielt sie nun mit ihrer rechten fest.

»Bitte sagen Sie uns, was los ist«, keuchte sie und sah gebannt zwischen den beiden Besuchern hin und her.

Julia Schröder holte Luft, besann sich dann aber doch und schaute flehend zu Gollmann.

»Ihr Sohn ist gestern Abend im Krankenhaus verstorben«, brachte er hervor.

Die Mutter schluckte und beugte sich schluchzend nach vorn, wo sie zusammengekauert sitzen blieb und sich langsam vor und zurück wiegte. Der Vater hatte die Lippen zusammengepresst, an seiner Schläfe trat eine Ader hervor und seine Kiefer mahlten. Als seine Augen zu schimmern begannen, räusperte er sich und wischte mit dem Handrücken über seine Augen.

»Was ist passiert?«, fragte er schließlich.

Gollmann erzählte ihm von dem Überfall und davon, dass einer der Räuber Kevin niedergestochen hatte. Maria Schröder entfuhr ein gedämpfter Schrei, ihr Weinen wurde lauter, und ihr Mann legte ihr beruhigend eine Hand auf den Arm. Er selbst dagegen wirkte kein bisschen beruhigt. Zorn schien in ihm aufzulodern, und Gollmann fürchtete schon, er könnte ihn für den Tod seines Sohnes verantwortlich machen, warum auch immer. Dann schluckte er ein paarmal und bewegte die Kiefer, als müsse er die schlechte Neuigkeit gründlich zerkauen. Nach einer kleinen Weile erhob er sich, breitete die Arme aus und sah seine Schwiegertochter einladend an. Julia Schröder stand ebenfalls auf, und eine Zeit lang lagen sich die beiden schweigend in den Armen. Über Julias Schulter hinweg ließ Kevins Vater allerdings Roland Gollmann nicht aus den Augen, und der Juwelier fühlte sich sehr unbehaglich unter diesem stechenden Blick. Otto Schröder löste seinen rechten Arm von der Schwiegertochter, fasste seine Frau an der Hand und zog sie zu sich hoch. Nun standen sie zu dritt am Fenster, umarmten sich, schwiegen, und Gollmann kam sich überflüssig vor wie nie zuvor in seinem Leben.

»Ich geh dann mal raus«, flüsterte er, um die Trauerszene nicht zu stören, und schlich sich geradezu aus dem Zimmer. Auf dem Flur eilten zwei Pflegerinnen an ihm vorbei, er konnte durch die Fenster über den Innenhof hinweg einen Aufenthaltsraum sehen, in dem drei Bewohner Karten spielten, und im Speiseraum zu seiner Linken saß eine alte Frau teilnahmslos am abgeräumten Tisch.

Wie lange es dauerte, bis hinter ihm die Tür geöffnet wurde, konnte er nicht sagen. Er trat einen Schritt zur Seite. Julia Schröder führte ihre Schwiegermutter am Arm.

»Wir gehen kurz runter in den Garten, vielleicht trinken wir auch einen Kaffee. Mein Schwiegervater würde gern noch mit Ihnen sprechen. Kommen Sie einfach runter ins Erdgeschoss, wenn Sie fertig sind, okay?«

Die beiden Frauen gingen langsam davon, und Gollmann betrat zögernd das Zimmer. Otto Schröder stand am Fenster, wie vorhin, und in seiner Miene rangen Wut und Trauer miteinander.

»Setz dich, Roland«, sagte der Alte, wies auf den Stuhl, auf dem zuvor seine Frau gesessen hatte, und nahm auch selbst Platz. »Gestern Abend ist Kevin gestorben, sagtest du?«

Gollmann nickte.

»Vermutlich drüben im Krankenhaus.«

Er deutete vage in Richtung Nordosten, wo nur fünf-, sechshundert Meter Luftlinie entfernt das Klinikum Winnenden stand. Gollmann nickte erneut.

»Ist schon bitter, wenn der Sohn nur einen Steinwurf von einem entfernt stirbt, und es sagt einem keiner.«

»Tut mir leid, aber …«

Schröder hob die Hand, und Gollmann verstummte mitten im Satz.

»Nicht deine Schuld. Aber die Polizei hätte uns schon Bescheid geben können, finde ich.«

»Es sah lange so aus, als würde Kevin es schaffen. Und durch den ganzen Trubel um den Überfall ist das den Polizisten wohl irgendwie durch die Lappen gegangen. Und als ich angeboten habe, mich im Krankenhaus um Julia zu kümmern und Ihnen die traurige Nachricht zu überbringen, waren sie ganz froh, glaube ich.«

»Kann ich mir vorstellen.«

»Gestern Abend wäre Ihre Schwiegertochter nicht in der Lage gewesen, Ihnen von Kevins Tod zu erzählen.«

»War sie ja heute auch nicht.«

»Nehmen Sie es ihr bitte nicht übel, sie …«

»Als könnte ich da irgendetwas übel nehmen! Julia ist das Beste, was meinem Sohn je passiert ist. Und auch wir können uns ganz gewiss nicht über sie beschweren. Hast du gesehen, wie sie meine Frau hinausbegleitet hat? Julia ist eine Gute, meine Frau hängt sehr an ihr, und ich mag sie auch. Aber ich wollte mit dir eigentlich nicht über meine Schwiegertochter reden.«

Er zog ein bemaltes Holzkästchen zu sich heran, das vorher noch nicht auf dem Tisch gestanden hatte. Langsam klappte er den Deckel hoch. Er kramte ein bisschen im Inhalt herum, zog schließlich ein mehrmals gefaltetes Blatt hervor und hielt es Gollmann mit leicht zitternder Hand hin.

»Da, nimm.«

Der Juwelier faltete das Papier auseinander und schaute verständnislos auf die Notizen, die darauf zu sehen waren.

»Du kannst doch Sütterlin lesen? Ich glaube mich zu erinnern, dass wir beide da denselben Fimmel haben.«

Gollmann zuckte mit den Schultern und begann die Handschrift zu entziffern.

Henk Möhring, Affalterbach, stand dort in der ersten Zeile, *Ralph Verlinden, Stuttgart* in der zweiten. Möhrings Name war außerdem mit einer Festnetz-, Verlindens Eintrag mit einer Handynummer versehen.

»Diesen Zettel habe ich geschrieben, als mir Kevin irgendwann mal von seinen beiden neuen Kumpels erzählt hat. Er fand sie cool, ich hatte dagegen eher den Eindruck, dass das schlechte Gesellschaft für ihn war. Er hat mir natürlich nicht alles erzählt, aber ich bin alt, nicht blöd – manches konnte ich mir zusammenreimen. Und damit meine Frau sich nicht aufregt oder Julia, falls sie irgendwie an diesen Zettel kommt, habe ich es in Sütterlin aufgeschrieben, das beherrschen sie beide nicht.«

»Und was hat es mit diesen beiden Männern auf sich?«

Schröder griff unter den Tisch und zog aus einer abgeschabten Aktentasche, die an der Wand lehnte, ein modernes Notepad. Er legte den Computer auf die Tischplatte und tippte auf das Gerät.

»Das WLAN hier ist recht gut, auch wenn es sicher nicht für mich alten Knacker gedacht ist, sondern für die Pflegekräfte und die Verwaltung. Ich habe mich ein wenig im Internet umgeschaut und das eine oder andere über die Herrschaften Möhring und Verlinden gefunden. Das sind Ganoven, Roland, und ich müsste mich schon sehr täuschen, wenn sie nicht einen Coup geplant hätten, in dem mein Sohn eine Rolle spielen sollte.«

Gollmanns Unterkiefer klappte nach unten, und er starrte den alten Schröder sprachlos an.

»Na, jetzt mach den Mund mal wieder zu, Roland!«

»Wollen Sie damit sagen …« Gollmann schüttelte den Kopf, bevor er weitersprechen konnte. »Wollen Sie damit sagen, dass diese beiden Männer meinen Laden überfallen haben und dass Kevin da seine Finger mit drin hatte?«

»Das weiß ich nicht. Im Internet stand natürlich nichts, das die beiden als Juwelenräuber ausgewiesen hätte, aber sie haben wohl schon mal gesessen, weswegen, habe ich nicht rausgefunden. Aber erzähl mir doch noch genauer von dem Überfall.«

Gollmann tat ihm den Gefallen, beschrieb auch, wie sich einer der beiden Orks an der gläsernen Haube über dem Ring zu schaffen machte, wie er recht schnell die Sicherung entriegelte, wie Kevin in diesem Moment dazwischenging, wie das Glas zu Boden fiel und zerbrach, wie der Ork im Reflex mit der Hand eine der Scherben von seinem Schuh strich und danach plötzlich mit dem Messer auf Kevin einstach. Am Ende nickte der Alte bedächtig.

»Würde alles passen«, sagte er. »Die wissen genau, welcher Ring dein teuerster ist.«

»Das war nicht schwer zu erraten, ich habe ihn recht aufwendig inszeniert«, warf Gollmann ein.

»Aber dann kennen sie auch noch den Code, mit dem sich der Verschluss der Glaskuppel öffnen lässt – oder wie sonst hätte er die Haube so schnell abnehmen können?«

»Das Ding war mit einem Computercode gesichert, vielleicht haben sie den irgendwie geknackt.«

»Oder sie kannten den Code, eine Information, die außer dir vermutlich nur noch mein Sohn hatte. Und sogar Kevins Tod passt ins Bild – denn warum hätten sie ihn erstechen sollen, wenn sie doch offenbar problemlos ihre Beute einsacken konnten. Aber wenn wir es für möglich halten, dass Kevin ein Mitwisser war, wäre es ja vielleicht ganz praktisch, auf diese Weise einen unliebsamen Zeugen auszuschalten. Und mit ihm teilen müssten sie dann auch nicht mehr.«

Gollmann machte große Augen.

»Warum präsentieren Sie mir hier Ihren eigenen Sohn als Komplizen der Räuber?«, fragte er. »Das verstehe ich nicht. Wäre es nicht normal, Kevin gegen alle Vorwürfe oder Verdachtsmomente zu verteidigen?«

»Nun, mein Sohn ist tot. Und ich bin wütend auf diese beiden Galgenvögel, die ihn möglicherweise auf dem Gewissen haben. Also kann ich Kevin – und mir – nur noch damit helfen, dass ich die Polizei auf ihre Fährte bringe. Sie übergeben diesen Zettel doch der Polizei?«

»Ich … äh … ja, natürlich.«

Darüber hatte Gollmann noch gar nicht nachgedacht, und er wusste auch nicht, welche Konsequenzen die Versicherung und die Kripo daraus ziehen würden, dass vielleicht sein Mitarbeiter mit den Räubern unter einer Decke steckte. Denn was sprach dann noch dagegen, dass auch er – gut versichert, wie er war – mit dem Überfall zu tun hatte?

»Ich weiß natürlich nicht, ob es sich wirklich so verhalten hat«, fuhr Otto Schröder nach einer Pause fort. »Und falls sich mein Verdacht bestätigt, bitte ich Sie trotzdem, nicht schlecht von meinem Jungen zu denken. Er und Julia haben viel Zeit und eben auch viel Geld in unser altes Haus gesteckt und es zu einem richtigen Schmuckstück umgebaut. Nichts gegen das Gehalt, das Sie ihm gezahlt haben, und auch Julia verdient ein bisschen was, aber es gab schon einige finanzielle Engpässe in den vergangenen Jahren. Meine Frau und ich konnten manchmal helfen, aber irgendwann waren unsere

Reserven erschöpft. Wir wohnen hier im Seniorenheim auch nicht unbedingt billig, wissen Sie? Ich kann es nicht beweisen, aber ich glaube, dass Kevin ab und zu ein krummes Ding gedreht hat, wenn das Geld mal wieder knapp war. Auf die Idee dazu haben ihn diese beiden Typen gebracht.« Er deutete auf den Zettel in Gollmanns Hand. »Und vielleicht fehlte diesmal etwas mehr Geld, und sie kamen auf die glorreiche Idee, Ihnen ein bisschen Schmuck zu klauen.«

Er zuckte mit den Schultern und erhob sich.

»Und jetzt begleiten Sie mich nach unten. Bringen Sie Julia bitte nach Hause, und ich trinke mit meiner Frau noch einen Kaffee. Und wegen des Zettels und der Namen: kein Wort zu den beiden, ja?«

»Geht in Ordnung«, versprach Gollmann, steckte den Zettel in die Hosentasche und folgte dem alten Mann aus dem Zimmer.

Nach dem opulenten Frühstück ging es Kommissar Neher wieder besser, dennoch schlurfte er müde davon, als er sich auf den Weg zurück in die Polizeidirektion machte. Robert sah ihm nach und bemerkte Gustaf Kruse deshalb erst, als der sich einen freien Stuhl heranzog.

»Guten Morgen, Herr Nachbar«, begrüßte Kruse ihn mit seiner volltönenden Stimme. »Ich störe hoffentlich nicht?«

Robert musste lachen, weil sich der Puppenspieler längst auf den Stuhl geflätzt hatte und es offensichtlich nicht für denkbar hielt, wirklich zu stören.

»Nein, setzen Sie sich doch«, neckte er ihn deshalb, und Kruse quittierte die kleine, nicht böse gemeinte Spitze mit einem breiten Grinsen. Er gab der Bedienung ein Zeichen, und wenig später stand eine dampfende Tasse Tee vor dem Puppenspieler.

»Der Kommissar sieht ziemlich geschlaucht aus, das war sogar von meinem Fenster aus zu erkennen«, sagte Kruse, während er den Teebeutel in der Tasse kreisen ließ.

»Sein neuer Fall macht ihm zu schaffen. Inzwischen ist er leider auch wirklich zuständig: Gollmanns Mitarbeiter, der während des Überfalls niedergestochen wurde, ist gestern gestorben.«

Kruse blies die Backen auf und ließ die Luft zischend entweichen.

»Das ist übel«, brummte er, drückte den Teebeutel gegen die Tasse und legte ihn dann auf das kleine Tellerchen, auf dem die Tasse stand. »Hat er Sie wieder um Ihre Hilfe gebeten?«

Gustaf Kruse hatte das nur so dahingesagt, es sollte ein Scherz sein, aber Roberts Blick belehrte ihn eines Besseren. Abwehrend hob er beide Hände.

»Keine Sorge, von mir hört keiner etwas darüber. Vor allem Ihr Alfons nicht.«

Schlürfend trank er von seinem Tee, und Robert nickte ihm dankbar zu.

»Haben Sie den Überfall auch mitgekriegt?«, fragte Kruse nach einer Weile.

»Ich habe gesehen, wie Gollmann kreidebleich aus seinem Laden kam und um Hilfe rief. Kurz darauf hat eine

Frau ins Innere des Geschäfts geschaut und schrie los – ich nehme an, sie hat den verletzten Verkäufer auf dem Boden liegen sehen.«

»Als das passierte, stand ich nicht weit von hier und habe dasselbe beobachtet wie Sie. Näher dran war allerdings eine alte Bekannte …«

»Lassen Sie mich raten«, fügte Robert hinzu: »Die werte Frau Heberle?«

»Natürlich, wer sonst? Vielleicht sollten Sie mal mit ihr reden und sie ein bisschen aushorchen. Ihnen erzählt sie sicher alles brühwarm, was sie beobachtet oder aufgeschnappt hat.«

»Das überlasse ich diesmal lieber der Polizei«, erwiderte Robert und erzählte Kruse, wie es Alfons ergangen war, als er Frau Heberle und ihre Freundin im vorigen Sommer zu einem Kaffeekränzchen besucht hatte, um sich versprochene Informationen über die Tote an der Siechenhauskapelle abzuholen. Kruse lachte, aber die Geschichte von den reichlich aufgetischten Torten und Kuchen hatte ihm Appetit auf einen Obstkuchen gemacht, den er bestellte, sobald die Bedienung auf ihn aufmerksam wurde.

»Das mit dem Toten ist natürlich ein Ding«, sagte Kruse, nachdem er den ersten Bissen gekostet hatte. »Vielleicht sage ich meine restlichen Vorstellungen dann lieber ab, was meinen Sie?«

»Die Stadt hat sich jedenfalls entschieden, die meisten Veranstaltungen trotzdem stattfinden und die Tolkien-Tage heute Abend geordnet enden zu lassen. Und vielleicht ist es gar nicht schlecht, wenn die Leute in Ihrem Theater für eine Weile alles um sich herum vergessen können.«

»Stimmt auch wieder.«

»Für mich ist der Event dagegen schon vorüber. Der Linguistikprofessor hat bis gestern am späten Nachmittag seine halbstündigen Vorträge gehalten, und heute ist meine Buchhandlung ja geschlossen. Vielleicht schau ich nachher in der Lesung vorbei, die Frau von Meier veranstaltet. Nachdem die Stadtverwaltung zugesagt hat, die Kosten der Lesung zu übernehmen, hat sie sich die Dienste eines prominenten Stuttgarter Schauspielers und eines Kabarettisten gesichert, der hier aus der Stadt stammt.«

Kruse schmunzelte.

»Offenbar ist ihr keine Gage zu hoch, solange sie sie nicht bezahlen muss.«

Von der Kurzen Straße her war das Johlen mehrerer Stimmen zu hören, und als sich eine Gruppe Orks und Elben dem Marktplatz näherte, deutete Kruse zu ihnen hin.

»Wir sollten austrinken. Hier geht es demnächst wieder rund, fürchte ich.«

Ralph Verlinden stand am Küchenfenster, ballte die Fäuste und sah wütend dem Mann hinterher, der sie gerade besucht hatte. Als er sich umdrehte, erschrak Henk Möhring, der wie ein Häuflein Elend auf seinem Stuhl hockte. So wütend hatte er Ralph noch nie erlebt. Der

Mund war zu einem schmalen Strich zusammengepresst, auf dem bleichen Gesicht zeichneten sich die geröteten Wangen deutlich ab, und um seine Augen zuckte es unablässig.

»Wie blöd kann man eigentlich sein?«, zischte Verlinden und funkelte seinen Kumpan zornig an. Der sank daraufhin noch ein wenig mehr in sich zusammen. »Wie kannst du dir ausgerechnet von diesem Halunken aus der Nase ziehen lassen, dass wir es auf den Schmuck von Gollmann abgesehen hatten?«

»Ich ...«

»Ach, halt die Klappe, du Trottel! Und nachdem er in der Zeitung von dem Überfall gelesen hat, erpresst er uns nun, weil er glaubt, dass wir den Bruch gemacht haben.«

Verlinden schüttelte den Kopf.

»Es ist ja schon bitter genug, wenn einen die Polizei einsackt, weil man ein Ding gedreht und sich danach hat erwischen lassen. Aber für etwas eingebuchtet zu werden, das man nicht mal gemacht hat, das ist ja wohl nicht zu toppen!«

Er schnaubte, hakte die Daumen in die Hosentaschen und ging die paar Schritte bis zum Spülbecken. Dort blieb er stehen, drehte sich schließlich um und tigerte zur gegenüberliegenden Wand, kehrte wieder um und wanderte einige Minuten hin und her, die Schultern eingezogen, den Blick auf den Fliesenboden der Küche gesenkt. Henk Möhring war ihm mit den Augen gefolgt, und als Verlinden stehen blieb und ihn erneut fixierte, machte er sich auf die nächste Zurechtweisung gefasst.

»Du hast dich also verplappert, und dein Bekannter konnte daraus schließen, dass wir Gollmann ausrauben wollen?«

Verlinden hatte unerwartet ruhig gesprochen, und hinter seiner Stirn arbeitete es offensichtlich. Henk zuckte mit den Schultern, dann nickte er.

»Und du hast ihm aus Versehen auch noch verraten, dass wir mit Gollmanns Mitarbeiter in Kontakt stehen und dass der uns hilft?«

»Ja, Ralph, tut mir ja leid und …«

»Schnauze, Henk!«

Möhring schrak zurück, so laut war Verlinden unvermittelt geworden. Er schluckte und schwieg. Verlinden sah ihn lange an, bevor er fortfuhr.

»Könnte dein Bekannter vielleicht auf die Idee gekommen sein, uns in Gollmanns Juwelierladen zuvorzukommen?«

Henk Möhring stutzte, er dachte nach, aber Verlinden hatte nicht die Geduld, darauf zu warten, was dabei herauskam.

»Was, wenn er erst durch dich darauf gestoßen wurde, dass es vor allem wegen des Rings besonders lohnend ist, Gollmann zu überfallen?«

»Das war ja kein Geheimnis«, gab Möhring zu bedenken. »Der Juwelier warb sogar in der Zeitung mit dem teuren Teil, nannte ihn in einem Inserat den *Einen Ring* und so.«

»Okay, aber vielleicht wollte er sich ebenfalls an Kevin Schröder heranmachen, wollte uns überbieten, ihm einen größeren Anteil abgeben, wenn er mit ihm statt mit uns zusammenarbeitete.«

»Na ja, zusammenarbeiten: Kevin wurde niedergestochen. Klingt nicht danach, als hätte er mit den Räubern gemeinsame Sache gemacht, wer auch immer es gewesen sein mag.«

»Vielleicht wollten sie einen Mitwisser beseitigen. Was spricht dagegen, dass dein Bekannter jetzt die ganzen Klunker hat, die wir eigentlich haben sollten?«

»Dann wäre er sicher nicht zu uns gekommen und würde versuchen, uns zu erpressen. Das ergibt doch keinen Sinn: Er raubt Gollmann aus, weiß dann ja auch, wer's war, nämlich er, und dann kommt er hierher und erpresst uns damit, dass er uns an die Polizei verpfeift, wenn wir ihm nicht fünftausend Euro zahlen.«

Möhring war erkennbar stolz auf seine Schlussfolgerungen, und nach einigem Nachdenken zuckte Verlinden mit den Schultern.

»Okay«, sagte er. »Und woher nehmen wir die fünftausend?«

Henk Möhring lehnte sich auf seinem Stuhl zurück und setzte ein breites Grinsen auf. Verlinden sah ihn eine Weile an, dann setzte er sich dem anderen gegenüber.

»Dann machen wir das so«, brummte er und goss sich Kaffee nach. »Ich hoffe nur, dass das gut geht.«

Gustaf Kruse hatte ihn noch eingeladen, auf einen weiteren Kaffee zu ihm ins Haus zu kommen, doch Robert wollte sich noch duschen und umziehen, bevor Selina in

Remslingen ankam. Kruse war gerade in seinem Haus verschwunden, da kam der Juwelier mit hängenden Schultern auf sein Geschäft zugeschlurft. Robert überquerte den Marktplatz und erreichte die Ladentür zwei Schritte vor Gollmann.

»Ah, Herr Mondrian!«, sagte der Juwelier lahm, aber dann wurde seine Miene freundlicher, und in Gollmanns Blick lag etwas, das Robert nicht zu deuten wusste. »Hätten Sie denn ein paar Minuten Zeit für mich?«

»Eigentlich wollte ich gerade …«

»Ja, natürlich, entschuldigen Sie bitte. Ist auch nicht so wichtig.«

Gollmann nestelte den Schlüssel aus der Tasche und musste mehrmals ansetzen, bis er ihn endlich ins Schlüsselloch bekam. Der Juwelier wirkte fahrig, etwas bedrückte ihn, und Robert beschloss, dass die Dusche auch noch eine Viertelstunde warten konnte.

»Darf ich mit reinkommen?«, fragte er, und das erleichterte Lächeln, mit dem Gollmann darauf reagierte, gab Robert das gute Gefühl, sich richtig entschieden zu haben. Er trat in den Verkaufsraum und ließ die Eingangstür los, die sich langsam zu schließen begann.

Der Juwelier schaltete das Licht, das sonst auch tagsüber im Laden brannte, nicht ein. Es war hell genug, aber sonst gleißte und glitzerte der Schmuck in den Auslagen unter dem Schein der Deckenlampen. Auch die Innenbeleuchtung der Vitrinen blieb ausgeschaltet, und so sah Robert die Ringe, Ketten und Ohrringe, die nach dem

Raub noch da waren, zum ersten Mal ohne die vertrauten Lichteffekte. Die Säule, auf der noch das Samtkissen lag, das dem teuersten Ring als schicke Unterlage gedient hatte, stand noch da, aber die Glasglocke, die das wertvolle Stück vor dem Zugriff Fremder hätte schützen sollen, fehlte. Alle Schubladen waren geschlossen, aber an den Lücken in einigen Vitrinen konnte Robert erkennen, wo die Räuber sich bedient hatten.

»Mein Beileid übrigens zum Tod Ihres Mitarbeiters«, murmelte Robert. »Ihnen steckt der Schreck sicher noch in den Knochen?«

»Natürlich.«

Hinter ihm glitt die Ladentür mit einem leisen Klacken ins Schloss.

»Ich habe von der Buchhandlung aus nur gesehen, dass Sie ganz bleich aus dem Laden kamen. Ich wollte Ihnen schon zu Hilfe eilen, aber Lino hat sich sofort um Sie gekümmert, und dann kamen auch schon die Sanitäter.«

»Ja, Lino ist ein guter Kerl. Und mir ist ja nichts weiter passiert. Die Schmuckstücke sind versichert, allzu groß wird mein Schaden durch den Raub nicht sein. Aber Kevin, ich meine: Herr Schröder …«

Er räusperte sich.

»Ich kenne seine Eltern schon sehr lange, und gerade komme ich von dem Seniorenheim zurück, in dem sie wohnen. Ich habe seine Frau … nun ja … seine Witwe begleitet. Es ist ja keine Kleinigkeit, eine solche Nachricht zu überbringen.«

»Kommissar Neher hat mir erzählt, dass Sie das der Polizei abgenommen haben. Das war sehr nett von Ihnen.«

»Wie gesagt, ich kenne die Eltern seit vielen Jahren.«

Der Juwelier wand sich, bevor er mit der Sprache herausrückte.

»Ich möchte Sie um einen Rat bitten, vielleicht sogar um Ihre Hilfe.«

»Wenn ich helfen kann, mache ich das gern. Worum geht's?«

Es dauerte noch einen Moment, bis sich Gollmann ein Herz fasste und sich Robert anvertraute.

»Entschuldigen Sie bitte, wenn ich gleich mit der Tür ins Haus falle, aber ich habe mitbekommen, dass Sie sich manchmal … wie soll ich sagen … dass Sie manchmal der Polizei ein wenig zur Hand gehen.«

Robert verzog das Gesicht. Es gefiel ihm nicht sonderlich, dass das inzwischen fast jeder in der Remslinger Altstadt zu wissen schien. Andererseits konnte das nun dazu führen, dass ihm der Juwelier etwas Interessantes anvertraute, also gab er sich versöhnlich.

»Sie müssen es ja nicht herumerzählen, Herr Gollmann, aber tatsächlich halte ich manchmal Augen und Ohren offen. Und es kam auch schon vor, dass ich der Polizei eine Hilfe sein konnte. Was haben Sie denn auf dem Herzen?«

Statt ihm zu antworten, ging Gollmann weiter in den Raum hinein, umrundete die Verkaufstheke und nahm die Position ein, in der Robert ihn kannte. Als Herr der

Ringe stand er da, beide Hände auf die fein polierte Holzplatte vor sich gestützt. Auch Gollmann schien sich in dieser Pose wohlzufühlen, es war beinahe, als sei er dadurch ein paar Zentimeter gewachsen. Robert stellte sich ihm gegenüber, als wollte er etwas Schmuck für Selina kaufen. Tatsächlich hatte der Juwelier etwas für ihn, allerdings kein Geschmeide: Er zog einen Zettel aus der Hosentasche, legte ihn auf den Tresen und strich das Papier mehrmals mit beiden Händen glatt.

Robert warf einen Blick darauf, er erkannte Telefonnummern und zwei Namen, in altertümlicher Schrift aufs Papier gekritzelt. Seine Oma hatte darauf bestanden, dass er als Kind das Schreiben und Lesen von Sütterlin erlernte. Er hatte es erst widerstrebend getan, dann aber doch mit einiger Begeisterung, weil er auf diese Weise über eine Geheimschrift verfügte, mit deren Hilfe er Informationen nur jenen preisgeben musste, die er mochte. In der Schule war das durchaus nützlich gewesen, später weniger, und jetzt – er war ein wenig aus der Übung – musste er sich anstrengen, die von Hand geschriebenen Buchstaben zu entziffern.

»Was hat es mit diesen beiden Männern auf sich?«, fragte er Gollmann, als er den Zettel gelesen hatte.

»Kevin Schröders Vater hält die beiden für schräge Vögel, für Ganoven, wie er sich ausgedrückt hat. Und er glaubt, dass sie seinen Sohn in der Vergangenheit auch schon mal zu einem krummen Ding verleitet haben.«

Robert horchte auf, ließ Gollmann aber weiterreden.

»Er hält es sogar für möglich, dass diese Männer zu

den Räubern gehören, die mein Geschäft überfallen haben.«

»Und diesen Zettel hat Ihnen Kevin Schröders Vater gegeben?«

»Ja, ich habe mich erst auch gewundert. Denn wenn sein Sohn die beiden kennt, bedeutet das ja auch, dass Kevin – wie tief auch immer – in jede Schweinerei verwickelt ist, die diese beiden Typen anstellen.«

»Dann hätte Kevin Schröders Vater seinen eigenen Sohn Ihnen gegenüber ans Messer geliefert. Wieso sollte er das tun? Hatten Vater und Sohn Streit miteinander?«

»Nein, nicht, dass ich wüsste. Schröder senior ist wütend auf die beiden. Er glaubt, dass letztendlich sie Schuld am Tod von Kevin haben. Deshalb will er der Polizei diesen Hinweis geben, damit die Kerle dingfest gemacht werden können.«

»Glauben Sie, Möhring und Verlinden könnten Ihren Laden überfallen haben?«

»Keine Ahnung, aber Kevins Vater hält es für möglich. Er hat online recherchiert …«

»Vom Seniorenheim aus?«

»Ja, er meinte, dass das WLAN dort ganz gut sei, und er hat mir sein modernes Notepad gezeigt. Im Internet will er jedenfalls darauf gestoßen sein, dass die beiden Typen schon mal in Haft waren, den Grund dafür hat er nicht herausgefunden.«

»Wie auch immer, den Zettel sollten Sie dringend der Kripo überbringen. Das wäre ja auch im Sinne vom alten Schröder, das haben Sie ja selbst gesagt.«

»Ja, schon, aber …«

»Aber?«

»Schauen Sie, wenn das hier zwei der Juwelenräuber sind, wenn sie meinen Mitarbeiter kannten und wenn sie sich für den Überfall Informationen zunutze machten, die eigentlich nur ich und mein Mitarbeiter haben …«

»Dann wäre Kevin Schröder Komplize der Räuber.«

»Genau. Und wie lange muss die Kripo dann noch kombinieren, bis sie es ebenso für möglich hält, dass ich ebenfalls mit den Räubern unter einer Decke stecke?«

»Stecken Sie aber nicht, richtig?«

»Um Himmels willen, nein!«

»Sie sind aber gut versichert und werden keinen übertrieben großen Schaden durch den Raub erleiden.«

»Eben«, versetzte Gollmann und zog dazu eine sehr unglückliche Miene. »Bis auf den Tod meines Mitarbeiters, versteht sich.«

»Das ist noch ein Punkt, der für die Polizei dagegen sprechen wird, dass Kevin Schröder mit den Räubern gemeinsame Sache gemacht haben könnte: Sie haben ihn niedergestochen. Nicht gerade die feine Art unter Komplizen, oder?«

»Und wenn sie einen Mitwisser ausschalten wollten? Vielleicht auch keine Lust hatten, ihm seinen Anteil an der Beute auszuzahlen?«

Robert dachte nach. In diese Richtung konnten die Schlussfolgerungen der Kripo tatsächlich gehen, und auch Gollmann würde unter Verdacht geraten. Er musterte den Juwelier. Gollmann war etwas spröde, hatte keinen Humor, aber dass er einen Überfall auf sein eigenes Geschäft einfädeln würde, um die Versicherung zu betrügen, konnte sich Robert nicht vorstellen. Ebenso wenig, dass der Mann ihm hier so überzeugend den verzweifelten Unschuldigen vorspielen konnte.

»Sie wollten meine Hilfe. In welcher Form denn?«

Gollmann schaute angelegentlich auf seine Finger, dann hob er den Blick und sah Robert unsicher an.

»Nun, ich … äh … ich habe mir gedacht, dass vielleicht … Sie … der Kripo …?« Er brach sein Gestammel ab und nickte zu dem Zettel mit den Männernamen. »Wenn Sie Ihrem Freund, Kommissar Neher, den Zettel übergeben, ihm aber nicht verraten, woher Sie ihn haben. Dann würde die Verbindung zu Kevin Schröder vielleicht unter den Tisch fallen.«

Robert nahm den Zettel und las die Namen noch einmal und prägte sich die Telefonnummern ein.

»Okay, ich kann's versuchen. Aber eine Bedingung hätte ich.«

Gollmann atmete auf.

»Danke, Herr Mondrian, vielen Dank.«

»Wie gesagt, eine Bedingung.«

»Und welche?«

»Sie erzählen mir haarklein alles, an was Sie sich rund um den Überfall noch erinnern.«

Ein leichtes Lächeln huschte über das Allerweltsgesicht des Juweliers, dann erzählte er dem nun doch neugierig gewordenen Buchhändler jedes Detail, das ihm noch im Gedächtnis war.

Die beiden Männer hatten Gollmann verfolgt, seit er heute früh das Haus verlassen hatte, erst zu Fuß, dann mit dem Wagen. Als er in Schwaikheim Schröders Frau abholte und mit ihr in ein Seniorenheim fuhr, hatten sie schon vermutet, dass sie Kevins Eltern eine unangenehme Nachricht überbringen wollten, für die Kevins hübsche Frau Beistand brauchte. Aber als sie Gollmann wieder zurück zu seinem Laden gefolgt waren und der Juwelier mit einem schlanken, durchtrainiert wirkenden Mann in den Verkaufsraum gegangen waren, bekamen sie Gewissheit. Sie hatten sich leidlich unauffällig nahe dem Eingang zum Schmuckgeschäft aufgestellt, und bevor die Tür vollends ins Schloss gefallen war, hatten sie aufgeschnappt, wie der Fremde dem Juwelier sein Beileid zu Kevins Tod aussprach.

Auf getrennten Wegen verließen sie die Altstadt, setzten sich nicht weit vom Beinsteiner Tor auf die Steintreppen am Remsufer der Storcheninsel und starrten auf das träge vorbeifließende Wasser.

»Schöne Scheiße!«, schimpfte der Hagere.

»Das kannst du laut sagen!«

»Immerhin kann er uns jetzt nicht mehr verpfeifen.«

»Und wenn er was aufgeschrieben hat, und die Polizei findet das und kriegt uns für was dran, was wir gar nicht gemacht haben?«

»Hoffen wir es mal nicht.«

»Trotzdem ist die Kriminaltechnik inzwischen fertig im Juweliergeschäft. Und ob die jetzt zusätzlich wegen Mordes oder Totschlags ermitteln, macht da keinen

Unterschied: Wenn die ihre Untersuchungen abgeschlossen haben, gibt es für die keinen Grund, den Laden noch einmal zu filzen.«

»Du willst das immer noch durchziehen?«

»Warum nicht? Wir haben alles, was wir brauchen, um unauffällig reinzukommen.«

Der Hagere wirkte nicht überzeugt von dem Vorschlag.

»Und, was meinst du?«, hakte der Untersetzte nach.

»Ich muss nachdenken.«

4

Selina Brand kam erst kurz vor vierzehn Uhr in Remslingen an, und als Robert sie auf einen Kaffee in ihrer Wohnung besuchte, fragte er sie nur der Höflichkeit halber, ob sie ihn am Abend zur Tolkien-Lesung begleiten wolle. Sie sah völlig erschlagen aus, müde, mit tiefen Ringen unter den Augen, und wie erwartet winkte sie nur ab.

»Magst du nicht lieber einen gemütlichen Abend mit mir verbringen?«, schlug sie stattdessen vor. »Wir holen uns was zu essen, sehen uns einen Film an und schauen, was draus wird.«

Das klang nach einer guten Idee, aber Robert stand bei Frau von Meier im Wort, und tatsächlich hatte er auch schon länger einmal den für die Lesung angekündigten Kabarettisten auf der Bühne erleben wollen und war gespannt, was er und der Schauspieler aus Tolkiens Texten machen würden. Er blieb noch eine Stunde, dann überließ er Selina ihrem faulen Nachmittag und schlenderte zu seinem Haus zurück. Am Eingang von Gustaf Kruses Puppentheater standen Kinder mit ihren Eltern für die zweite Vorstellung des Tages an, vor dem *Café Journal* war fast jeder Platz belegt, und der Marktplatz hatte sich wieder mit reichlich kostümiertem Feiervolk gefüllt. Vor dem *Fontana* fand Robert einen freien Platz, ließ sich einen Eisbecher bringen und löffelte ihn gemächlich aus.

»Darf ich?«

Richies Reibeisenstimme erkannte Robert auch, ohne zu ihm aufzuschauen. Er deutete auf den freien Stuhl neben sich, der Pubbesitzer gab Wirt Lino ein Zeichen, und kurz darauf standen ein Espresso und ein Glas Wasser vor ihm.

»Ist deine Freundin noch immer nicht zurück?«, fragte Richie, während er reichlich Zucker in den Kaffee rührte.

»Doch, seit gut zwei Stunden, aber sie ist völlig fertig. Sie hat sich mit ihren Terminen wohl ein wenig übernommen, und jetzt lümmelt sie vermutlich auf ihrem Sofa rum.«

Richie grinste, und es war ihm anzusehen, dass ihm eine anzügliche Bemerkung auf der Zunge lag. Er schwieg aber und schlürfte den Espresso.

»Dadurch habe ich eine Karte für die Lesung heute Abend übrig«, fuhr Robert fort.

»Ich kann ja leider nicht mitkommen«, erwiderte Richie mit gespieltem Bedauern. »Im Pub bin ich unabkömmlich.«

Robert lachte und schob sich einen Löffel Vanilleeis in den Mund. Richies Behauptung war glatt gelogen, denn wann immer ein interessantes Rockkonzert in der Nähe stattfand, ließ er sich im *Scottish Pub* vertreten. Vor allem in der Küche hatte das positive Folgen. Viele Stammgäste bestellten ohnehin nur etwas zu essen, wenn der Chef nicht da und keines seiner missratenen Standardgerichte zu befürchten war.

»Hast du mitbekommen, was mir Doris und ihre Kartenspieler gestern zu dem Juwelenraub erzählt haben?«

»Ich belausche meine Gäste nicht«, kam die Antwort mit leicht empörtem Unterton. Auch das war geschwindelt, aber Robert ging nicht darauf ein, sondern erzählte ihm von den Parfüms, die Doris aufgefallen waren.

»Stimmt«, sagte Richie, nachdem er kurz nachgedacht hatte. »Am Freitag kamen die vier erst gegen halb acht, acht in den Pub. Aber wenn sie vorher wirklich im Biergarten auf der Storcheninsel waren, könnte das zeitlich ziemlich genau hinhauen.«

»Ich habe die Info an Kommissar Neher weitergegeben, und er hat mich gebeten, für ihn den Kontakt zu Doris herzustellen.«

Robert nahm wieder einen Löffel Eis, sah aber aus den Augenwinkeln, wie sich ein breites Grinsen auf Richies verwittertes Gesicht legte. Er gab auch dazu keinen Kommentar ab, sondern fragte: »Kennst du zufällig ihren Nachnamen? Oder die Adresse dieses Start-ups? Sie sind wohl in einer Wohnung über der Firma untergebracht.«

»Die Adresse kenne ich nicht, aber sie heißt Schuhmann. Zumindest hat sie eine Textnachricht auf dem Handy mit *LG, Doris Schuhmann* unterschrieben, als ich ihr gerade etwas zu trinken brachte.«

»Okay, danke. Vielleicht kann ich sie googeln und komme so an ihre Handynummer.«

»Das Start-up heißt Rox Inc oder so ähnlich, keine Ahnung, was die so machen, aber der Laden scheint zu laufen. Am Donnerstag war ein schickes Jüngelchen mit protziger Uhr und maßgeschneidertem Anzug bei mir im Pub, der fragte Doris wegen irgendeiner Technikgeschichte um Rat, das muss einer der Start-up-Leute gewesen sein.«

»Damit sollte ich die Adresse schnell rausfinden können, vielen Dank!«

Sie plauderten noch ein bisschen, dann machte sich Richie auf den Weg in den Pub, und Robert beschloss, einen Spaziergang in die Weingärtner Vorstadt zu unternehmen. Vielleicht sah er zufällig ein Firmenschild, das zu dem Start-up passte. Und tatsächlich hatte seine Suche schnell Erfolg. Nicht weit von der modernen Galerie am Remsufer entfernt, direkt neben dem dortigen Parkplatz, war an einem hübsch herausgeputzten Haus eine Metalltafel angebracht, auf der in hellgraues Metall der zweizeilige Schriftzug »Rox Inc Solutions« eingefräst und schwarzgrau angemalt worden war. Neben der Tür deckte eine Kamera den Eingangsbereich ab, und das unterste der drei Klingelschilder über dem Briefkasten war mit dem Firmennamen beschriftet. Das oberste Schild trug den Namen Ruleder, dazwischen war neben dem Klingelknopf nur ein leeres Stück Karton zu sehen. Robert klingelte, erst danach fiel ihm ein, dass die vier Bewohner das Läuten ja nicht hören konnten. Er wandte sich ab und hatte schon zwei erste Schritte gemacht, als hinter ihm die Sprechanlage anging.

»Komm doch rauf«, schepperte die verzerrte Stimme von Hennes aus dem Lautsprecher, und der Türöffner summte. Robert musste sich sputen, um die Haustür aufzudrücken, bevor das Schloss wieder verriegelt wurde. Er nahm die Treppe zum ersten Stock, oben stand Hennes in der Tür und sah ihm gespannt entgegen.

»Hallo, Robert«, sagte er. »Wie können wir dir helfen?«

Hinter ihm waren Doris und Kalle damit beschäftigt, etwas vom Tisch zu räumen. Er konnte nicht erkennen, worum es sich handelte, aber sie schienen sich zu beeilen und alles, was auf dem Tisch gelegen hatte, in ein angrenzendes Zimmer zu bringen. Hennes blieb in der Tür stehen und machte keine Anstalten, ihn in die Wohnung zu bitten. Kurz darauf kam Doris den Flur entlang. Hinter ihr trugen Kalle und der neu dazugestoßene Fynn noch etwas ins Nachbarzimmer, der Tisch sah nun leer aus.

Doris tippte Hennes auf die Schulter, der sich umdrehte. Robert war es, als werfe Hennes einen schnellen Blick ins Wohnzimmer. Doris gestikulierte, und Hennes nickte. Er trat einen Schritt zurück und bat Robert herein.

»Sorry«, fügte er hinzu, »ich bin etwas aus der Übung. Wir haben nicht oft Besuch, weißt du?« Und zu Robert gewandt: »Sie hat natürlich recht, ich hätte dich längst hereinbitten sollen.«

Doris ging ihnen voraus ins Wohnzimmer, Fynn und Kalle kamen im selben Moment aus dem Nachbarzimmer zurück und schlossen die Tür hinter sich. Robert ließ seinen Blick über das Zimmer und seine einfach Einrichtung schweifen. Er konnte nichts Ungewöhnliches entdecken. Das Einzige, was ihn erstaunte, war die Tatsache, dass er keinen Laptop oder Notepad sah. Hennes beobachtete ihn aufmerksam, und er deutete den Blick seines Gastes richtig.

»Hast du hier eine Hackerbude erwartet, mit Tischen voller Kabel und Monitoren? Wir machen unsere ganze Arbeit unten in der Firma, und wir dürfen nicht mal die Unterlagen mit in die Wohnung hochnehmen.«

Doris machte ein paar schnelle Gebärden.

»Genau«, stimmte Hennes ihr zu und übersetzte: »Steht so im Vertrag. Wenn wir uns nicht daran halten, kann es sehr teuer für uns werden. Das hat aber auch seine Vorteile: Wir haben uns unten in der Firma schon genug Nächte um die Ohren gehauen, da ist es hier oben ganz schön, auch mal auf andere Gedanken zu kommen.«

Er deutete auf einen großen Flachbildfernseher.

»Wir haben Zugriff auf alle gängigen Streamingdienste, aber wenn sich Doris durchsetzt, sind immer die Mediatheken der Öffentlich-Rechtlichen dran.«

Er lachte kehlig, und Fynn, der noch nervöser wirkte als sonst, schien sich nun etwas zu entspannen.

»Magst du einen Kaffee? Oder ein Bier?«

Robert nahm ein Bier, Kalle und Fynn schlossen sich ihm an, und für Doris und sich ließ Hennes zwei Cappuccini aus der Maschine.

»Ich habe Kommissar Neher getroffen«, begann Robert, als alle mit Getränken versorgt waren. »Er ermittelt ja wegen dieses Juwelenraubs, über den wir gesprochen haben. Ich habe ihm erzählt, dass dir, Doris, zwei Parfüms aufgefallen sind und dass die Leute, denen ihr auf dem Weg zum Biergarten begegnet seid, womöglich die Juwelenräuber waren.«

Sie las aufmerksam von seinen Lippen ab und nickte immer wieder. Ihre Antwortgebärden übersetzte Hennes: »Das ist natürlich nur eine Vermutung.«

»Schon klar, aber es ist doch besser als nichts. Die Kripo ermittelt im Moment in alle Richtungen, und sie sind meiner Meinung nach noch nicht sehr weit gekommen.«

Robert ließ seinen Blick über die vier schweifen. Fynn war hibbelig wie immer, was aber durchaus an seiner Nikotinsucht liegen konnte – er hatte schon eine Zigarette zwischen den Fingern und nestelte mit der anderen Hand ein kleines Feuerzeug aus der Hosentasche. Kalle schaute ihn ungerührt an, und es war nicht zu erkennen, ob er Roberts Worte von den Lippen ablas. Doris und Hennes wirkten interessiert, aber nicht sonderlich angespannt. Vermutlich sah er schon Gespenster, ging es Robert durch den Kopf. Was sie vorhin so eilig vom Tisch geräumt hatten, musste nicht im Zusammenhang mit dem Überfall auf Gollmanns Laden stehen.

»Der Kommissar würde gern mit euch reden, vor allem mit dir, Doris. Du sollst ihm das mit den Parfüms noch etwas genauer beschreiben, wenn es geht. Darf ich ihm deine Handynummer geben, damit er per SMS ein Treffen mit dir vereinbart?«

Doris zuckte mit den Schultern und gab Robert eine Visitenkarte. Sie war sehr spärlich beschriftet. Auf der Rückseite waren eine Mailadresse, eine Webseite und eine Handynummer aufgedruckt, vorne stand nur ihr Name: Doris Fellner. Robert stutzte. Hatte Richie nicht aufgeschnappt, wie sie im Pub eine Textnachricht mit dem Nachnamen »Schuhmann« unterzeichnet hatte? Aber ob sich der Wirt nun geirrt oder ob Doris einen Grund dafür hatte, manchmal einen falschen Namen zu verwenden: Robert bedankte sich und steckte die Visitenkarte ein, ohne sich etwas anmerken zu lassen. Die anderen drei überreichten ihm ebenfalls ihre Karten, sie waren ähnlich spartanisch gestaltet wie die ihrer Kollegin, und alle wiesen dieselbe Homepage aus.

»Hast du dir schon überlegt, ob wir dir für die Recherchen in diesem Fall irgendwie helfen können?«, fragte Hennes.

»Wer sagt, dass ich mich da einklinken werde?«

Nun grinste Hennes nur, und Robert grinste zurück.

»Die Geschichte interessiert mich tatsächlich, aber im Moment wüsste ich gar nicht, wo ich ansetzen sollte«, gab er zu. »Und wenn Doris der Kripo mit ihrer Aussage helfen kann, ist das doch auch schon was.«

»Natürlich. Aber du gibst Bescheid, wenn wir helfen können, ja? Ich hatte ja schon erwähnt, dass wir hier mit unserer Arbeit weitgehend fertig sind und Lust hätten, in unseren freien Zeit etwas Spannendes zu erleben.«

Er zwinkerte Robert zu und nahm einen Schluck Cappuccino. Sie plauderten noch ein wenig, und als Robert sein Bier ausgetrunken hatte, verabschiedete er sich, ging ohne Eile die Treppe hinunter und trat ins Freie. Die Stadt lag an diesem angenehm warmen Nachmittag in der Sonne, an der Rems spielten Kinder, und einige Kostümierte stiegen auf dem Parkplatz aus ihren Autos und machten sich auf den Weg in Richtung Marktplatz. Auch Robert setzte sich nun gemächlich in Gang. Bevor er in die Gasse einbog, die ihn auf dem kürzesten Weg nach Hause brachte, drehte er sich noch einmal um. An einem Fenster im ersten Stock lehnte Fynn, rauchte eine Zigarette und schaute zu ihm herunter. Robert nickte ihm zu, Fynn nickte zurück, dann drückte er die Kippe auf dem Fensterbrett aus und zog sich ins Zimmer zurück.

Daheim startete Robert seinen Laptop und rief die Homepage auf, die auf den Visitenkarten von Doris und ihren Kollegen abgedruckt war. In frischem, modernem Design pries hier ein kleines Unternehmen an, weshalb es sich zur Begleitung von Start-ups eignete und wodurch es Firmengründern und Unternehmern hilfreich sein konnte. Die Homepage enthielt Porträts von Doris, Hennes, Fynn und Kalle, und alles deutete darauf hin, dass diese vier auch die gesamte Belegschaft darstellten. Als Verantwortliche wurde im Impressum Doris genannt, doch nach konkreten Referenzen suchte Robert vergeblich. Auf der betreffenden Seite war die Rede davon, dass die Firma schon zahlreiche Start-ups unterstützt habe. Abgeschlossene Projekte wurden unter einer ausführlichen Beschreibung der dafür wahrgenommenen Aufgaben aufgelistet, aber nirgendwo fand sich der Name eines Kunden. Unter der Projektliste las Robert den allgemeinen Hinweis: »Da unsere Kunden großen Wert auf Verschwiegenheit legen, nennen wir hier keine konkreten Referenzen. Gern sind wir bereit, unsere Fähigkeiten in einer Arbeitsprobe nachzuweisen. Wir freuen uns auf Ihre Kontaktaufnahme – und sichern auch Ihnen umfassende Diskretion zu, wenn wir etwas für den Erfolg Ihres Unternehmens tun dürfen.«

Robert notierte sich die im Impressum angegebene Adresse und ließ sie sich in der Suchmaschine auf einem Satellitenbild anzeigen. Demnach residierte die Firma von Doris und ihren drei Mitstreitern in einem großzügigen Wohnhaus im Konstanzer Stadtteil Petershausen, mit einem Garten, der nur durch einen Fußweg vom Bodensee getrennt war. Er suchte nach Informationen über die dortigen Immobilienpreise, und wirklich stand das Haus in einem der teuersten Viertel der Stadt. Über das Online-Telefonbuch suchte er nach weiteren Bewohnern oder Firmen, die in diesem Gebäude ihren Sitz hatten. Aber niemand außer Doris Fellner und ihrem kleinen Unternehmen wurden ihm angezeigt. Die vier Kartenspieler schienen in ihrem Beruf sehr gut zu verdienen, oder Doris hatte reich geerbt – musste aber trotzdem über gute Einnahmen verfügen, wenn sie ein solches Anwesen unterhalten konnte und nicht daran interessiert war, es für viel Geld zu verkaufen. Zumal sie – wie jetzt in Remslingen – von ihren Kunden für die Zeit des jeweiligen Auftrags eine Unterkunft gestellt bekam. Er suchte nach Informationen über Doris' Familie, aber diese schien nicht zu den alteingesessenen Konstanzern zu gehören. Damit ließ Robert seine Recherchen fürs Erste auf sich beruhen. Er scannte die vier eingesammelten Visitenkarten ein und mailte das Bild an Klaus Neher, verbunden mit der Mitteilung, dass Doris Fellner seine SMS erwarte und gern zu einem Treffen bereit sei.

Dass Richie gesehen haben wollte, wie sie am Handy eine Textnachricht mit dem Nachnamen Schuhmann unterzeichnete, behielt er einstweilen für sich.

Für eine zweite Nachricht an Neher scannte er den Zettel ein, den der Juwelier ihm heute Vormittag gegeben hatte. Das Original wollte er der Polizei nicht aushändigen, um den Juwelier nicht so verdächtig zu machen, wie der es befürchtete. Der Kommissar hätte den Zettel sicher der Kriminaltechnik übergeben, und das würde die Kripo unweigerlich zu Gollmann führen. Der Juwelier hatte, wie Schröder senior und Robert selbst, auf dem Papier DNA-Spuren hinterlassen – und für die Untersuchung des Juweliergeschäfts hatte die Kriminaltechnik natürlich auch Vergleichsproben von Gollmann genommen.

Robert mailte Neher den Scan des Zettels und schrieb dazu bedauernd, dass er leider nicht verraten könne, aus welcher Quelle die handschriftliche Notiz in Sütterlinschrift stamme. Dass die beiden Männer seinen Informationen zufolge aber schon einmal in Haft gewesen seien. Vielleicht lohne es sich ja, Fingerabdrücke und DNA von Möhring und Verlinden mit den Spuren im Juweliergeschäft abzugleichen. Einen Moment zögerte er noch, dann klickte Robert den *Senden*-Button an und hörte das Zischgeräusch, mit dem das Mailprogramm den Versand anzeigte.

Kurz nach achtzehn Uhr klingelte Professor Bopp an Roberts Tür. Sie hatten sich verabredet, um gemeinsam zur Tolkien-Lesung zu gehen. Weil Robert ihn gefragt hatte, ob er nicht jemanden wisse, der seine überzählige Freikarte haben wollte, brachte er einen jüngeren Kollegen mit, der zwar nicht viel Interesse an Tolkien hatte, aber ein glühender Fan des Schauspielers war, der zusammen mit dem hiesigen Kabarettisten die Lesung bestreiten würde.

Auf dem Marktplatz tummelten sich noch immer Gäste, die sich als Romanfiguren aus *Der Herr der Ringe* oder *Der Hobbit* kostümiert hatten, auch einige Frodos, mehrere Gandalfs und Orks waren zu sehen, aber die Menge hatte sich gegenüber Freitag und Samstag schon merklich ausgedünnt. Robert ertappte sich dabei, dass er die Gestalten daraufhin überprüfte, ob wohl eine Gruppe zusammenstand, wie sie das Juweliergeschäft überfallen hatte. Dann rief er sich zur Ordnung. Selbst wenn sich die Räuber hier unters bunte Volk gemischt hätten, würden sie kaum so unverfroren sein, sich zusammen sehen zu lassen.

Zur Stadtbücherei waren es nur wenige Minuten Fußweg, und als sie den grünen Boden betraten, summte es im Veranstaltungsraum schon wie in einem Bienenstock. Die meisten der Plätze waren mit Taschen oder dünnen

Jacken als besetzt markiert, die Gäste standen abseits der Stühle schwatzend und lachend beisammen, und Dorothee von Meier glühte vor Stolz und Vorfreude, während sie mal mit dieser, mal mit jener Gruppe plauderte. In der ersten Reihe waren noch Plätze frei, auf den Stühlen lagen Blätter mit Aufschriften wie »Herr Landrat«, »Herr Oberbürgermeister«, »Frau Erste Bürgermeisterin«. Robert sah sich in den hinteren Reihen nach verfügbaren Sitzgelegenheiten um, da flog schon Frau von Meier auf ihn zu.

»Herr Mondrian, Herr Mondrian«, rief sie, als sie noch ein paar Meter von ihm entfernt war. »Schauen Sie, hier!«

Sie deutete auf mehrere freie Stühle in der dritten und vierten Reihe, die direkt beieinanderstanden. Bisher hingen über zwei der Lehnen eine Strickjacke, die er schon einmal an Marie gesehen hatte, und ein dünnes Jackett, das dann wohl Alfons gehörte. Die beiden hatte er aber bisher noch nicht entdecken können. Frau von Meier schob Robert und die beiden Professoren geradezu in die Sitzreihe, die sie ihnen zugedacht hatte. Robert bedankte sich und war eigentlich ganz zufrieden mit dem Blick auf die Bühne, den ihm sein Platz bot – bis er bemerkte, wer neben ihm saß.

»Ach, Herr Mondrian, wie schön!«, flötete Elsa Heberle. Und links neben ihr beugte sich ihre Freundin Marianne Pfuderer so weit nach vorn, wie es ihr mächtiger Bauch zuließ. Diese Haltung konnte die andere zum Glück nicht lange beibehalten, und sie ließ sich wieder gegen ihre Lehne sinken. Frau Heberle allerdings wollte ihn unbedingt in ein Gespräch verwickeln. Es ging – nicht sehr überraschend – um den Überfall auf das Juweliergeschäft und den inzwischen verstorbenen Verkäufer. Robert wunderte sich nicht, dass die Tratschtante auch das schon wieder irgendwo aufgeschnappt hatte, aber er wollte eigentlich die Lesung genießen, sich zwischendurch schön mit Markus Bopp unterhalten – und nicht von der neugierigen Nachbarin mit Belanglosigkeiten beschnattert werden.

Entsprechend kühl antwortete er ihr, lächelte höflich und wandte sich dann demonstrativ dem rechts neben ihm sitzenden Professor zu. Doch davon ließ sich eine Elsa Heberle nicht abschrecken. Mehrmals sprach sie Robert an, und weil er jedes Mal tat, als bemerke er es nicht, zupfte sie ihn schließlich am Ärmel.

»Ja, bitte?«, sagte Robert, und auch sein genervter Unterton änderte nichts daran, dass die Heberle ihn anstrahlte. Das ließ ihn dann doch aufmerksam werden, denn so euphorisch wirkte die Nachbarin nur, wenn sie glaubte, eine wichtige Neuigkeit überbringen zu können.

»Herr Mondrian, haben Sie auch mitangesehen, wie der Überfall vor sich ging?«

»Nein, nicht direkt. Als ich vor dem Buchladen Luft schnappte, sah ich lediglich, wie Herr Gollmann ganz bleich aus seinem Geschäft kam und um Hilfe rief.«

»Wie bleich er war, nicht wahr? Ich stand ganz in der Nähe und konnte sogar seine Knie schlottern sehen. Ist ja aber auch furchtbar, was dem armen Herrn Schröder passiert ist! Und jetzt ist er tot, stellen Sie sich vor!«

Sie musterte ihn zu diesen Worten, und als er nur nickte, breitete sich ein triumphierendes Grinsen auf ihrem Gesicht aus.

»Wusste ich's doch, dass der Kommissar Ihnen schon alles erzählt hat! Hat er Sie um Ihre Hilfe gebeten? Als der Lieferant von Frau Fischer« – sie spie den Namen der Obsthändlerin Sonja geradezu aus – »tot hinter ihrem Laden lag, haben Sie der Polizei ja auch unter die Arme gegriffen. Und im vergangenen Jahr kam Ihr Mitarbeiter Alfons zu Besuch, um etwas über die Tote an der Siechenhauskapelle zu erfahren. Ein netter junger Mann, Ihr Alfons, nur etwas ungeduldig vielleicht, und er scheint nicht viel Kuchen zu vertragen.«

»Sie machen den Eindruck, als würden Sie mir etwas erzählen wollen, Frau Heberle. Wissen Sie denn etwas, das der Polizei helfen könnte?«

»Nun, was ich gesehen habe, als ich vor dem Juweliergeschäft stand, könnte Ihnen auch Ihr Mitarbeiter erzählt haben. Er war ja kurz darauf ebenfalls in vorderster Reihe vor Ort.«

Robert nickte und schaute dazu leidend drein, aber Elsa Heberle nahm ihm nicht ab, dass er so gar kein Interesse an dem Fall hatte. Sie wartete ein wenig, grinste, und als Robert kurz davor stand, noch einmal nachzufragen, begann sie, wenn auch leider etwas umständlich.

»Ihre Nachbarin hat mit der … Vitaminoase ja nicht an den Aktionen zu *Der Herr der Ringe* teilgenommen.«

Sie schaute ihn prüfend an, und Robert fragte sich,

worauf sie hinauswollte. Die neugierige Nachbarin mochte die Obsthändlerin so wenig wie sein Nachbar auf der anderen Seite, der Puppenspieler. Beide machten ihm gegenüber kaum einen Hehl daraus, dass sie Sonja Fischer mindestens für ein Flittchen hielten. Ja, er war eine Zeit lang mit ihr zusammen gewesen, aber es hatte sich herausgestellt, dass Sonja in privater Hinsicht flexibel und vielseitig interessiert blieb, auch nachdem sie Robert nähergekommen war. Das hatte ihrer Beziehung, die im Wesentlichen aus gemeinsamen Nächten bestand, relativ zügig ein Ende gesetzt. Inzwischen war er mit Selina Brand liiert, und mit ihr ging es ihm deutlich besser. Aber zu Sonja hatte er trotzdem auch weiterhin ein gut nachbarschaftliches Verhältnis – es wäre ja auch albern gewesen, wenn zwei Erwachsene plötzlich nicht mehr miteinander reden würden, nur weil ihre Affäre beendet war.

»Frau Fischer wollte dem Trubel entkommen«, verteidigte Robert die Nachbarin halbherzig. »Sie hatte schon länger einen Besuch geplant, und da verband sie das Nützliche mit dem Angenehmen.«

»Ja, ja. Und immerhin hat sie ja ihr Schaufenster mit passenden Filmplakaten dekoriert. Eigentlich sind im Erdgeschoss alle Fenster rundherum mit diesen Motiven verhängt.«

Ich kann mir gut vorstellen, dass es dich alte Schachtel wurmt, dass du deshalb nirgendwo reinspickeln kannst, dachte Robert und zwang sich ein höfliches Lächeln aufs Gesicht.

»Und als ich gestern früh mal zur Vitaminoase rübergeschaut habe«, fuhr Elsa Heberle fort, »rein zufällig natürlich …«

Natürlich.

»… da ist mir aufgefallen, dass sich eines der Plakate oben links gelöst hatte und eine Ecke herunterhing.«

Sie senkte ihre Stimme zu einem verschwörerischen Raunen und beugte sich ein wenig zu Robert hin.

»Und als ich abends von einem Spaziergang nach Hause kam und ganz zufällig wieder hinschaute, war die Ecke neu befestigt, und das Filmplakat hing akkurat wie zuvor.«

»Vermutlich hat Frau Fischer jemanden gebeten, in ihrer Abwesenheit die Blumen im Laden zu gießen, sie hat ja einige Pflanzen als Deko aufgestellt. Dem- oder derjenigen wird das mit dem Filmplakat aufgefallen sein, das ist doch nett und sehr aufmerksam, finden Sie nicht?«

»Kann schon sein, Herr Mondrian, kann schon sein.«

Der lauernde Unterton in der Stimme der Nachbarin ließ Robert aufhorchen.

»Aber?«

»Es hat sich – ganz zufällig – ergeben, dass ich zu Metzger Schwarzfuß musste, als die Ecke noch nicht wieder neu befestigt worden war. Da konnte ich es gar nicht vermeiden, mal einen kurzen Blick durchs Schaufenster zu werfen. Und was glauben Sie, was ich gesehen habe?«

Nun war Robert doch gespannt, aber er wartete ab, bis sie von selbst weitersprach.

»Hinter dem Filmplakat war ein Karton oder so etwas

befestigt, und zwar so genau in den Fensterrahmen eingepasst, dass zum Beispiel nachts kein Licht aus dem Laden auf die Straße dringen würde.«

»Welches Licht denn? Frau Heberle, ich komme nicht ganz mit, tut mir leid. Sagen Sie doch bitte einfach, worauf Sie hinauswollen. Mit Ihren Andeutungen kann ich nichts anfangen.«

Er war etwas lauter geworden. Alfons, der inzwischen vor seinem Chef Platz genommen und bisher nur heimlich gelauscht hatte, drehte sich um. Frau Heberle war erschrocken, als Robert sie anschnauzte. Nun knetete sie ihre altmodische Handtasche mit beiden Händen, presste sie in den Schoß und starrte geradeaus. Robert wollte sich gerade für seinen harschen Tonfall entschuldigen, da schluckte Elsa Heberle ihren verletzten Stolz hinunter und fuhr fort.

»Herr Mondrian, Sie dürfen mich bitte nicht für neugierig halten, aber …«

Da hatte sogar Alfons Schwierigkeiten, ernst zu bleiben.

»… aber mir war es, als sei am Freitagabend jemand in den Hinterhof zwischen Ihrem Haus und der Vitaminoase gegangen. Die Hintertür zum Obstladen kann ich leider von keinem meiner Fenster einsehen.«

»Sie können also nicht mit Bestimmtheit sagen, dass jemand das Haus betreten hat?«

»Nein, leider nicht.«

Sie wirkte untröstlich.

»Also könnte es auch jemand gewesen sein, der zum Beispiel Prospekte verteilt oder Post eingeworfen hat?«

»Die Briefträger kenne ich alle, von denen war es keiner.«

»Bleiben die Prospekte. Oder jemand, der sich vielleicht um die Pflanzen kümmern sollte.«

Elsa Heberle wurde immer zerknirschter, schließlich zuckte sie hilflos mit den Schultern.

»Wie gesagt: Ich weiß es nicht sicher.«

Robert nickte.

»Aber …«, unternahm sie einen letzten Versuch.

»Ja?«

»Ich habe so ein Gefühl … und mein Gefühl täuscht mich da selten, glauben Sie mir, Herr Mondrian. Ich habe so ein Gefühl, als sei die Vitaminoase nicht so verlassen, wie sie wirken soll.«

Sie klammerte sich verzweifelt an ihre Vorstellung, obwohl Robert sie längst zerpflückt hatte. Und wie sie ihn so ansah, voller Hoffnung, dass er ihrem Gespür vertraute und der Sache vielleicht sogar nachging, tat sie ihm leid. Was hatte sie denn noch in ihrem Leben als die Neugier, das Tratschen und das Kuchenbacken? Er legte eine Hand auf ihren Arm und nickte ihr lächelnd zu.

»Ich finde es gut, wie Sie sich um Ihre Nachbarn kümmern, wie Sie sich Sorgen machen und auf alles achten, was um Sie herum vorgeht.«

»Tatsächlich?«, hauchte sie. Ihr traten Tränen in die Augen, und Robert fürchtete, dass er es mit seinem Trost übertrieben haben könnte.

»Ja, unbedingt«, fügte er dennoch hinzu. »Behalten Sie die Vitaminoase weiter im Auge, und halten Sie mich auf dem Laufenden, falls Sie wieder etwas beobachten. Aber fürs Erste, glaube ich, müssen wir uns keine Sorgen um das Haus, um den Laden oder um Frau Fischer machen.«

»Um Frau Fischer mache ich mir ganz bestimmt keine …«, brauste sie auf.

Robert tätschelte ihren Arm und fiel ihr zuckersüß ins Wort.

»Vielen Dank, Frau Heberle, und ich darf da sicher für die gesamte Nachbarschaft sprechen: Wir sind alle froh, dass wir Sie haben.«

Gerührt sah sie ihn an, und Robert war heilfroh, als vorne an der Bühnenkante Bewegung in die dort Stehenden kam. Nun würde es bald losgehen, und während der Lesung würde Elsa Heberle hoffentlich ihren Mund halten.

Die Lesung war sehr unterhaltsam, ein großer Erfolg und ein Genuss offenbar auch für die beiden Männer vorne auf dem kleinen Bühnenpodest, die ihren Abend mit Textpassagen aus *Der Hobbit* und *Der Herr der Ringe* bestritten.

Der Schauspieler übernahm den Part des Erzählers und zusätzlich die Sprechrollen von Gandalf, Elbenfürst Elrond und Waldläufer Streicher, der sich als Aragorn entpuppt, Königserbe von Gondor und Arnor. Robert hatte ihn bisher auf der Bühne in einem Zweipersonenstück von Harold Pinter sowie in einem schwäbischen Erfolgsfilm und der dazugehörigen Fernsehserie gesehen.

Diesmal ließ er seine Stimme wirken, und Robert schloss manchmal die Augen und staunte, wie vielfältig der Mann klingen konnte. Er hatte die jeweiligen Romanfiguren jedes Mal sofort vor Augen.

Auch der in Remslingen geborene und natürlich als Lokalmatador überschwänglich gefeierte Kabarettist überraschte ihn mit neuen Facetten. Selbstverständlich lebte er seine komödiantische Ader aus, indem er Charaktere wie Gollum, Frodo und die anderen Hobbits zu Funken sprühendem Leben erweckte, aber er zeigte auch sein Talent dafür, in leicht schwäbisch eingefärbtem Hochdeutsch ernste Parts zu übernehmen. Er gefiel als Saroman und verlieh den Nazgûl dämonische Präsenz. Als verliebte Elbenschönheit Arwen ließ er dann wieder seinem Hang zur Pointe freien Lauf: Erst schmachtete er mit verstellter Stimme Aragorn an, trug dann immer dicker auf, bis der Dialog vollends ins Lustige kippte und Mensch und Elbin zum schallenden Gelächter der Zuschauer dahinschmolzen, kurz ins Publikum schauten, scheinbar irritiert – und schließlich mit schelmischem Zwinkern signalisierten, dass genau diese Reaktion beabsichtigt war.

Mit Professor Bopp und dessen Kollegen, mit Alfons und Marie stand Robert noch eine Weile vor der Stadtbücherei zusammen. Sie ließen den Abend noch einmal Revue passieren, amüsierten sich über diese oder jene Textstelle, und Robert war froh, dass sich Elsa Heberle damit zufriedengab, ihm noch zwei, drei Sätze Small Talk aufzuzwingen, und dass sie sich dann ihrer Freundin zuwandte, die sie zu einem Glas Sekt und vielleicht ein wenig Kuchen in einem nahen Bistro überredete. Die beiden Frauen gingen schwatzend davon, Frau von Meier schwirrte kurz vorbei, holte sich ein Lob für die gelungene Lesung ab und war schon wieder auf und davon. Nach und nach verlief sich das Publikum, und irgendwann drängte auch Bopps Kollege zum Aufbruch. Alfons und Marie wollten noch einen Spaziergang in den Remsauen unternehmen, und der Vorfreude auf Alfons' Gesicht nach zu urteilen würde die Runde in seiner oder ihrer Wohnung enden. Robert verabschiedete die beiden und wollte sich gerade auf den Weg zum *Scottish Pub* machen, da fiel ihm auf, dass Klaus Neher an einer der Steinsäulen lehnte, die die Arkaden des Alten Rathauses bildeten. Als sich ihre Blicke trafen, stieß sich Neher von der Säule ab und kam langsam auf ihn zu.

»Haben Sie auf mich gewartet?«, fragte Robert.

»Ja.«

Der Ton des Kommissars war knapp, und er schien keine besonders gute Laune zu haben.

»Was ist mit Ihnen, Herr Neher?«

»Na, was glauben Sie wohl?«

Robert zuckte mit den Schultern, obwohl er schon eine Ahnung hatte, was dem Kommissar sauer aufstieß.

»Ich wollte gerade zu Richie. Kommen Sie mit auf ein Bier oder einen Kaffee?«

»Heute nicht, nein, danke. Wir müssen reden.«

»Hier? Ich weiß nicht recht.«

Ein paar Meter entfernt hatte es sich unter den Arkaden eine Gruppe Jugendlicher mit einem tragbaren Lautsprecher und einigen Mischgetränken gemütlich gemacht. Aus dem Sternerestaurant gegenüber traten zwei Pärchen, und durch die Fenster war zu sehen, dass dort auch andere Gäste im Begriff waren, satt und zufrieden nach Hause zu gehen. Und neben der Metallskulptur auf dem Rathausplatz standen einige Kostümierte beisammen, die das Ende der Tolkien-Tage mit Bier und Döner noch ein bisschen hinauszögern wollten.

»Ich würde ja einen Spaziergang an der Rems entlang vorschlagen«, sagte Robert und grinste. »Aber dort ist gerade mein Mitarbeiter mit seiner Freundin unterwegs. Wenn er mich mit Ihnen zusammen sieht, denkt er sich wieder sonst was, das würde ich mir gern ersparen.«

Neher blieb ernst und deutete auf eine Gasse, die etwas ruhiger lag. Sie gingen ein Stück, bis die Geräuschkulisse leise genug geworden war. Der Kommissar blieb stehen und sah Robert ein, zwei Minuten ungnädig an, bevor er begann.

»Woher haben Sie den Zettel, woher haben Sie die Namen von Möhring und Verlinden?«

»Ich habe Ihnen in meiner Mail geschrieben, dass ich die Quelle nicht preisgeben möchte.«

»Lassen Sie diese Spielchen, Herr Mondrian! Dass ich Sie ab und zu um Ihren Rat bitte, heißt nicht, dass ich Sie damit zu einer Art Ehrenkommissar ernenne. Ermittlungen führt die Polizei und sonst niemand. Vor allem mag ich es nicht besonders, wenn mir jemand eine Info zusteckt und ich nicht weiß, warum er das tut, was er damit für ein Interesse verfolgt – und vor allem, wie er an die entsprechende Information gelangt ist.«

Neher war wirklich sauer.

»Tut mir leid, aber ich darf meine Quelle wirklich nicht offenlegen«, entgegnete Robert und versuchte so zerknirscht wie möglich zu klingen. »Aber ich kann Ihnen versichern, dass ich damit keine Interessen verfolge. Zumindest keine anderen, als Ihnen die Information zukommen zu lassen – und zugleich ein Versprechen zu halten.«

»Was für ein Versprechen?«

»Die Quelle, die Person, die mir diesen Zettel gegeben hat, kam auf eine Art und aus Gründen an dieses Stück Papier, die sie selbst ins Visier der Polizei rücken könnte.«

»Geht's noch komplizierter?«

Robert seufzte.

»Und wenn jemand – aus welchen Gründen auch immer – ins Visier der Polizei rückt, ist das für mich als Polizisten natürlich immer wichtig zu wissen.«

»In diesem Fall nicht, da bin ich ziemlich sicher.«

»Ach, da sind Sie sicher? In welcher Eigenschaft? Als Hobby-Ermittler? Als Küchenpsychologe? Als Buchhändler? Oder mit den Erfahrungen aus Ihrem früheren Leben, über das Sie mir ja auch nichts erzählen wollen?«

Robert schwieg, und Neher senkte den Blick.

»Entschuldigen Sie, Herr Mondrian. So heftig wollte ich Sie eigentlich nicht angehen.«

»Schon gut. Es ist ja auch eine blöde Situation für Sie. Aber können wir es nicht einstweilen dabei belassen, dass

Sie den Hinweis von mir bekommen haben und weiterhin nicht wissen, wie ich an den Zettel kam? Zumal ich nicht weiß, ob der Hinweis überhaupt etwas taugt.«

Der Kommissar sah sein Gegenüber prüfend an.

»Tut mir wirklich leid, was die Quelle angeht«, schob Robert nach. »Das ist nicht böse gemeint, glauben Sie mir. Es würde mir auch leidtun, wenn wir wegen dieser Sache jetzt ein Problem miteinander hätten. Ich mag es, mit Ihnen im Pub zu sitzen. Und natürlich schmeichelt es mir, wenn Sie manchmal meine Meinung zu einem Ihrer Fälle hören wollen.«

In Neher arbeitete es, und nach einer Weile rückte Robert mit der Frage heraus, die ihm auf der Zunge lag.

»Hat der Hinweis denn etwas getaugt, hat er Ihnen geholfen?«

Als der Kommissar bemerkte, wie gespannt Robert ihn ansah, schlich sich doch noch der Anflug eines Grinsens auf sein Gesicht.

»Da schau her!«, rief er in gespielter Empörung aus. »Mir sagt er nicht alles, was er weiß, aber mich will er aushorchen!«

»Ich bekenne mich schuldig«, erwiderte Robert und hob die Hände ein wenig, als wollte er sich ergeben.

»Lassen Sie stecken, Herr Mondrian. Wir machen es so: Ich vertraue Ihnen, dass Sie keine Infos zurückhalten, die für meine Ermittlungen wichtig sind. Und vor allem, dass Sie es mir sofort sagen, wenn sich Hinweise darauf ergeben, dass Ihre … nun ja … Quelle vielleicht doch zu Recht ins Visier der Kripo geraten würde.«

»Ist versprochen.«

»Gut, und natürlich behalten Sie alles für sich, was Sie von mir zu diesem Fall erfahren.«

»Natürlich.«

»Und sollten Sie durch meine Andeutungen oder Informationen irgendwo auf irgendetwas stoßen, das mit meinem Fall zu tun hat, setzen Sie mich sofort über alles in Kenntnis.«

»So halten wir es doch immer«, versicherte Robert.

»Genau, so halten wir es immer. Und wir tun das, ohne groß darüber zu reden, nicht wahr?«

»Versteht sich.«

»Gut.« Er räusperte sich und schaute sich kurz um, aber niemand war in Hörweite. »Möhring und Verlinden saßen tatsächlich schon hinter Gittern. Die beiden haben einiges auf dem Kerbholz, mal wurden sie gemeinsam straffällig, mal einzeln. Es ging um Diebstahl, Betrug, Hehlerei. Ein Überfall wurde ihnen bisher nicht zur Last gelegt, aber das schließt natürlich nicht aus, dass sie einen begangen haben und einfach nur nicht erwischt wurden.«

»Jedenfalls sind die beiden in der BKA-Datenbank. Das heißt, Sie haben DNA-Proben und Fingerabdrücke, die Sie mit den im Juweliergeschäft gesicherten Spuren abgleichen können.«

»Das läuft schon, morgen sollten wir Bescheid wissen.«

»Ich würde mich für Sie freuen, wenn Sie auf diese Weise den Überfall auf Gollmanns Laden aufklären könnten.«

»Und den Mord oder Totschlag, dem Kevin Schröder zum Opfer fiel. Wir haben an der Leiche Genmaterial gefunden, das nach Überzeugung der Rechtsmedizin vom Täter stammen muss.«

»Ach?«

»Sagen wir es so: Wer immer Kevin Schröder erstochen hat, ist in solchen Dingen nicht besonders erfahren. Offenbar hat sich der Täter – oder natürlich die Täterin – dabei selbst verletzt. Die Klinge wurde mit der rechten Hand geführt und ritzte die Haut vermutlich der linken Hand, bevor sie in den Körper des Opfers eindrang. Wir stellen uns das so vor: Täter packt Opfer, sticht zu, verletzt sich leicht an der eigenen Hand, die sich zu nah an der Einstichstelle befindet, stößt die Klinge ins Opfer und lässt als Reaktion auf den unerwarteten Schmerz mit der linken Hand los. Dadurch gelangten einige Blutstropfen des Täters auf die Kleidung des Opfers.«

»Klingt nicht nach einem Profi.«

»Nein, nicht gerade. Aber für uns ist das natürlich ein Glücksfall. Wir sind ja in diesem Fall sonst nicht mit allzu viel Glück gesegnet. Augenzeugen, die nur Romanfiguren beschreiben können. Ermittlungen, die nach wie vor in alle Richtungen zielen, weil wir noch keine konkrete Fährte haben, in die wir uns verbeißen können.«

»Vielleicht hilft da ja der Zettel mit den beiden Namen«, merkte Robert an.

»Ja, vielleicht.«

5

Auch Elsa Heberle hatte die Lesung gefallen. Sie hatte die meiste Zeit über den attraktiven Schauspieler angeschmachtet, der auch mit Mitte fünfzig noch immer ein lausbubenhaftes Lächeln zeigte, und wann immer sein Blick den ihren kreuzte, fühlte sie sich wie damals, als sie ein junges Mädchen gewesen war, gerade alt genug, um den neuen *Winnetou*-Film anschauen zu dürfen, und vor dem Kino stand, kreischend inmitten all der anderen Mädchen. Pierre Brice, ihr damaliger Schwarm, war für eine Filmpremiere nach Stuttgart gekommen, er trat aus dem Kino, winkte und lächelte und schlenderte die Königstraße entlang bis zum Hauptbahnhof. Eine Traube junger Mädchen und Frauen umströmte ihn, bejubelte ihn und war außer sich vor Euphorie. Und mittendrin: die kleine Elsa, die sich einiges auf ihre damals schon etwas fraulichere Figur einbildete, auf ihr hübsches Lächeln und ihre dunklen Augen. Jahrelang hatte sie damit gehadert, dass sie damals kein Autogramm bekommen hatte. Und auch, dass sie dem Filmstar nichts Selbstgebackenes mitgebracht hatte. Viele Jahre lang war sie überzeugt gewesen, dass ihrem Hefezopf auch ein Prachtkerl wie Pierre Brice nicht hätte widerstehen können.

Auch heute hatte sie keinen Hefezopf mitgebracht, aber die Lesung hatte sie geradezu beseelt. Es war lustig gewesen und anrührend, und, wie gesagt, der Schauspieler war genau ihr Fall. Nun ließ sie sich im *Café Journal* mit ihrer Freundin Marianne Pfuderer ein Stück Flammkuchen schmecken, weil ihr nach der zuvor bestellten Torte der Sinn nach etwas Deftigem gestanden hatte. Der kräftige Wein passte wunderbar zu beidem, und nach einem zweiten Glas stießen die alten Damen miteinander an, bezahlten und gingen beschwingten Schrittes jede für sich nach Hause.

Vor dem *Café Journal* saßen noch einige Gäste, und die letzten, die um diese Zeit noch an den Tischen im Freien ausharrten, hatten Decken um ihre Schultern oder mindestens auf die Beine gelegt. Sonst war der Marktplatz wie leer gefegt, und die relative Stille, die nun herrschte, war eine Wohltat nach dem Trubel der vergangenen Tage. Es war kühl geworden, und Elsa Heberle schlang den Blazer, den sie eigens für die Lesung aus dem Schrank geholt hatte, etwas enger um sich. In einigen Wohnungen am Marktplatz brannte noch Licht. Gustaf Kruse hatte das Wohnzimmer noch beleuchtet, Robert Mondrian nur noch das Küchenlicht – aus ihren Beobachtungen, die sie gelegentlich ganz nebenbei machte, konnte sie ungefähr die Grundrisse der meisten Wohnungen in ihrer Nachbarschaft rekonstruieren. Ins Haus ließ sie nur ganz selten jemand, dabei hätte sie auf jeden Fall Stillschweigen über alles bewahrt, was sie gesehen hätte. Na ja, außer, jemand wäre allzu unordentlich oder würde etwas offen herumliegen lassen, das für sie oder Marianne oder eine andere Freundin interessant genug wäre.

Das letzte Haus, an dem sie auf ihrem Heimweg vorbeikam, war der Obstladen dieser durchtriebenen Sonja Fischer. Sie konnte das Weibsstück nicht leiden. Nicht ein einziges Mal hatte sie ihr, immerhin eine der engsten Nachbarinnen der Vitaminoase, zu den gekauften Äpfeln einen weiteren gratis dazu geschenkt. Und dann hatte diese Sonja den netten Buchhändler, der auf seine Art fast so attraktiv war wie der junge Pierre Brice, an der Nase herumgeführt. Hatte ihn in ihr Bett gelockt und sich trotzdem weiter mit anderen Männern eingelassen. Zum Glück war ihr Mondrian irgendwann draufgekommen, seine neue Freundin Selina Brand passte viel besser zu ihm. Aber noch lieber wäre es Elsa Heberle, wenn die Fischer ihren ganzen Obstladen nehmen und sich anderswo niederlassen würde. Was könnte man aus den Räumen der Vitaminoase nicht alles machen! Man könnte oben Crêpes verkaufen und Kaffee, Wein oder Süßigkeiten. Aber nein, da musste ja diese Sonja ihre Hand draufhaben, musste ihre Äpfel und Birnen und das überteuerte Biogemüse verkaufen!

Sie blieb stehen und betrachtete nachdenklich die Filmplakate, mit denen die Schaufenster verklebt waren. Keinen Blick konnte sie nach drinnen werfen, und durch die dahinter angebrachten Kartons würde auch kein Licht nach außen dringen. Robert Mondrian hatte ihr nicht sehr aufmerksam zugehört, hatte ihre Beobachtung mit der gelösten und dann wieder befestigten Posterecke nicht ernst genommen. Aber wie konnte sie ihm beweisen, dass mit diesem Haus etwas nicht stimmte? Dass dort drin, wo doch angeblich niemand war, irgendetwas vor sich ging, das keiner wissen durfte?

Beschwingt von der schönen Lesung mit ihren wunderbaren Heldenfiguren und auch ermutigt vom leckeren Wein beschloss Elsa Heberle, einfach mal nach dem Rechten zu sehen. Und warum sollte sie das nicht jetzt sofort tun? Sie schaute sich um, niemand achtete auf sie, und so schlenderte sie betont unauffällig noch einige Meter weiter, blickte noch einmal nach hinten und war – zack! – mit drei schnellen Sprüngen im Hinterhof der Vitaminoase verschwunden. Genau hier hatte vor zwei Jahren der Lieferwagen gestanden, mit laufendem Motor, und der Lieferant hatte tot vor Sonja Fischers Hintertür gelegen. Was sie wohl diesmal hier erwartete?

Elsa Heberle drückte sich gegen die Hauswand und lauschte auf ein verdächtiges Geräusch. Zunächst hörte sie nur ihren eigenen, schwer gehenden Atem, aber als sich ihr Puls wieder etwas beruhigt hatte, nahm sie von irgendwoher das Maunzen einer Katze wahr, ein wegfahrendes Auto, und irgendjemand in einem der Nachbarhäuser schaute Fernsehen.

In der Vitaminoase schien dagegen alles ruhig, auch der Hinterhof lag in Stille und Dunkelheit. Schritt für Schritt arbeitete sich Elsa Heberle an der Hauswand entlang, und als sie die Hintertür erreicht hatte, drückte sie versuchsweise die Klinke. Die Tür war verschlossen, aber die Klinke knarrte hörbar und ließ sie erstarren. Waren von drinnen Schritte zu hören? Nein, auch nach einigem Warten blieb alles still. Zumindest war nichts so laut, dass sie es gehört hätte, denn zuletzt war es ihr so vorgekommen, als ob ihr Gehör ein wenig nachgelassen habe. Dabei brauchte sie ihre Augen und Ohren in bester Verfassung. Wie sonst sollte sie über die Nachbarschaft auf dem Laufenden bleiben?

Sie schlich vorsichtig weiter, lugte immer wieder zu den Fenstern hin, ob irgendwo ein Lichtschein verriet, dass sich hinter den verhängten Scheiben doch jemand aufhielt, aber es war alles dunkel. So kam sie bis an die nächste Hausecke und konnte nun jenen Teil des Hinterhofs überblicken, der hinter der Buchhandlung Mondrian lag. Auch dort gab es nichts Auffälliges. Auf der Mauer, die das Grundstück zum Haus des Puppenspielers hin begrenzte, war die Silhouette der Katze auszumachen, die gerade gemaunzt hatte, und nach wie vor war Licht in Gustaf Kruses Wohnzimmer, aber das war alles nicht halb so verdächtig wie erhofft.

Langsam drehte sie sich um, machte wieder einige Schritte an der Hauswand entlang. Da! Hatte sie nicht soeben etwas im Gebäude gehört? War ein Schlüssel im Schloss gedreht worden? Oder hatte vielleicht eine Treppenstufe geknarrt unter den schweren Schuhen eines Juwelenräubers, der jetzt nach unten kam, um sie, Elsa Heberle, als unliebsame Zeugin zu beseitigen? Ein wohliger Schauer lief ihr über den Rücken, aber nach bangem

Lauschen war sie nicht mehr sicher, ob sie sich das Knarren nur eingebildet hatte. Behutsam ging es weiter, noch ein Schritt und noch einer. An der Hintertür blieb sie stehen, legte sogar ein Ohr an das Holz der Tür, aber sie konnte nichts hören.

Wie schade, ging es Elsa Heberle noch durch den Kopf. Dann wurde ihr ein wenig eng ums Herz, sie spürte einen leichten Stich in der Brust und ließ sich langsam gegen die Hintertür von Sonja Fischers Vitaminoase sinken.

Es war noch nicht so spät, dass Robert allein ins Bett gewollt hätte, und er war dafür auch noch nicht müde genug. Weil er es für möglich hielt, dass Selina schon schlief, erledigt genug war sie ja schon nachmittags gewesen, rief er sie nicht an und klingelte auch nicht an ihrer Tür, sondern schrieb ihr eine Textnachricht. Nach einer halben Stunde hatte sie noch nicht geantwortet – und der Markierung zufolge seine Nachricht noch nicht einmal gelesen. Er zappte sich durch ein Dutzend Fernsehprogramme, bevor er das Gerät wieder ausschaltete. Schließlich entkorkte er eine Flasche Rotwein, füllte ein Glas damit und ein zweites mit Wasser, und als ihm Pasquale Fontana und sein Fernglas einfielen, schloss er zum ersten Mal seit langer Zeit die Läden vor den Küchenfenstern und setzte sich an den Esstisch.

Er nippte am Wein, spülte mit Wasser nach, trank noch etwas Wein und lehnte sich auf dem Stuhl zurück. Mit geschlossenen Augen wartete er darauf, dass die Gedanken nach oben schwammen, die ihn derzeit am meisten beschäftigten. Er musste nicht lange warten, und natürlich ging ihm vor allem der Juwelenraub und der Tod von Gollmanns Mitarbeiter durch den Kopf.

Robert massierte sich die Schläfen. Wenn er nun alle Frauen, die ihm begegneten, auf ihre Haarfarbe hin beäugte, nervte ihn das. Früher hatte es ihm viel geholfen, wenn er jedes Detail im Blick behalten und auf jede Kleinigkeit geachtet hatte. Aber er war nicht mehr Agent für Deutschlands geheimsten Geheimdienst, er war Buchhändler und wollte seine Tage und Nächte in Ruhe verbringen. Nun gut, allzu viel Ruhe langweilte ihn dann doch, aber sich rund um die Uhr einem Fall, einem Auftrag, einem Gegner zu widmen – das wollte er nicht mehr, und das vermisste er auch nicht. Eigentlich. Trotzdem ging ihm dieser Fall nicht aus dem Kopf, und so zog er Bilanz, was er bisher darüber erfahren hatte.

Vier Personen überfallen einen Juweliergeschäft am helllichten Tag und entkommen unerkannt, weil sie als Romanfiguren aus *Der Herr der Ringe* verkleidet sind. Als Hobbit Frodo tritt möglicherweise eine Frau auf, die ihre Haare kastanienbraun tönt oder färbt, mit einem Schuss ins Rötliche. Und die Beute tragen die beiden Orks in ihren zu groß gewählten Kostümen davon. Sie fliehen die Kurze Straße hinunter, kommen an Richies *Scottish Pub* vorbei, halten sich dann links, gehen also nicht durch das Beinsteiner Tor aus der Altstadt hinaus, sondern nehmen die Gegenrichtung und biegen irgendwo in eine Gasse, die sie in Richtung Rems bringt. In die Weingärtner Vorstadt, wo Doris und ihre drei Kollegen in einer Wohnung untergebracht sind.

Robert öffnete die Augen. Es war warm in der Küche, und es wurde ihm klar, dass ihm frische Luft lieber war, als sich vor den neugierigen Blicken des alten Fontana zu schützen. Er öffnete die Fensterläden wieder, blieb einen Moment lang da stehen und genoss die hereinströmende kühle Luft. Er konnte nicht sehen, ob Pasquale wieder zu ihm herüberschaute, und er hatte keine Lust, das Fernglas aus dem Wohnzimmer zu holen, also winkte er auf Verdacht in Richtung der Dachgeschosswohnung über dem Ristorante, grinste, setzte sich wieder und schenkte Wein nach.

Hatte es sich Doris nur ausgedacht, an vier Kostümierten ein teures Parfüm gerochen zu haben? War sie selbst an dem Raubüberfall beteiligt gewesen und wollte mit ihrer Behauptung den Verdacht von sich ablenken? Aber wozu sollte jemand Schmuck rauben, der sich eine teure Immobilie am Konstanzer Seeufer leisten konnte? Oder konnte sie sich dieses Haus nur leisten, weil sie ab und zu lange Finger machte? Über diesen Gedanken leerte er das Weinglas und schenkte sich noch einmal nach. Dann versuchte er, aus den Informationen, die er bekommen hatte, alle Mutmaßungen zu verbannen und andere Möglichkeiten ins Auge zu fassen. In der Weingärtner Vorstadt gab es nicht nur die Wohnung, die Doris und ihrem Team zur Verfügung gestellt wurde, sondern auch einen Parkplatz, auf dem vielleicht ein Fluchtfahrzeug abgestellt gewesen war. Und mit etwas Glück konnten die Räuber die Stadt verlassen haben, bevor es der Polizei gelungen war, alle Strecken abzuriegeln.

Konnten Nachbarn beobachtet haben, wie vier auffällig verkleidete Personen in einen Wagen gestiegen und weggefahren waren? Würden Neher und seine Kollegen gründlich genug nachfragen? Robert musste grinsen, als ihm der Gedanke kam, dass die Polizei bessere Karten hätte, wenn Frau Heberle neben dem Parkplatz wohnen würde. Frau Heberle, die ihn vorhin genervt hatte mit ihrem Getratsche und den Andeutungen, in der Vitaminoase halte sich jemand auf, obwohl Sonja ihm erzählt hatte, dass sie übers Wochenende nicht in der Stadt war.

Der Abend vor seiner ersten Nacht mit Sonja Fischer kam ihm in den Sinn. Sie hatten Pasta gekocht, und er war ihr für das Gemüseschnippeln zur Hand gegangen. Nach einer Weile hatte sie ihn ins Wohnzimmer geschickt, damit er Weingläser holte. Er hatte vergessen zu fragen, wo genau die Gläser standen, und als er in einem Schrank nach ihnen suchte, sah er hinter Kerzen, Windlichtern und Streichhölzern etwas funkeln. Er zog einen schwarzen Stoffbeutel hervor und entdeckte darin ein wertvoll aussehendes Diadem. Außer dem Schmuckstück lag noch ein Zettel in dem Beutel. »Pass auf dich auf«, hatte jemand daraufgekritzelt, »alles Liebe«. Das alles sah er noch deutlich vor sich, als sei es erst gestern gewesen. Er konnte sich auch daran erinnern, dass der Gruß mit einem Männernamen unterzeichnet gewesen war, nur der Name selbst wollte ihm nicht mehr einfallen.

Damals war es ihm darum gegangen, Sonjas Unschuld

am Tod ihres Lieferanten zu beweisen. Zwar hatte auch im Mordfall vor zwei Jahren ein Juwelendiebstahl eine gewisse Rolle gespielt, und zu den drei Stücken, die nach dem Diebstahl verschwunden blieben, gehörte auch ein Diadem. Aber das konnte Zufall sein, das musste sogar Zufall sein – denn warum sollte ein Mann einer attraktiven Frau wie Sonja nicht Schmuck schenken dürfen? Das musste nun wirklich nichts mit illegalen Machenschaften um Juwelen, Ringe und Uhren zu tun haben. Robert erinnerte sich, dass ihm der Zettel damals einen kleinen Stich versetzt hatte, dass er ein bisschen eifersüchtig gewesen war auf den Unbekannten. Aber er erinnerte sich auch daran, dass die folgende Nacht nun wirklich keinen Platz für negative Gefühle ließ. Und heute, da er und Sonja kein Paar mehr waren, konnte ihm das ohnehin gleichgültig sein.

Er musste sich sehr konzentrieren, um sein Denken wieder zu ordnen und auf die Fakten zum Überfall auf Gollmanns Laden auszurichten. Ein ums andere Mal schweiften seine Gedanken ab, folgten Spuren, die im Grunde genommen nur Vermutungen, Befürchtungen, Mutmaßungen waren. Manchmal hatte seine Intuition früher zu richtigen Schlüssen geführt, hatte ihn im letzten Moment vor einem Fehler bewahrt und ihm sicher auch mehrmals das Leben gerettet. Aber damals war er von Mördern, Betrügern und windigen Strippenziehern umgeben gewesen. Heute lebte er unter Obsthändlerinnen und Metzgern, Puppenspielern und tratschsüchtigen Nachbarinnen, die ihm nichts Böses wollten. Heute musste er seine Vorahnungen eher im Zaum halten, konnte nicht hinter harmlosen Nachbarn skrupellose Verbrecher vermuten. Würde er im Reflex blitzschnell herumfahren, weil hinter ihm Frau Heberle eine unbedachte Bewegung gemacht hatte, müsste er nicht einen gut gesetzten Schuss auf sein Herz befürchten – sondern dass die ältliche Tratschtante nach Kaffee und Torte bis ins Mark erschrecken und womöglich auf der Stelle einen Herzinfarkt erleiden würde.

Ein Geräusch ließ ihn aufhorchen. Hatte drunten auf der Straße jemand gestöhnt? War jemand gestürzt? Robert stellte sich ans Fenster und ließ seinen Blick sorgfältig über den Marktplatz und die Gasse gleiten, die zu Frau Heberles Haus führte. Das Geräusch war von der Vitaminoase gekommen, aber soweit er das Nachbargebäude und den Platz davor einsehen konnte, war nichts Ungewöhnliches zu bemerken. Er blieb ein paar Minuten am Fenster stehen, aber als sich nichts regte und auch kein weiteres Geräusch zu hören war, ging er ins Bad und bereitete sich darauf vor, zu Bett zu gehen.

Die Frau war nervös geworden, als die Alte nicht nur vor dem Schaufenster stehen geblieben, sondern anschließend sogar in den Hinterhof geschlichen war. Sie hatten das Schaufenster verhängt, schalteten in keinem Raum, in dem die Fenster nicht verdeckt waren, das Licht an, und sie löschten die schwache Beleuchtung, die sie sich in einer Ecke gönnten, sogar, bevor sie ein anderes, dunkles Zimmer betraten. So hatten sie das auch gehalten, als ihnen die Alte aufgefallen war und sie versucht hatten, die Tratschtante durch die Ritzen der Jalousien im Auge zu behalten. Hatte die Heberle trotzdem bemerkt, dass sie sich im Gemüseladen versteckt hatten? Würde sie die Polizei alarmieren oder – schlimmer noch – den Buchhändler? Würde die Neugier dieser alten Schachtel sie hinter Gitter bringen, nachdem bisher alles so gut gelaufen war?

Mit eindringlicher Stimme flüsterte die Frau dem Jüngsten in der Runde ins Ohr, was er nun tun müsse. Dass er sich zur Hintertür schleichen und dort horchen solle, was die Alte im Hinterhof trieb. Und sollte er zu dem Schluss kommen, dass die neugierige Nachbarin ihr Versteck entdeckt hatte, müsse er dafür sorgen, dass die Alte verschwand, zumindest für eine Weile, und auf diese Weise mundtot gemacht wurde.

Er ließ sich nicht lange bitten, griff nur kurz in seine Hosentasche, versicherte sich, dass er sein Messer eingesteckt hatte, dann huschte er aus dem Raum ins Treppenhaus hinaus und arbeitete sich langsam die wenigen Stufen bis zur Hintertür hinab. Tatsächlich lungerte diese Heberle noch im Hinterhof herum. Er lauschte, legte ein Ohr an die Tür. Er hörte Schritte, als würde die Frau dort draußen sich umsehen, als würde sie etwas suchen. Sie entfernte sich von der Tür, aber er zögerte noch. Vielleicht hatte die Alte gar nichts entdeckt, vielleicht war es dann auch nicht nötig, dass er sie gefangen nahm oder sogar … Er schluckte, sah Kevin Schröder vor sich, wie er vor Schreck und Schmerz die Augen aufriss, wie er zu

Boden sank und wie die Klinge aus ihm herausglitt und vor Blut schimmerte. Das Messer in seiner Hosentasche wog plötzlich schwer wie Blei.

Die Alte war stehen geblieben, nun kam sie wieder näher. Hatte sie gehört, wie er gerade die Hintertür aufgeschlossen hatte? Mist, dann musste sie doch weg, da gab es kein Vertun. Ihre Schritte kamen zögerlich auf die Hintertür zu, und als sie sie schließlich erreicht hatte, wurde es ganz still da draußen. Leise raschelte Kleidung, und er hörte ihr Atmen. Offenbar lauschte sie außen an der Tür – so wie er innen. Ihre Atemzüge wurden unregelmäßig, setzten kurz sogar ganz aus, und dann raschelte wieder Kleidung.

Er wartete einen Moment und dachte nach. Wenn sie an der Hintertür horchte, musste sie vermuten, dass jemand in der Vitaminoase versteckt war. Dann war sie eine Gefahr für sie alle, dann musste sie unschädlich gemacht werden. Als ihm diese Gedanken genug Mut gemacht hatten, atmete er tief durch, so leise er konnte, trat einen Schritt von der Tür weg, zog vorsichtig sein Messer aus der Tasche, nahm die Klinke in die linke Hand und machte sich daran, die Tür zu öffnen. Wenn er sich erfolgreich um die unerwünschte Zeugin kümmern wollte, musste er schnell sein. Schnell und leise. Schließlich sollte nicht noch jemand anders darauf aufmerksam werden, dass die Vitaminoase nicht so leer war, wie alle dachten.

Erst drückte er die Tür ganz vorsichtig nach außen, dann etwas fester. Hatte sich das Ding verklemmt oder verkantet? Vorhin hatte sich noch alles wunderbar öffnen lassen, er hatte sogar die Scharniere geölt, damit kein Quietschen oder Knarren ihn verriet, sollte er sich aus dem Haus schleichen müssen. Dann begriff er, warum die Tür nicht aufging: Die Alte hatte sich dagegengelehnt.

Hatte sie doch nichts gehört, nichts gesehen, und hatte sie gar nicht an der Tür gelauscht, sondern stützte sich nur an ihr ab, weil sie einen Schwächeanfall oder Ähnliches gehabt hatte? Die Klinke in der linken, das Messer in der rechten Hand, wartete er gespannt, was als Nächstes geschah.

Zuerst spürte Elsa Heberle das Holz der Tür, und fast schien es ihr, als würde die Tür gegen ihren Rücken drücken, anstatt umgekehrt. Sie schloss die Augen, atmete ein und aus, sog die kühle Nachtluft begierig ein und hoffte, dass ihre weichen Knie ihr nicht den Dienst versagten. Ein bisschen schwindlig war ihr, deshalb blieb sie noch kurz angelehnt stehen.

Was war nur los mit ihr? Ob sie sich zu sehr in eine Fantasie hineingesteigert hatte? Ob ihre Überzeugung, dass sich jemand in der Vitaminoase versteckte, sie zu sehr aufgeregt hatte? Ob sie vielleicht ein Glas Wein zu viel erwischt hatte oder ob mit dem Flammkuchen irgendetwas nicht in Ordnung gewesen war? Die Torte zuvor konnte nicht der Grund für ihre vorübergehende Schwäche sein, daran war sie gewöhnt, und es war auch nur ein kleines Stück gewesen.

Mit der Zeit ging es ihr etwas besser. Ihr Puls schlug

wieder regelmäßig, das Atmen fiel ihr leichter, und das Zittern in den Knien ließ nach. Elsa Heberle stieß sich vorsichtig von der Tür ab, blieb noch einen Moment stehen, bis das erneut aufkommende Schwindelgefühl verflog. Sie sah sich um, darauf bedacht, keine schnelle Bewegung zu machen. Die Hintertür der Vitaminoase war zu, der Hinterhof war leer, sie war allein. Gustaf Kruse hatte inzwischen sein Licht gelöscht, und die Katze saß nicht mehr auf der Mauer. Nirgendwo ein verdächtiges Geräusch.

Sie tat es nicht gern, aber sie musste sich eingestehen: Sie hatte sich etwas vorgemacht, sie hatte sich nur eingebildet, dass sich während der Abwesenheit von Sonja Fischer jemand in diesem Haus befand. Die Vitaminoase war menschenleer, hier versteckte sich niemand. Kein Juwelenräuber, der ihr nach dem Leben trachtete. Denn hätte es so ein Ganove zugelassen, dass sie hier herumschnüffelte und nach Hinweisen suchte, ohne dass er eingeschritten wäre und sie niedergeschlagen, entführt oder Schlimmeres mit ihr gemacht hätte?

Ein bisschen enttäuscht, aber auch froh, dass sie nun wieder einigermaßen sicher auf ihren Beinen stand, machte Elsa Heberle erst einen, dann einen zweiten unsicheren Schritt. Hinter ihr schwang leise und langsam die Tür zur Vitaminoase auf, und ein dünner, junger Mann mit hellblonden Haaren schaute der alten Frau nach, das Messer noch in der rechten Hand, bevor er die Tür wieder schloss und zu den anderen zurückkehrte.

Elsa Heberle bekam davon nichts mit. Sie war froh,

dass der Schwindel nicht zurückkam, und die Überlegung, welcher Likör aus ihrer stattlichen Sammlung im Wohnzimmerschrank ihr nun am ehesten helfen würde, brachte sie zusätzlich in Schwung. Bald hatte sie die Haustür erreicht, schloss auf und sah sich noch einmal nach dem Obstladen um. Alles war still, alles war dunkel, und langsam machte sie sich an den Aufstieg zu ihrer Wohnung.

Sie sparte nicht am Likör, aber ein ruhiger Schlaf wollte sich in dieser Nacht nicht einstellen. Mehrmals trat sie in dieser Nacht in ihrer dunklen Wohnung noch an eines der Fenster und nahm die Vitaminoase ins Visier. Doch dort regte sich nichts, und gegen Morgen beschloss Elsa Heberle, sich nicht mehr mit Gedanken über irgendwelche Gestalten, die sich in ihrer Fantasie im Obstladen versteckten, verrückt zu machen. Sie musste zur Ruhe kommen, und es gab so viel anderes zu erfahren, zu erlauschen, zu beobachten.

Und während draußen die ersten Frühaufsteher den Marktplatz überquerten, ging sie schlafen.

Gegen fünf Uhr erwachte Robert und stellte fest, dass er es gestern Abend nicht mehr ins Bett geschafft hatte. Das Sofa hatte seinem Rücken nicht gutgetan, und so musste er sich erst einige Zeit recken und strecken, bevor er wieder leidlich gerade stand. Er trug das leere Weinglas in die Küche, ging zur Toilette und kroch für die wenigen verbleibenden Stunden doch noch unter die Bettdecke.

Als er den Wecker endlich zur Kenntnis nahm, war

es schon zehn Minuten vor acht Uhr, aber es gab keinen Grund, in Hektik zu verfallen. Alfons hatte einen Schlüssel zur Buchhandlung, und als Robert ins Wohnzimmer schlurfte, sah er seinen Mitarbeiter auch schon über den Marktplatz auf den Laden zukommen, den Bollerwagen mit dem Vogelkäfig hinter sich herziehend. Die Kakadus schaukelten auf ihren Stangen und glichen geschickt jedes Ruckeln und Rumpelns ihres Transportmittels aus, aber sie hielten ihre Schnäbel geschlossen. Vermutlich waren Sherlock und Watson genauso müde wie er selbst, und auch Alfons sah aus, als sei seine Nacht recht kurz gewesen.

Und so herrschte eine ruhige, gedämpfte Stimmung, als Robert durch den hinteren Zugang die Buchhandlung betrat. Es war noch kein Kunde da, und Alfons war wie jeden Morgen damit beschäftigt, dem Bollerwagen, auf dem er inzwischen den aktuellen Werbeaufsteller befestigt hatte, auf dem Kopfsteinpflaster vor dem Laden einen sicheren Stand zu verschaffen. Sherlock und Watson krähten halbherzig die übliche Begrüßung, aber sie waren leiser als sonst. Robert war das eigentlich ganz recht, dennoch schaute er besorgt in den Käfig und rief die beiden Gelbhaubenkakadus mit ihren Namen. Sie sahen allerdings nicht krank aus, sondern eher übernächtigt, und das konnte durchaus mit dem Grund dafür zu tun haben, dass auch Alfons zu wenig Schlaf abbekommen hatte. Sein Mitarbeiter, der gerade in den Verkaufsraum zurückkehrte, hatte dunkle Augenringe, und auch er grüßte den Buchhändler verhaltener als sonst.

»Kaffee?«, fragte Robert.

Alfons nickte nur, ging zur Leseecke hinüber und ließ sich auf einen der Sessel fallen. Als Robert zwei dampfende Tassen auf dem kleinen Tisch abstellte und Alfons gegenüber Platz nahm, rieb sich sein Mitarbeiter die Nasenwurzel.

»Na, spät geworden gestern?«

Darauf zuckte Alfons nur mit den Schultern, aber das Lächeln, das sich auf sein müdes Gesicht stahl, deutete darauf hin, dass Marie und er gestern Abend nicht getrennt nach Hause gegangen waren.

»Freut mich, Alfons. Und heute wird es wohl auch etwas ruhiger werden nach dem Trubel der vergangenen Tage. Keine Tolkien-Tage mehr, keine kostümierten *Herr-der-Ringe*-Freaks, keine Vorträge.«

»Laut wird's zwischendurch trotzdem werden«, merkte Alfons an und deutete zu dem historischen Karussell hinüber. Den Pferden waren die Masken und Kostüme bereits abgenommen worden, nun legte der Karussellbetreiber allerlei Werkzeug bereit, mit dem er sein Fahrgeschäft den Tag über in transportable Einzelteile zerlegen würde. Doch es stellte sich heraus, dass das Gehämmer nicht allzu arg wurde, auch der Zulauf der Buchhandlung blieb an diesem Morgen sehr überschaubar. Und der erste Gast, der den Verkaufsraum an diesem Morgen betrat, war kein Kunde.

Kommissar Neher grüßte Alfons, ließ aber deutlich erkennen, dass er nicht mit ihm, sondern ausschließlich mit seinem Chef reden wollte. Also machte sich Alfons daran, neu eingetroffene Bücher auszupacken und einzusortieren, Bestellungen vorzubereiten und ganz geschäftig zwischen den Regalen hin und her zu wechseln. Doch es war offensichtlich, dass er währenddessen Augen und Ohren offen hielt. Deshalb schlug Robert seinem Besucher vor, für das Gespräch nach draußen zu gehen.

»Die beiden Gauner, deren Namen auf Ihrem Zettel stehen, waren ziemlich sicher nie in Gollmanns Juweliergeschäft, und keiner von beiden hat dessen Mitarbeiter niedergestochen.«

»Okay, schade. Ich hatte gehofft, dass Ihnen der Zettel irgendwie nützlich sein würde.«

»Sieht leider nicht so aus, aber danke für den Versuch.«

»Gern geschehen.«

»Und da Möhring und Verlinden nichts mit dem Überfall und dem Tod Kevin Schröders zu tun haben, können Sie mir sicher auch verraten, woher Sie den Zettel haben. Denn wenn ich Ihre verklausulierte Begründung richtig verstanden habe, hat die Person, die Ihnen das Papier überreicht hat, befürchtet, selbst als Komplize oder sogar Drahtzieher des Überfalls unter Verdacht zu geraten.«

Robert lächelte und nickte.

»Gut kombiniert, Herr Kommissar.«

»Ich kann auch noch weiter kombinieren, und ich vermute mal, dass ich auch schon ahne, wer Ihre Quelle war. Aber mir wäre es lieber, Sie würden es mir sagen. Schon allein, um zu wissen, dass ich Ihnen vertrauen kann und dass Sie mir gegenüber mit offenen Karten spielen. Na ja, meistens jedenfalls.«

»Ich weiß nicht recht …«

»Dann will ich's mal so ausdrücken: Wenn Sie es mir nicht sagen und ich selbst dahinterkomme – wovon Sie ruhig ausgehen dürfen –, habe ich natürlich auch keine Veranlassung, Ihnen weitere Neuigkeiten zu unseren Ermittlungen mitzuteilen. Und ich verspreche Ihnen nicht zu viel, wenn ich sage: Die würden Sie interessieren.«

Neher grinste breit, und als Robert noch immer zögerte, machte er Anstalten, sich zu verabschieden. Robert erinnerte sich, dass früher, zu seinen Geheimdienstzeiten, er derjenige gewesen war, der die Bedingungen diktiert hatte. Doch nun saß offenbar Neher am längeren Hebel, und er gab sich einen Ruck, erzählte von Schröder senior, der Möhring und Verlinden verdächtigte, seinen Sohn in krumme Dinger verwickelt zu haben, und von Gollmann, der den Zettel des Alten der Polizei hätte übergeben sollen, aber Angst hatte, dass ein Verdacht gegen seinen Mitarbeiter auch ihn in ein schlechtes Licht rücken würde.

»Auf den Vater wäre ich nicht gekommen«, gab Neher freimütig zu, »aber die Sache mit Gollmann habe ich mir ziemlich genau so vorgestellt. Es gibt übrigens keinen Hinweis darauf, dass der Juwelier irgendetwas mit dem Überfall auf sein Geschäft zu tun haben könnte. Die Verriegelung der Glaskuppel über dem Ring wurde zwar tatsächlich gelöst, aber unsere Spezialisten gehen davon aus, dass die Programmierung dafür gehackt wurde. Wir suchen also jemanden, der programmieren kann und es deshalb nicht nötig hatte, das richtige Passwort zu kennen.«

Robert dachte an Doris, sagte aber nichts. Neher nickte knapp, als könne er Roberts Gedanken lesen, dann fuhr er gut gelaunt fort: »Ich hatte Sie ja mit Neuigkeiten im Fall gelockt. Wir haben die DNA-Spuren mit der Datenbank des Bundeskriminalamts abgeglichen – und wir haben einen Treffer.«

»Ach? Dann haben Sie den ersten Täter doch schon gefunden? Das ist ja super.«

»Ja und nein. Wir haben zwar einen Treffer, aber wir wissen leider nicht, wer sich dahinter verbirgt. Dieselbe DNA wurde nach einem Juwelendiebstahl vor einigen Jahren gesichert, aber wir haben ihr bisher noch keine Person zuordnen können.«

»Und wie genau können Sie die Gruppe der Verdächtigen eingrenzen?«

»Männlich, eher jung, Mitteleuropäer, blonde Haare.«

»Das bringt Ihnen also erst dann etwas, wenn Sie einen Verdächtigen haben, mit dem Sie die DNA-Probe vergleichen können.«

»Einerseits ja.«

»Und andererseits?«

»Sie haben mich noch nicht gefragt, wo damals die Juwelen gestohlen wurden.«

Robert hob die Augenbrauen.

»Okay, dann frag ich Sie: Wo wurde damals gestohlen?«

»In Schwäbisch Hall.«

Neher grinste, und Robert wurde im nächsten Moment klar, welchen Juwelendiebstahl er meinte.

»Nicht Ihr Ernst, oder?«

»Doch«, bekräftige Klaus Neher. »Dieselbe DNA-Spur wie in Gollmanns Laden wurde vor sieben Jahren im Juweliergeschäft von Marianne Böhme in Schwäbisch Hall gesichert.«

Mit ihr hatte Robert vor zwei Jahren zu tun gehabt, in Verbindung mit dem ersten Mordfall, in den er in Remslingen verwickelt worden war. Damals hatte die Polizei unter anderem seine Nachbarin Sonja Fischer verdächtigt, einen ihrer Lieferanten mit einem vergifteten Apfel getötet zu haben. Er hatte die Unschuld jener Frau beweisen wollen, in die er zu dem Zeitpunkt verliebt gewesen war und der er seine Gefühle noch nicht offenbart hatte. Seine Recherchen hatten ihn auch in die Gegend von Schwäbisch Hall geführt, sogar der Showdown fand damals ganz in der Nähe statt. Und im Zuge seiner Nachforschungen hatte er Marianne Böhme kennengelernt, deren Juweliergeschäft bestohlen worden war – ein Fall, der nie ganz aufgeklärt werden konnte.

»Die Kollegen sichten gerade das Material von damals. Schaun wir mal, ob sich daraus etwas ergibt.«

Neher verabschiedete sich, und Robert ging in die Buchhandlung zurück. Alfons kassierte eben noch eine Kundin ab, dann baute er sich vor seinem Chef auf, und die Neugier stand ihm ins Gesicht geschrieben. Doch Robert reagierte gar nicht, ging um ihn herum und ließ sich einen Kaffee aus der Maschine. Alfons folgte ihm, blieb aber vor der kleinen Teeküche stehen. Auch das nahm Robert nicht wahr. Sehr nachdenklich starrte er vor sich hin.

Dass es eine Verbindung zwischen dem Überfall auf Gollmanns Juweliergeschäft und dem Schmuckdiebstahl in Marianne Böhmes Laden in Schwäbisch Hall gab, ließ Robert an diesem Tag keine Ruhe mehr. Um siebzehn Uhr hielt er es nicht mehr aus. Er überließ die Buchhandlung seinem Mitarbeiter und machte sich auf den Weg zu Marianne Böhme. Sie hatte sich zwei Jahre nachdem in ihren Juwelierladen eingebrochen worden war, zur Ruhe gesetzt und lebte seither in einem hübschen Häuschen in Vellberg. Finanziell war sie gut gestellt, sie hielt sich mit Golf und Tennis fit, und zumindest vor zwei Jahren, als er sie zuletzt gesehen hatte, war sie Männerbekanntschaften nicht abgeneigt gewesen und hatte sich mit wechselnden Partnern in Hotels der Umgebung getroffen.

Natürlich ging er, wenn er einfach auf gut Glück zu ihr fuhr, das Risiko ein, sie nicht daheim anzutreffen. Aber aus einem Bauchgefühl heraus wollte er sie nicht anrufen, wollte sie nicht vorwarnen für den Fall, dass sie irgendwie in dem Überfall auf Gollmann die Finger drin hatte. Der Diebstahl damals hatte ihr finanziell nicht geschadet, es gab Hinweise, dass ein Liebhaber von ihr darin verwickelt gewesen war, und Robert mochte nicht ganz ausschließen, dass sie ihn dabei womöglich unterstützt hatte.

Für unwahrscheinlich hielt er dagegen, dass die DNA, die Nehers Kollegen sowohl in Remslingen als auch in

Hall gesichert hatten, von ihrem damaligen Geliebten stammte. Marianne Böhmer hatte sich – zumindest war das vor zwei Jahren so gewesen – mit ihren knapp sechzig Jahren zwar gut gehalten und trat sehr selbstbewusst auf, sie hatte es aber in der Regel auf Männer ab vierzig abgesehen – und das meinte Neher wohl nicht, wenn er aus der DNA auf einen »eher jungen« Mann schloss.

Nach eineinhalb Stunden Fahrt stellte Robert seinen Wagen in Vellberg so ab, dass er noch ein Stück Fußweg vor sich hatte. Unterwegs legte er sich zurecht, wie er die ehemalige Juwelierin am geschicktesten in ein Gespräch über den damaligen Schmuckdiebstahl verwickeln konnte. Aber es fiel ihm kein eleganter Umweg zu dem Thema ein, also würde er sie einfach direkt darauf ansprechen. Vielleicht konnte er aus ihrer ersten Reaktion etwas ableiten.

Er drückte den Klingelknopf neben ihrer Haustür, Marianne Böhme reagierte auf das erste Läuten. Über die Sprechanlage nannte er seinen Namen, danach dauerte es etwas, bis der Türöffner summte. Sie erwartete ihn im Flur und sah ihm misstrauisch entgegen.

»Sie erinnern sich noch an mich?«, fragte Robert.

»Ja. Ich kann mir allerdings nicht vorstellen, was wir zu besprechen hätten. Sie waren ja recht emsig unterwegs damals, in diesem Mordfall. Aber der ist meines Wissens abgeschlossen. Wie kann ich Ihnen also jetzt noch helfen?«

»Es geht um den Einbruch in Ihr Schmuckgeschäft vor sieben Jahren.«

»Ach, wieder diese alte Geschichte? Recherchieren Sie da immer noch herum? Ich dachte, Sie seien Buchhändler. Laufen Ihre Geschäfte so schlecht, dass Sie sich nebenbei als Privatdetektiv verdingen müssen?«

Ihre Stimme triefte vor Spott. Seine Anwesenheit musste ihr mächtig gegen den Strich gehen. Natürlich war es nicht überraschend, dass sie seinen Besuch als störend empfand – aber gab es noch einen Grund dafür, dass sie ihn offensichtlich möglichst schnell wieder loswerden wollte?

»Das würde mich normalerweise nicht mehr interessieren. Aber es scheint ein Zusammenhang mit einem Überfall auf ein Juweliergeschäft in Remslingen am vergangenen Freitag zu bestehen.«

»Davon habe ich in der Zeitung gelesen, aber was für einen Zusammenhang meinen Sie?«

»Dazu komme ich gleich, aber Sie sollten wissen, dass während des Überfalls ein Mann ums Leben gekommen ist.«

Sie war überrascht. Ihr Gesicht verlor an Farbe, und ihr Blick wurde unstet.

»Ein Toter?«, brachte sie hervor. »Um Himmels willen!«

Offenbar hatte die Kripo noch nicht mit ihr über den Remslinger Überfall gesprochen, denn die Beamten hätten den Toten auf jeden Fall erwähnt. Neher hatte ja auch nur erzählt, dass seine Kollegen zunächst die Unterlagen des alten Falles sichten würden.

»Darf ich Ihnen deshalb zu dem Diebstahl damals noch ein paar Fragen stellen?«

»Auch wenn ich mir nicht vorstellen kann, dass ich Informationen zu bieten habe, die zur Auflösung dieses neuen Überfalls beitragen könnten: Sollte das nicht lieber die Polizei machen?«

Robert zuckte mit den Schultern.

»Natürlich müssen Sie nicht mit mir reden, und ob die Polizei noch einmal auf Sie zukommen wird, kann ich nicht sagen. Es gibt ja Ermittlungsakten zu dem alten Fall, vielleicht reichen der Kripo die darin enthaltenen Informationen.«

»Na also, dann.«

Sie trat einen Schritt zurück und machte Anstalten, die Haustür zu schließen. Sie würde ihm keine Antworten geben, also blieb ihm nur noch ein letzter Schuss ins Blaue. Auch wenn die Gedanken, die ihm seit zwei Jahren dazu durch den Kopf gingen, nicht mehr waren als ein vager Verdacht.

»Drei der damals aus Ihrem Juweliergeschäft gestohlenen Schmuckstücke sind nach wie vor nirgendwo aufgetaucht«, sagte er.

Marianne Böhme verharrte mitten in der Bewegung und runzelte die Stirn.

»Sie wissen natürlich nicht, wo sich diese Gegenstände befinden?«, fügte Robert hinzu.

Die Juwelierin im Ruhestand gab sich keine Mühe, den in ihr aufsteigenden Zorn zu verbergen. Ihre Augen schossen Blitze auf den ungebetenen Besucher, der ihr nicht gerade dezent eine Beteiligung an dem damaligen Einbruch unterstellte.

»Darunter befand sich ein Diadem, nicht wahr?«, fuhr er ungerührt fort.

Nun blinzelte sie irritiert, und Robert setzte nach, gesteuert allein von seiner Intuition, die er doch eigentlich im Zaum halten wollte.

»Ein sehr schönes Stück, das Ihnen sicher ganz besonders fehlt, habe ich recht?«

Marianne Böhme war nun etwas blass geworden, sie presste die Lippen zusammen, und Robert konnte erkennen, wie sie sich nur mühsam beherrschte, wie ihr eine Erwiderung auf der Zunge lag, die ihm vielleicht einen Hinweis geben konnte. Doch noch bevor sie etwas sagen konnte, näherte sich ein Sportwagen. Die Juwelierin wurde auf das Motorengeräusch aufmerksam, und als sie erkannte, wer da seinen gelben Porsche direkt hinter Robert Mondrian ausrollen ließ, wirkte sie sehr erleichtert.

»Ich muss Sie dann auch bitten, endlich zu gehen, Herr Mondrian«, sagte sie. »Mein Versicherungsvertreter ist da, wir haben einen Termin, und wir haben viel zu besprechen. Außerdem möchte ich Sie bitten, mich künftig nicht mehr zu belästigen.«

Damit wandte sie sich von ihm ab und sah mit aufgesetztem Lächeln dem Mann entgegen, der in diesem Moment aus seinem Sportwagen ausstieg. Er nickte Robert zu, sah ihm noch nach, wie er sich auf den Weg zu seinem Auto machte, und begrüßte dann seine Kundin. Robert ärgerte sich so sehr über die Störung ausgerechnet zu diesem Zeitpunkt, dass er sich mit raschen Schritten entfernte. So konnte er nichts von dem Gespräch zwischen Frau Böhme und dem Versicherungsvertreter mithören, aber als er sich in einiger Entfernung noch einmal umdrehte, sah er, wie sie den Mann schon wieder verabschiedete. Waren die beiden doch nicht verabredet gewesen, und der Versicherungsvertreter war nur zufällig gerade jetzt vorbeigekommen? Hatte sie den Termin mit ihm kurzfristig verschoben? Und falls ja, hatte das etwas mit seinen Andeutungen wegen der Schmuckstücke zu tun? Jedenfalls fuhr der Mann im gelben Porsche wieder davon, und Marianne Böhme, die Robert ein paar Häuser entfernt stehen sah, schlug die Haustür eilig zu. Mit Robert würde sie sicher kein Wort mehr wechseln.

Auf der Heimfahrt nach Remslingen gingen ihm immer wieder dieselben Fragen durch den Kopf. Warum war Marianne Böhme nervös geworden, als er sie auf die drei nach wie vor verschwundenen Schmuckstücke angesprochen hatte, die vor Jahren aus ihrem Juweliergeschäft gestohlen worden waren? Und warum hatte sie beinahe die Fassung verloren, als er auf das Diadem zu sprechen kam? Er schloss aus ihrem Verhalten, dass sie zumindest im Fall des Diadems nicht wusste, wo es sich heute befand. Gut möglich, dass eine Frau wie Marianne Böhme ein solches Stück gern besitzen würde. Ebenso gut möglich, dass ein Liebhaber, der für sie ihren Laden bestahl, ihr dieses Diadem schenkte. Doch ein solches Diadem hatte er schon selbst in Händen gehalten, es war verwahrt gewesen in einem schwarzen Stoffbeutel im Wohnzimmerschrank von Sonja Fischer, versteckt hinter Kerzen, Windlichtern und Kaminhölzern.

Und wie er mit dem Wagen langsam aus Vellberg hinausfuhr, sah er auch wieder den Zettel vor sich, der ebenfalls in dem Stoffbeutel gesteckt hatte. Und nun fiel ihm auch der Name des Mannes wieder ein, der die Nachricht unterzeichnet hatte.

»Pass auf dich auf, alles Liebe, Eddie!«

Marianne Böhme hatte sich geradezu ins Innere ihres Hauses geflüchtet. Dass der Versicherungsvertreter gerade jetzt vorbeigeschaut hatte, war ein glücklicher Zufall gewesen. Aber auch wenn sie tatsächlich einiges mit ihm zu besprechen hatte, war das heute nicht möglich. Und sie konnte ihn im Moment auch nicht ins Haus bitten, nicht einmal für wenige Minuten. Dass dieser Buchhändler gesehen hatte, wie sie den Mann von der Versicherung deshalb sofort wieder abgewimmelt hatte, war ärgerlich, aber nicht zu ändern. Sie schaute durchs Küchenfenster hinaus, bis Mondrian endlich aus ihrem Blickfeld verschwunden war, dann wandte sie sich zum Flur und ging in den ersten Stock hinauf. Die Tür zum Gästezimmer stand offen, das dortige Fenster war gekippt, und verborgen hinter dem Vorhang hatte ihr heimlicher Besucher das Gespräch mit Robert Mondrian belauschen können. Nun stand er noch immer an derselben Stelle und sah ihr entgegen. Seine Miene spiegelte Sorge und Ärger wider.

»Was weiß dieser Kerl über den Diebstahl damals?«, fragte er.

Sie lugte noch einmal zum Fenster hinaus, und als sie

die Straße leer liegen sah, stellte sie sich direkt vor ihren Gast und legte ihm eine Hand auf den Arm.

»Nichts, Eddie«, sagte sie und hoffte, dass sie mehr Zuversicht ausstrahlte, als sie eigentlich empfand. Dann schob sie ihn ein wenig vom Fenster weg und brachte ihn auf andere Gedanken.

In der Buchhandlung in Remslingen herrschte miese Stimmung. Seit Robert weggefahren war, hatten nur noch zwei Kunden den Laden betreten. Alfons hatte eine Bestellung übergeben und eine junge Frau beraten, die sich aber am Ende doch nicht für eines der empfohlenen Bücher entscheiden konnte. Doch das war nicht der Grund für die schlechte Laune von Alfons Weber. Er lümmelte in der Leseecke, trank Wasser und wartete auf Marie, die ihn gleich nach Ladenschluss hatte abholen wollen. Nun verspätete sie sich. Professor Bopp hatte nach der Vorlesung noch etwas mit ihr zu besprechen gehabt, und als sie deshalb etwas später zur S-Bahn-Station kam, hatte sie nicht nur die Bahn verpasst, die sie pünktlich nach Remslingen gebracht hätte: Inzwischen sorgte außerdem eine Signalstörung dafür, dass alle folgenden S-Bahnen später oder teilweise auch gar nicht fahren würden. Gut eine Stunde musste Alfons deshalb warten, und als Marie gegen die Ladentür pochte, schlurfte ihr Freund mit grimmiger Miene auf sie zu und ließ sie herein.

»Na, hör mal, Alfons«, protestierte Marie und lächelte ihn an, »für die Signalstörung kann ich nun wirklich nichts. Da brauchst du doch nicht ein so böses Gesicht zu ziehen.«

»Das hat nichts mit dir zu tun, Marie. Der Chef versaut mir die Laune.«

»Womit denn?«

»Dieser Überfall auf das Juweliergeschäft, der niedergestochene Verkäufer, der seinen Verletzungen erlegen ist …«

»Das interessiert dich, ich weiß. Und?«

»Ich wette mit dir, dass Herr Mondrian längst wieder ermittelt.«

»Kann sein, und?«

»Warum bezieht er mich nicht mit ein? Sind wir nicht ein Team? Schau, was haben wir für ihn nicht alles vergangenes Jahr herausgefunden, nachdem die tote Frau an der Siechenhauskapelle gefunden wurde.« Er nickte zu den beiden Gelbhaubenkakadus hinüber, die allmählich unruhig wurden, weil sie sonst um diese Zeit längst aus der Buchhandlung gebracht worden waren. »Und wie wacker haben sich Sherlock und Watson vor zwei Jahren geschlagen, als diese Gauner in unserem ersten Mordfall abhauen wollten.«

»Na ja, *in unserem Mordfall!* Übertreibst du jetzt nicht ein bisschen?«

»Aber es stimmt doch: Herr Mondrian hilft der Polizei, ermittelt, macht Ganoven unschädlich – und wir beide standen ihm dabei zur Seite.«

Die Kakadus krächzten, und Alfons winkte ihnen kurz zu.

»Ja, schon gut, ihr beiden auch. Und diesmal: Keinen Mucks lässt der Chef hören, der hält mich aus allem raus. Sorry, ich meine, er hält *uns* aus allem raus. Das stinkt mir halt. Dir nicht?«

Marie zuckte mit den Schultern.

»Ich weiß mir meine Zeit auch anders zu vertreiben. Du nicht?«

Sie zwinkerte ihm zu, und Alfons hüstelte peinlich berührt.

»Klar fällt mir da vieles ein, aber … Ich will halt nicht außen vor sein, während der Chef recherchiert. Ich finde das eben spannend, was soll ich machen?«

Marie legte ihm die Hände auf die Schultern und gab ihm einen Kuss. Die Kakadus machten übertriebene Schmatzgeräusche, und Marie musste sich von Alfons lösen, weil die Vögel sie zum Lachen brachten. Alfons war ein wenig besänftigt, aber die fehlende Beteiligung an Robert Mondrians Recherchen machte ihm immer noch zu schaffen.

»Ich weiß ja nicht mal, wo er sich gerade herumtreibt. Um siebzehn Uhr ist er gegangen, und keinen Pieps hat er gesagt, wo er hingeht.«

»Du verwechselst da was, glaube ich. Er ist dein Chef, nicht umgekehrt.«

»Ja, schon, aber … Ich finde es eben schade, dass er so gar nicht zu würdigen weiß, wie sehr wir ihm in der Vergangenheit für seine Ermittlungen geholfen haben.«

»Weißt du was? Das erzählst du mir alles haarklein noch einmal bei mir daheim. Meine Eltern sind heute

Abend im Kino, danach wollten sie noch irgendwo auf ein Glas Wein einkehren. Ich habe sturmfrei.«

Das klang verlockend. Sie luden den Vogelkäfig auf den Bollerwagen, zogen die Kakadus gemeinsam durch die Altstadt und brachten sie in Alfons' WG. Seine Mitbewohner Basti und Ivanka hatten Besuch, und alle scharten sich so begeistert um die Vögel, die diese Aufmerksamkeit sehr zu schätzen wussten, dass Alfons und Marie sich sofort auf den weiteren Weg nach Beinstein machen konnten.

Und so kam Alfons erst viel später, kurz vor halb zehn, wieder auf den toten Schmuckverkäufer zu sprechen, und Marie, die keine Lust hatte, sich wieder anzuziehen, küsste ihn noch einmal und schob ihn mit den Worten aus der Wohnung: »Mach, was du für richtig hältst, aber bau keinen Mist!«

Und während er ihren Kuss noch auf den Lippen spürte, marschierte er an der Rems entlang durch die Nacht und überlegte, wie er Robert Mondrian am besten in seiner Suche nach den Juwelenräubern unterstützen konnte.

6

Hat Ihnen die Aussage von Frau Fellner geholfen?«, fragte Robert.

Neher hatte sich wieder für den Beginn seiner Freischicht mit ihm verabredet. Er hatte Robert unterwegs auf dem Handy erreicht, und als Neher ihn aus Gewohnheit fragte, wo er denn gerade mit dem Wagen unterwegs sei, blieb der vage, erwähnte nichts von seinem Besuch in Vellberg und versprach, pünktlich zurück in Remslingen zu sein. Robert stellte sein Auto ab und war sogar zehn Minuten zu früh vor dem Haupteingang der Polizeidirektion. Diesmal spazierten sie durch die Remsauen, bevor sie nachher auf ein Radler in den Biergarten gehen wollten.

»Im Moment ist alles hilfreich«, erwiderte der Kommissar. »Nur sind wir leider noch immer nicht so weit, dass wir jetzt schon beurteilen können, was uns am Ende auf die richtige Spur bringen wird und was nicht.«

Er sah müde aus, die Ringe unter seinen Augen waren tiefer und dunkler geworden, und immer wieder fuhr er sich mit der Hand über die Stirn, als wollte er lästige Gedanken wegwischen.

»Ein Kollege aus der Kriminaltechnik hat Proben von Parfüm, Rasierwasser und Aftershave besorgt, und zusammen mit Frau Fellner ist er sie alle durchgegangen. Das richtige Frauenparfüm war ihr zufolge nicht dabei, aber eines der Rasierwasser hat sie wiedererkannt. Ich wusste gar nicht, dass das noch gehandelt wird. Mein Vater hat das immer genommen, fürchterliches Zeug, und es muss gebrannt haben wie verrückt. Jedenfalls hat sich mein alter Herr unheimlich was drauf eingebildet, dass er das nach der Nassrasur klaglos ertragen hat.«

»Und wenn Sie jetzt einen der Räuber beim Rasieren erwischen, können Sie ihn dingfest machen«, versetzte Robert, um seinen Begleiter etwas aufzumuntern.

»Spotten Sie ruhig«, sagte Neher und rang sich ein müdes Lächeln ab. »Aber wir gehen allem nach, so wenig es auf den ersten Blick auch zu versprechen scheint.«

Robert nickte und ging schweigend weiter. Zwei Frauen, eine mit Hund, die andere mit Kinderwagen, kamen ihnen entgegen. Neher wartete, bis sie wieder außer Hörweite waren, bevor er fortfuhr.

»Und natürlich checken wir auch alle, die sich als Zeugen anbieten.«

Robert sah ihn an.

»Sie haben auch Frau Fellner und Ihre Kollegen überprüft? Weil Sie unter anderem jemanden suchen, der programmieren kann?«

Neher zuckte mit den Schultern.

»Routine. Die kleine Firma, die sie betreibt und in der die anderen mitarbeiten, logiert recht nobel. Sie ist dort auch wohnhaft gemeldet. Das Haus steht in einer der teuersten, wenn nicht sogar überhaupt der teuersten Wohnlage in Konstanz. Seeblick, Garten, reichlich Wohnfläche. Die Kollegen sind noch dran herauszufinden, woher Frau Fellner das Geld dafür hat.«

»Vielleicht läuft die Firma super, vielleicht hat sie geerbt.«

»Ja, vielleicht. Wir wissen es hoffentlich bald mit Gewissheit. Und den Besuch im Biergarten habe ich auch nicht ganz ohne Hintergedanken vorgeschlagen. Sie haben mir erzählt, dass Frau Fellner und ihre Kollegen auf dem Weg zum Biergarten waren, als sie das Parfüm und das Rasierwasser gerochen hat. Das hat sie genau so noch einmal bestätigt.«

»Und nun wollen Sie im Biergarten nachfragen, ob die Zeitangabe stimmt.«

»Nachgefragt habe ich schon, aber die Servicekräfte, die am Freitagnachmittag dort gearbeitet haben, waren nicht vor Ort, als ich den Chef angerufen habe. Die haben erst jetzt wieder Dienst.«

Sie spazierten noch ein wenig die Rems entlang, machten einen Bogen in Richtung Storcheninsel, und als sie den Biergarten erreicht hatten, setzte sich Robert an eine freie Garnitur, und Neher ging zur Theke. Er sprach mit dem Mann, der dort gerade Bier zapfte, und setzte sich dann Robert gegenüber.

»Der betreffende Kollege kommt gleich. Ich hab uns schon mal die Radler bestellt.«

Keine fünf Minuten später flitzte ein junger Mann

herbei, der in der einen Hand zwei gläserne Bierkrüge und in der anderen ein Glas Spezi trug. Er stellte vor den Gästen die Krüge ab, setzte sich neben Robert und nahm einen Schluck.

»Wir haben eigentlich Selbstbedienung«, sagte der junge Mann, »aber ich mach jetzt selbst kurz Pause, da kann ich Ihnen die Radler ja gleich mitbringen. Der Chef meinte, Sie wollen mich etwas zum vergangenen Freitagnachmittag fragen?«

»So gegen halb fünf müssten vier Gäste gekommen und bis etwa halb acht geblieben sein: drei Männer und eine Frau, alle vier hörbehindert.«

»Ach die, ja, an die erinnere ich mich. Einer konnte sprechen, die anderen haben gebärdet, und der eine hat alles übersetzt. Die waren lustig drauf, sehr angenehme Leute.«

»Kommen die Zeiten, die ich Ihnen genannt habe, so ungefähr hin?«

»Ja, so ziemlich. Aber warten Sie ... Zunächst kamen nur die Frau und zwei der Männer. Der dritte traf erst eine gute Viertelstunde später hier ein. Vielleicht auch erst zwanzig Minuten nach den anderen, ich habe deswegen ja nicht auf die Uhr geschaut.«

»Und welcher der Männer war das?«

»Der Jüngste, ein ziemlich nervöser Typ. Der sollte das Rauchen sein lassen, wenn Sie mich fragen.«

»Hat er erwähnt, warum er später kam als die anderen drei?«

»Nein, die haben sich die ganze Zeit in Gebärdensprache unterhalten, das ging ziemlich hin und her, aber sie waren, wie gesagt, bester Laune. Na ja, bis auf den Nervösen, der schien irgendein Problem mit sich herumzutragen, wirkte irgendwie bedrückt. Aber ich kann Ihnen nicht sagen, ob die vier sich darüber unterhalten haben. Gebärdensprache kann ich leider nicht.«

Robert begleitete den Kommissar noch zur Direktion, wo er sich jetzt für ein paar Stunden auf die Pritsche im Büro legen würde. Doch Neher wirkte nicht, als könnte er jetzt einschlafen.

»Sollen wir noch eine Runde gehen?«, schlug Robert vor.

»Nein, ich will mir noch ein paar Notizen machen, vielleicht auch kurz mit den Kollegen reden. Schönen Abend noch, Herr Mondrian.«

Neher ging ins Gebäude, und Robert schlenderte nachdenklich zur Michaelskirche hinüber. Eine der Bänke am Weg war frei, er setzte sich, lehnte sich behaglich zurück, schlug die Arme über die Lehne und streckte die Beine aus. Eine angenehm kühle Brise strich über seine Haut, und als er die Augen schloss, war es ihm, als könnte er das Rascheln des Laubs und die Vogelstimmen deutlicher hören.

Was hatte Neher mit seinen Fragen im Biergarten bezweckt? Hatte er Doris Fellner und ihre Kollegen im Verdacht, etwas mit dem Juwelenraub und dem Tod des Verkäufers zu tun zu haben? Natürlich überprüfte er routinemäßig alle, die, in welcher Funktion auch immer, mit seinem Fall zu tun hatten. Und eine Frau, die in einem teuren Haus lebte, das sie womöglich allein mit ihrer Arbeit nicht finanzieren konnte, konnte im Zusammenhang mit gestohlenem Schmuck nicht unbeachtet bleiben. Und wenn es Robert recht bedachte, lagen auch Nehers Fragen nahe: Einer von Doris' Mitarbeitern war später als die anderen im Biergarten angekommen. Sie hatte aber erzählt, dass sie zu viert auf dem Weg dorthin waren – und dass sie unterwegs die beiden Duftnoten aufgeschnappt hatte.

Was Neher stutzig machte, war Robert klar: Was, wenn Doris nur vorgegeben hatte, etwas gerochen zu haben? Was, wenn sie und ihre Kollegen hinter den Masken der Juwelenräuber gesteckt hatten? Was, wenn einer der drei Männer noch schnell die Kostüme nach Hause gebracht hatte und erst nach zwanzig Minuten im Biergarten zu den anderen gestoßen war? Dafür wäre die Wahl natürlich auf Fynn als den Jüngsten, vermutlich auch den Schnellsten von ihnen gefallen. Robert konnte sich zwar im Moment nicht vorstellen, wo zwischen Juweliergeschäft und Biergarten es den vieren gelungen sein konnte, ohne Augenzeugen aus ihrer Verkleidung zu schlüpfen, aber wenn sie einen passenden Platz gefunden hätten …

Doris, Fynn, Kalle und Hennes waren zu viert, Gollmann zufolge war während des Überfalls kein Wort gefallen. Die Räuber hatten ihm mit Gesten zu verstehen gegeben, was sie von ihm wollten, hatten ihn und seinen Angestellten Kevin Schröder wortlos hierhin und dorthin geschoben und geschubst. Und irgendetwas hatten die vier tatsächlich zu verbergen, denn als er sie in ihrer Unterkunft besucht hatte, war es ihnen sehr wichtig gewesen, den Tisch schnell freizuräumen, bevor er die Wohnung betrat.

Robert öffnete die Augen wieder und sah sich um. Spaziergänger mit und ohne Hund, Pärchen mit und ohne Kind, zwei Katzen, die fauchend einen Halbkreis beschrieben, um sich auszuweichen, Enten, die heranflogen und sich mit hörbarem Platschen auf der Rems niederließen. Alles schön. Alles friedlich. Nur in Roberts Kopf hörten die Gedanken nicht auf zu kreisen.

Juwelier Roland Gollmann verbrachte einen romantischen Abend im *Ristorante Fontana.* Seine Freundin Doreen hatte ihn überredet, mit ihr essen zu gehen, und Wirt Lino hatte den beiden einen Ecktisch zugewiesen, an dem sie ungestört von den anderen Gästen reden und flirten konnten. Das gute Essen tat beiden gut, der Wein tat ein Übriges, und so war es schon kurz nach zehn Uhr, als die beiden sich unterhakten und das Lokal verließen. Lino sah seinem Nachbarn hinterher, und er freute sich aufrichtig, dass dem Juwelier nach den Erlebnissen der vergangenen Tage nun endlich wieder eine schöne Nacht bevorstand. Ein heiseres Kichern neben ihm ließ ihn erschreckt herumfahren. Sein Vater hatte sich zu ihm gesellt. Er blickte eher Gollmanns Begleiterin nach, und seiner Miene war anzusehen, dass jetzt er viel lieber an der Stelle des Nachbarn gewesen wäre.

»Der Gollmann ist so ein blutleeres Kerlchen«, knarzte

der Alte. »Ich kann mir nicht erklären, wie der an so eine rassige Freundin kommt.«

»Jetzt hör aber auf, *papà*. Es ist doch schön, wenn der Nachbar endlich mal wieder auf andere Gedanken kommt. Freu dich doch für ihn, der hat es wirklich schwer genug seit diesem Überfall.«

Doreen Mahlens hatte inzwischen ihren Arm um den schmächtigen Gollmann gelegt, drückte ihm alle paar Schritte einen Kuss auf die Wange und überquerte mit ihm den Marktplatz.

»Ja, ja, schon recht«, knurrte Pasquale Fontana und ließ das Paar nicht aus den Augen. »Die gehen jetzt wohl zu ihr, was?«

Lino ging kopfschüttelnd nach vorn, wo er zwei neue Gäste in Empfang nahm und sie zu einem freien Tisch mit schönem Blick aufs Alte Rathaus brachte. Sein Vater hing noch ein wenig seinen anzüglichen Gedanken nach, dann zog er eine Flasche Wein aus dem Wandregal und trollte sich in seine Dachgeschosswohnung.

Alfons genoss den milden Abend, und ab und zu, wenn ein kühler Windhauch über die Rems strich, blieb er stehen und atmete tief ein. Es roch nach frisch gemähtem Gras, und irgendwo brutzelte Fleisch auf einem Grill. Er hatte keine Lust, gleich nach Hause zu gehen, wo vermutlich seine Mitbewohner und deren Gäste für mehr Trubel sorgten, als er im Moment vertragen konnte. Stattdessen schlug er die Richtung zum Marktplatz ein, und als er am Alten Rathaus vorbeischlenderte, sah er Gollmann in

Begleitung einer hübschen, etwas fülligen Endvierzigerin aus dem *Ristorante Fontana* treten. Die beiden gingen eng umschlungen über den Marktplatz und verschwanden an der Ecke der Metzgerei Schwarzfuß aus seinem Blickfeld. Lino Fontana hatte ihm mal erzählt, dass Gollmann vor einigen Monaten eine Thüringerin namens Doreen kennengelernt hatte, die für einen Job in der IT-Abteilung eines Autozulieferers in Fellbach in die Gegend gezogen war. Und so verliebt, wie die beiden davongezogen waren, würden sie heute wohl nicht in Gollmanns Haus übernachten, sondern in ihrer Wohnung.

Alfons blieb stehen und dachte nach. Schon jetzt war auf dem Marktplatz nicht mehr viel los. Bald würden auch die letzten Gäste des Ristorante nach Hause gehen. Dann würde Gollmanns Haus, seine Wohnung, sein Juweliergeschäft, verlassen sein. In Alfons' Gedanken nahm eine Idee Gestalt an. Die Vorstellung von Tätern, die es in Kriminalromanen immer wieder an den Tatort zurückzog. Vor allem, wenn dort etwas Schlimmes geschehen war, das die Täter gar nicht von Anfang an geplant hatten. Wenn zum Beispiel ein Verkäufer niedergestochen wurde, seinen Verletzungen erlag – und so aus einem Raubüberfall plötzlich Mord oder Totschlag wurden.

Er sah sich um, ob er auch nicht beobachtet wurde, und machte sich auf den Weg, eine günstige Position einzunehmen, um Gollmanns Haus die Nacht über im Blick zu behalten. Wie würde Robert Mondrian von ihm beeindruckt sein, falls Alfons in dieser Nacht wirklich etwas beobachten konnte, das etwas mehr Licht in den Fall Gollmann bringen würde. Endlich würde ihm klar werden, dass er künftig niemals wieder auf seinen treuen Helfer verzichten durfte. Auf den Gefährten und Mitstreiter, der ihn überhaupt erst zu Bookman ernannt hatte … Na ja, vielleicht sollte er das mit Bookman dem Chef gegenüber lieber nicht mehr erwähnen. Aber er würde ihm in dieser Nacht zeigen, dass auf Alfons Weber unbedingt Verlass war.

Alfons ging mit jedem dieser Gedanken ein bisschen aufrechter, und schließlich erreichte er das Versteck, von dem aus er den Hintereingang von Gollmanns Haus und einige Fenster von dessen Wohnung gut sehen konnte, mit stolzgeschwellter Brust. Nach einer halben Stunde, in der absolut nichts geschehen war, kamen ihm für einen Moment Zweifel, ob es sinnvoll war, hier auf der Lauer zu liegen. Wie wahrscheinlich es war, dass sich ausgerechnet in dieser einen Nacht etwas Spannendes ereignete.

Dann komme ich halt morgen Nacht wieder hierher, sagte er sich in Gedanken. *Und übermorgen. Und …*

Ganz behutsam, in kleinen Schritten und ohne jedes Geräusch arbeitete er sich durch die Dunkelheit voran. Der erste Wachposten kehrte ihm den Rücken zu, und noch bevor er auch nur einen Mucks von sich geben konnte, sank er bewusstlos zusammen und wurde von Robert aufgefangen und leise auf dem Boden abgelegt. Der zweite Posten sah sich immer wieder nach allen Richtungen um. Robert wartete, bis er sich von ihm abgewandt hatte, erreichte ihn dann mit wenigen schnellen Sprüngen und machte auch ihn unschädlich, ohne sich durch ein Geräusch zu verraten, das jemand im Inneren des bewachten Gebäudes hätte hören können.

Die Tür war verschlossen, aber das hielt Robert nur wenige Sekunden auf. Millimeterweise öffnete er die lautlos geknackte Tür und lugte durch den entstehenden Spalt. Alle waren um einen großen Tisch versammelt, in dessen Mitte Juwelen, Ringe und Uhren im Licht einer Deckenlampe funkelten. Sonja Fischer, Doris Fellner und Kevin Schröder wühlten in dem Geschmeide und sortierten die Stücke nach nicht erkennbaren Kriterien. Dorothee von Meier und Roland Gollmann notierten in dicken Kladden die Zahlen, die ihnen die drei Frauen zuriefen. Elsa Heberle und Marianne Pfuderer beobachteten alles aufmerksam, halfen aber nicht, weil sie in beiden Händen Gabeln hielten, auf denen fette Kuchenstücke aufgespießt waren.

Robert trat durch die Tür, nun wurde Hennes auf ihn aufmerksam, der hinter dem Tisch im Halbdunkel stand. Neben ihm saß Kommissar Neher gefesselt auf einem Stuhl, und an der Wand dahinter hingen Phantomzeichnungen von Gandalf, Frodo und den beiden Orks. Hennes grinste Robert breit entgegen, dann hatte er plötzlich eine Pistole in der Hand, zielte auf ihn und drückte ab. Robert wollte sich zur Seite werfen, aber er war unfähig, sich zu bewegen. Also schloss er nur die Augen und wartete darauf, dass der Schuss knallte und ihn die Kugel traf.

Doch der Schuss knallte nicht. Aus der Pistole drang ein Klingeln, das sich mehrmals wiederholte und dabei immer lauter zu werden schien.

Es dauerte eine Weile, bis Robert begriff, dass das Klingeln nicht zu seinem Traum gehörte. Er schlug die Decke zurück und tappte in den Flur, wo das Mobilteil in der Ladeschale steckte. Sein erstes »Ja?« war nicht mehr als ein tiefes Röcheln, und als er sich im zweiten Anlauf verständlicher meldete, legte der Anrufer sofort los.

»*Mamma mia*, Signore Mondrian, endlich gehen Sie ans Telefon! Sie müssen sofort kommen, sofort!«

Pasquale Fontana war ganz außer sich. Er sprach schnell und klang, als halte er eine Hand vor den Hörer, um nicht von jemandem in seiner Nähe gehört zu werden. Er verhaspelte sich und hatte eine Dringlichkeit in der Stimme, die Robert sofort wacher werden ließ.

»Was ist denn los, um Himmels willen?«, fragte er, aber der Alte schien ihm gar nicht zuzuhören.

»Schnell, bitte, kommen Sie! Ich glaube, es wird schon wieder in Gollmanns Geschäft eingebrochen. Ich habe von meinem Fenster etwas gehört, und es schien vom Hintereingang des Hauses zu kommen.«

»Das könnte doch auch Herr Gollmann selbst sein.«

»Nein, nein, der übernachtet heute bei seiner Freundin, er ist nicht daheim, das Haus steht leer, und jetzt …«

Fontana senior unterbrach sich, er schien wieder zu lauschen.

»Herr Fontana, bitte bleiben Sie in Ihrer Wohnung«, sagte Robert. »Ich komme sofort rüber und schau nach dem Rechten.«

»*Dio mio!*«, rief der Alte nun aus, er schien wirklich Angst zu haben.

»Bitte bleiben Sie …«, setzte Robert erneut an, aber Fontana hatte aufgelegt.

In Windeseile schlüpfte Robert in Jeans und Shirt, und nur Augenblicke später trat er auf den Hof hinter seinem Haus hinaus. Der Asphalt war kühl, fühlte sich aber unter seinen nackten Fußsohlen nicht unangenehm an. An der Ecke zum Marktplatz scannte Robert die Umgebung, niemand war zu sehen, nichts war zu hören. Er huschte zum Nebenhaus von Gollmanns Juweliergeschäft und sah sich noch einmal um. Bis auf einen Streifen Licht, den die Straßenlaternen durch die Eingangstür warfen, lag der Laden im Dunkeln. Ein schmaler Durchgang neben dem Gebäude führte zum Hinterhof. In geschmeidigen Bewegungen schlich Robert an Gollmanns Haus entlang, blieb an der nächsten Ecke erneut stehen, drückte sich an die Mauer, um seine Silhouette so gut zu verbergen, wie es eben möglich war. Falls sich im Hinterhof jemand versteckt hielt, konnte er Roberts Umriss unter Umständen sehr genau sehen, wie er sich gegen die Beleuchtung des Marktplatzes abzeichnete. Doch niemand griff ihn an, nirgendwo verriet sich jemand durch einen unbedachten Tritt auf Sand oder einen Kieselstein. Was immer Pasquale Fontana gehört hatte, jetzt war es vorüber. Oder der Alte hatte sich alles nur eingebildet.

Noch ein Schritt, ein zweiter, und Robert sah den ganzen Hinterhof vor sich. Mülltonnen standen an der Begrenzungsmauer zum dahinterliegenden Grundstück, in einer Gitterbox waren alte Versandkartons gestapelt, und in einen gut mannshohen Metallzaun war eine Tür eingelassen, die vermutlich zum Hinterhof des Ristorante führte. Dort waren nun doch Schritte zu hören, jemand schien sich langsam der kleinen Tür zu nähern. Robert suchte hinter der größten der Mülltonnen Deckung und machte sich bereit, den Unbekannten mit einigen schnellen Sprüngen zu überrumpeln.

Die Klinke der Gartentür bewegte sich nach unten, dann wurde die Tür selbst aufgedrückt, und schließlich trat eine gebeugte Gestalt mit Kugelbauch in Roberts Blickfeld. Robert entspannte sich und verließ sein Versteck.

»Ich hatte Sie doch gebeten, in Ihrer Wohnung zu bleiben«, tadelte er Pasquale Fontana, hob aber sofort beruhigend die Hände, weil Gollmanns Nachbar durch sein plötzliches Auftauchen so erschrocken war, dass er abrupt stehen geblieben und danach zwei, drei Schritte nach hinten getaumelt war. »Hier ist alles ruhig, Sie haben sich die Geräusche, von denen Sie mir am Telefon erzählt haben, sicher nur eingebildet.«

»Eingebildet? Pah! Ich hab mir die nicht eingebildet, ich …«

Er verstummte mitten im Satz, fuhr herum, starrte auf die Gitterbox und zupfte Robert am Ärmel, um auf das aufmerksam zu machen, was er gerade aus dieser Richtung gehört hatte. Auch Robert war das Scharren aufgefallen, begleitet von einem unterdrückten Seufzen oder Ächzen. Doch noch bevor er sich abwehrbereit machen konnte, erkannte er, wer da hinter der mit Kartons gefüllten Box hervorkrabbelte.

»Alfons, was machst du denn da?«

Sein Mitarbeiter rappelte sich mühsam auf, wischte sich etwas Dreck von den Hosenbeinen und fuhr sich durchs zerzauste Haar.

»Ich …«

Seiner belegten Stimme und den verhangenen Augen nach zu urteilen hatte Alfons hinter der Gitterbox geschlafen.

»Ich wollte Gollmanns Haus im Auge behalten. Und ich muss meinem Chef recht geben, Herr Fontana: Hier war es die ganze Zeit ruhig, da war niemand außer mir. Und ich habe sehr darauf geachtet, kein Geräusch zu machen.«

Pasquale Fontana verzog sein Gesicht. Er ärgerte sich darüber, dass nun noch ein Zeuge aufgetreten war und ihn vollends als spinnerten Alten abstempelte, der schon Gespenster hörte. Robert dagegen gab nicht viel auf Alfons' Bestätigung: Sein Mitarbeiter konnte einen Einbrecher schlicht verschlafen haben. Doch so oft er sich auch umsah, es war nirgendwo ein Hinweis darauf zu finden, dass jemand unbefugt in Gollmanns Haus eingedrungen war. Um Fontana senior nicht noch mehr vor den Kopf zu stoßen, wollte er wenigstens überprüfen, ob nicht doch jemand eingebrochen war. Er ging zur Hintertür, beugte sich hinunter und tastete Klinke und Schloss ab. Es gab Kratzer rund um den Schließzylinder, aber die konnten über die Jahre entstanden sein. Alfons trat zu ihm, zückte sein Smartphone, wischte übers Display und schaltete die Taschenlampenfunktion ein. Augenblicklich tippte Robert das Licht wieder weg und schlug Alfons dabei fast das Smartphone aus der Hand. Er bedeutete den anderen, still zu sein, und zeigte mit einer Hand auf das kleine Fenster, das im oberen Teil der Hintertür eingelassen war. Dort hatte er ganz kurz einen Lichtschimmer gesehen, nur einen Sekundenbruchteil, bevor Alfons' Handy aufgeleuchtet hatte. Also war doch jemand im Gebäude, womöglich tatsächlich Einbrecher?

Robert führte seine beiden Begleiter ein paar Schritte von der Tür weg, und flüsternd gab er ihnen Anweisungen: Fontana sollte sich in seinem Hinterhof verstecken und so einen möglichen Fluchtweg versperren. Alfons sollte vor das Haus gehen, den Ladeneingang im Blick behalten und, falls nötig, fliehenden Einbrechern den Weg hinaus auf den Marktplatz abschneiden. Fontana war nicht begeistert, dass er eine so passive Rolle übernehmen sollte, aber Alfons war ganz in seinem Element. Er nickte eifrig und fuchtelte mit den Händen ein paar Gesten in die Luft, die er wohl irgendeinem schlechten Militärfilm abgeschaut hatte. Robert tat ihm den Gefallen und reckte kurz den rechten Daumen in die Höhe, und schon war sein Mitarbeiter erstaunlich flink um die Ecke gehuscht. Er war zwar recht leise, aber Robert konnte trotzdem hören, wie er sich am Haus entlangbewegte und schließlich seinen Posten einnahm. Fontana senior musste er dagegen mehrmals bitten, bevor sich der Alte endlich in Bewegung setzte und sich neben der sperrangelweit geöffneten Gartentür hinter den Metallzaun stellte.

Robert fasste das kleine Fenster wieder in den Blick,

aber es hatte kein weiteres Aufblitzen von Licht gegeben. Er stellte sich an die Hintertür und lauschte. Kurz war es ihm gewesen, als habe er von drinnen etwas gehört, aber dann war es wieder so still wie zuvor. Er drückte vorsichtig die Klinke, und als er an der Tür zog, schwang sie leise auf. Als sie knapp zur Hälfte geöffnet war, hörte er, wie sich im Scharnier ein erstes, leises Knarren ankündigte. Sofort ließ er die Klinke los und drückte sich durch den schmalen Spalt ins Innere. Sein Traum von vorhin kam ihm in den Sinn, und natürlich erwartete er weder eine Kuchen essende Frau Heberle noch einen gefesselten Kommissar Neher. Vor allem aber hoffte er, nicht gleich in die Mündung einer Waffe starren zu müssen.

Ganz behutsam setzte er einen Fuß vor den anderen. Das Treppenhaus, das er durch die Hintertür erreicht hatte, war mit Steinfliesen ausgelegt. Die Tür zum Verkaufsraum stand offen, und daneben ragte eine kleine Metallklappe aus der Wand. Einige Kabel hingen hier lose heraus, offenbar hatten die Einbrecher den Alarm am rückwärtigen Zugang zum Juweliergeschäft außer Betrieb gesetzt. Robert bewegte sich lautlos vorwärts, schlüpfte in den Ladenraum und tauchte direkt hinter der Tür ins Dunkel der rechten Zimmerecke.

Rechts von ihm zogen sich raumhohe Schrankwände einige Meter die Wand entlang. Links der Tür waren ebenfalls Schränke eingebaut, die bis zur nächsten Ecke des großzügigen Raums reichten. Davor stand der Verkaufstresen, unter dessen Glasplatte einige Schaukästen für Ringe und Ohrringe eingelassen waren. Verteilt über das Ladengeschäft gab es mehrere Glasvitrinen unterschiedlicher Höhe, die ihm mit den darin platzierten Kissen und Seidendecken als Unterlage für Ketten und Anhänger die Sicht auf einige Ecken des Verkaufsraums verwehrten. Doch kurz sah er linker Hand eine Bewegung, und wenig später machte er auch rechts eine Gestalt aus, die ein, zwei Meter von einem der Schaufenster entfernt Gegenstände aus einer Vitrine holte und in einen Rucksack gleiten ließ. Robert blieb still stehen und beobachtete die Einbrecher. Es schien sich um zwei Männer zu handeln, einer untersetzt, der andere hoch aufgeschossen, beide mit Skimasken über dem Kopf. Er schätzte die Entfernung zu dem Einbrecher ab, der ihm am nächsten war, und legte sich eine Strategie zurecht, wie er möglichst beide unschädlich machen konnte. In seiner Reichweite gab es nichts, das er als Waffe hätte benutzen können, aber die beiden sahen auch nicht so aus, als müsste er mehr als seine bloßen Hände einsetzen, um sie zu überwältigen. In einem offenen Schrankfach direkt neben ihm waren einige Dekoartikel platziert, darunter ein kleiner Tontopf mit Plastikblumen. Sachte griff er nach dem Topf und überlegte, wohin er ihn am besten werfen sollte, um den entfernteren der beiden Einbrecher für einen Moment abzulenken.

Da knarrte hinter ihm die Hintertür von Gollmanns Haus, und eine heisere Stimme rief leise seinen Namen. Die Einbrecher fuhren herum, sahen Robert zwar nicht, waren aber durch die Stimme und das Geräusch alarmiert. Sie schnappten sich ihre Rucksäcke und waren mit wenigen Schritten an der Vordertür. Robert umkurvte die ihm im Weg stehenden Vitrinen und war nur noch zwei Schritte vom hinteren der Einbrecher entfernt, als diese die Vordertür entriegelt und aufgestoßen hatten. Der Hagere war im nächsten Moment draußen auf dem Marktplatz und rannte mit ungelenken, aber weit tragenden Sprüngen davon. Der Untersetzte kam gerade noch vom Fleck, bevor Robert seinen Pullover zu fassen bekam. Nur um Millimeter griff er ins Leere, und es würde ihm sicher gelingen, den Mann nach einer kurzen Verfolgungsjagd zu erwischen. Obendrein stellte sich ihm nun Alfons in den Weg, was den Untersetzten allerdings nicht lange aufhielt. In vollem Lauf rammte er dem jungen Mann die Faust ins Gesicht, packte ihn sofort danach an der Schulter und schleuderte ihn hinter sich. Robert erkannte zu spät, dass ihm sein Mitarbeiter genau vor die Füße fiel. Er stolperte über ihn, sein linker Fuß verhakte sich so ungünstig zwischen den Beinen des Gestürzten, dass er sich nicht abrollen konnte und der Länge nach hart aufs Pflaster schlug. Robert stöhnte, sprang aber sofort wieder auf – doch der Untersetzte hatte inzwischen zu viel Vorsprung und war bald in Richtung Kurze Straße verschwunden, wo sich ihm mehr Möglichkeiten zur Flucht boten, als Robert und seine Helfer abdecken konnten.

Wobei: Helfer …

Pasquale Fontana trat aus dem Juweliergeschäft, seiner zerknitterten Miene war anzusehen, dass er wusste: Er hatte Mist gebaut. Alfons dagegen wand sich auf dem

Pflaster, jammerte und schniefte und hielt die Hände vors Gesicht. Robert half ihm auf, nahm seine Hände beiseite und inspizierte die Verletzung.

»Das wird eine Weile ordentlich wehtun, Alfons«, sagte er. »Die Faust hat dich voll erwischt.«

Behutsam tastete er Jochbein und Nase seines Mitarbeiters ab. Alfons zuckte unter der Berührung zusammen und konnte ein Stöhnen nicht ganz unterdrücken.

»Immerhin scheint nichts gebrochen zu sein«, beruhigte Robert ihn. »Viel mehr als ein blutunterlaufenes Auge und einen spektakulären blauen Fleck musst du nicht befürchten.«

Alfons zückte sein Smartphone und sah aus, als wollte er ein Selfie von sich machen, aber er nutzte die Kamerafunktion nur als Spiegel und besah sich den erlittenen Schaden. Er wirkte nun geradezu aufgekratzt, und das Adrenalin, das ihm durch die Adern schoss, schien seine Schmerzen zu lindern. Ein bisschen sah Alfons sogar aus, als sei er stolz auf seinen heldenhaften Einsatz, und Robert brachte es nicht übers Herz, ihn wegen seines tollpatschigen Auftritts zu tadeln.

»Immerhin kannst du Marie erzählen, dass du beinahe einen fliehenden Einbrecher zur Strecke gebracht hättest.«

Das zauberte Alfons ein strahlendes Lächeln auf das zerschundene Gesicht, das aber sofort wieder erlosch, weil ihn natürlich jede allzu deutliche Mimik schmerzte. Robert nickte ihm anerkennend zu, was seinen Mitarbeiter gleich etwas aufrechter stehen ließ. Dann wollte er sich Pasquale Fontana zuwenden. Er konnte ihm die

Standpauke nicht ersparen – ohne seine Dusseligkeit hätten sie die beiden Einbrecher gefasst, und Alfons hätte vermutlich keine Schramme davongetragen. Doch Fontana war verschwunden. Kurz darauf schwang die Tür des Ristorante auf, und der Alte kam mit zwei Flaschen Wein auf ihn zu. Er hielt ihm und Alfons jeweils eine hin und setzte eine zerknirschte Miene auf.

»*Prego*«, sagte er, »nehmen Sie bitte. Als kleine Geste der Entschuldigung.«

Er sah so elend aus und schien so an seinem Fehler zu leiden, dass Robert nicht anders konnte, als das Geschenk anzunehmen und sich zu bedanken.

Da flitzten schon die ersten Streifenwagen auf den Marktplatz, und Uniformierte sprangen aus den Fahrzeugen, noch bevor diese ganz zum Stehen gekommen waren, und rannten auf sie zu.

Ralph Verlinden war so schnelles Rennen nicht mehr gewohnt. Eigentlich war er schon außer Puste gewesen, als er den Marktplatz noch keine hundert Meter hinter sich gelassen hatte. Doch der Anblick des Streifenwagens, der ihm mit hoher Geschwindigkeit entgegenkam, mobilisierte ungeahnte Reserven. Er konnte sich gerade noch in den Schatten der Nikolauskirche drücken, bevor ihn die Scheinwerfer des Wagens erfassten. Kurz wartete er, bis die Beamten an ihm vorbeigefahren waren, dann spurtete er die Pfarrgasse hinunter und hielt auf die Michaelskirche zu. Und weil er sich auf dieser Strecke wie auf dem Präsentierteller fühlte, schlug er sich in die Büsche, sobald es das Gelände zuließ. Er hatte den Weg keine Sekunde zu früh verlassen, vom Nonnenkirchle her kamen zwei Polizisten, die wohl ihre nächtliche Streife durch die Innenstadt antraten. Mit pochendem Herzen wartete er im Schatten der Bäume darauf, dass sich die Schritte der beiden entfernten. Doch die Beamten blieben auf halbem Weg zur Hahnschen Mühle stehen, Verlinden hörte, wie die Polizisten eine Durchsage empfingen. Er konnte sie nicht verstehen, aber vermutlich hatte sie mit dem Alarm zu tun, den Henk und er mit ihrer Flucht durch die Vordertür des Juweliergeschäfts ausgelöst hatten.

»Verstanden«, sagte einer der Polizisten.

Doch anstatt sofort in Richtung Marktplatz zu rennen, schauten die beiden nach allen Richtungen und besprachen sich, wo sie einem Einbrecher wohl am besten den Fluchtweg abschneiden konnten. Zum Glück entschieden sie sich für die Treppe, die zu den Wiesen an der Rems hinunterführten, und Verlinden beeilte sich, den Fluss auf anderem Weg zu erreichen. Vom Alten Postplatz her und auf der ehemaligen Bundesstraße sah und hörte er immer mehr Streifenwagen, und er konnte nur hoffen, dass in der Polizeidirektion, die sich nur siebzig, achtzig Meter südlich von ihm befand, niemand auf die Idee kam, weitere Beamte in die Uferwiesen ausschwärmen zu lassen. Doch er erreichte den Fluss unbehelligt, überquerte die Fußgängerbrücke und huschte von Baum zu Baum, bis er bei der Skateranlage die ehemalige B14 unterqueren konnte und die Talaue vor sich hatte, die sich mit Wiesen, Büschen und Bäumen bis hinüber nach Beinstein zog und ihm gute Chancen eröffnete, ungesehen zu entkommen.

Tatsächlich begegnete er niemandem, als er erst nach Osten, dann weiter nach Nordosten wanderte und immer dann auch ein Stück rannte, wenn er genug Deckung hatte. Zwischendurch schickte er Henk eine Textnachricht aufs Handy, und der antwortete mit den Koordinaten eines Treffpunkts, den er nach etwa fünfunddreißig Minuten keuchend und verschwitzt erreichte. Henks Wagen stand neben einer Baustelle nicht weit von der Verbindungsstraße zwischen Korb und Beinstein entfernt, und als er sich endlich auf den Beifahrersitz fallen lassen konnte, schloss Ralph Verlinden die Augen und gab seinem Kumpan mit einer Handbewegung zu verstehen, dass er erst verschnaufen musste, bevor er ihm etwas erzählen konnte. Henk Möhring grinste, startete den Motor und fuhr in unauffälligem Tempo davon.

Robert führte Alfons und Pasquale ein wenig vom Eingang des Juwelierladens weg, damit sie den umherwuselnden Polizisten nicht im Weg standen. Die Beamten gingen zügig und zielgerichtet vor. Sie sicherten Gollmanns Haus, obwohl Robert ihnen schon gesagt hatte, dass das Gebäude seiner Einschätzung nach leer war. Bald parkten vier Streifenwagen vor dem Schmuckgeschäft, und von einigen Fenstern der umstehenden Häuser aus beobachteten Nachbarn, was auf dem Marktplatz vor sich ging.

Alfons hatte Marie mit einer Sprachnachricht von seinem Erlebnis informiert, und als wenige Minuten später ihr Rückruf kam, ging er noch ein paar Schritte von den anderen weg, um ihr ungestört seine Heldentat schildern zu können. Robert konnte einige Sätze aufschnappen und musste schmunzeln, weil sein Mitarbeiter seine Rolle ein wenig aufhübschte.

»Sind Sie denn gar nicht auf die Idee gekommen, mich anzurufen?«

Kommissar Neher hatte sich zu ihm gesellt. Er sah müde aus und genervt.

»Tut mir leid«, erwiderte Robert, und er hoffte, hinreichend schuldbewusst zu wirken. »Das ging alles so schnell, ich hatte noch nicht mal Zeit, mir Schuhe anzuziehen.«

Neher schaute auf seine nackten Füße und musste nun doch grinsen.

»Dann erzählen Sie mal.«

Der alte Fontana und Robert teilten dem Kommissar alles mit, was sie wussten, und als Neher auch noch Alfons befragen wollte, begleitete Robert ihn zu seinem Mitarbeiter und raunte ihm unterwegs zu: »Er wird nicht viel erzählen können. Alfons hatte sich wohl in Gollmanns Hinterhof auf die Lauer gelegt, warum auch immer, und dort ist er eingeschlafen und erst wieder aufgewacht, als Fontana und ich eintrafen.«

Neher hörte sich trotzdem geduldig alles an, was Alfons zum Besten gab, nachdem er das Telefonat mit Marie beendet hatte. Und als er nach geschlagenen zehn Minuten fertig war, kam Marie schon über den Marktplatz auf ihn zugeradelt. Neher dankte ihm und überließ ihn seiner Freundin.

»So, wie Sie mir die beiden Einbrecher beschrieben haben, könnten es Henk Möhring und Ralph Verlinden gewesen sein«, sagte der Kommissar, als er mit Robert allein war und den gerade eingetroffenen Kollegen von der Kriminaltechnik dabei zuschaute, wie sie erste Spuren sicherten.

»Die beiden Männer, deren Namen in Sütterlinschrift auf Gollmanns Zettel standen?«

»Ja. Groß und hager der eine, untersetzt der andere – das ist schon ein auffälliges Pärchen in der Branche. Aber sicher wissen wir das erst, wenn ihnen die KT Spuren zuordnen kann. Sicherheitshalber sind natürlich schon Beamte zu den Wohnungen der beiden in Stuttgart und Affalterbach unterwegs. Mal sehen, was …«

Sein Handy klingelte. Er unterbrach sich und nahm das Gespräch entgegen. Neher hörte eine Weile zu, dann bedankte er sich und steckte das Smartphone wieder weg. Er sah verblüfft aus.

»Dürfen Sie mir erzählen, was Sie gerade erfahren haben?«, fragte Robert.

»Nein, aber ich mach's trotzdem. Jemand hat gerade den Kollegen in der Zentrale angerufen und ihm mitgeteilt, dass für den Einbruch heute Nacht Möhring und Verlinden verantwortlich sind.«

»Ein anonymer Anrufer?«

»Mehr oder weniger. Seinen Namen hat der Typ nicht genannt, aber er gab an, einige der gestohlenen Stücke seien ihm vor wenigen Minuten von den beiden angeboten worden.«

»So schnell? Das würde bedeuten, dass der Hehler sich hier ganz in der Nähe befinden muss. Oder dass er …«

»… oder dass er lügt, genau.«

»Welchen Grund könnte er haben, die beiden zu verpfeifen oder anzuschwärzen? Und wenn ihm die Ware nicht angeboten wurde: Woher hat er so schnell von dem Überfall erfahren?«

»Das sind die richtigen Fragen, Herr Mondrian. An Ihnen ist ein guter Ermittler verloren gegangen.« Neher grinste und zwinkerte ihm zu. »Oder vielleicht auch nicht verloren gegangen. Ich finde schon noch heraus, was Sie früher beruflich gemacht haben.«

Robert erwiderte sein Grinsen.

»Hoffentlich nicht«, sagte er, verabschiedete sich und schlenderte über den Marktplatz nach Hause. Aus den Augenwinkeln sah er einige der Nachbarn an ihren Fenstern stehen. Auch Gustaf Kruse lehnte auf dem Fensterbrett, und als Robert zu ihm hinaufschaute, winkte ihm der Puppenspieler zu. Frau Heberle war diesmal nicht unter den Schaulustigen. Sie hatte das Pech, dass sich Gollmanns Laden nicht in ihrem Sichtfeld befand, und das Aufgebot der Polizei war nicht laut genug, dass sie davon aus dem Schlaf gerissen worden wäre. Er konnte sich gut vorstellen, wie sie sich darüber ärgern würde, wenn sie erst morgen erfuhr, was viele andere Anwohner schon seit heute Nacht wussten oder mutmaßten.

An diesem Ende des Marktplatzes war außer Robert niemand auf der Straße unterwegs. Er selbst machte barfuß so gut wie kein Geräusch, und die Beamten waren zwar geschäftig, arbeiteten aber recht leise und unterhielten sich auch nur gedämpft. Er hörte einen der Streifenwagen wegfahren, dann war es wieder ruhig. Er hatte den Hof hinter seinem Haus schon fast erreicht, als ihn ein einzelner Ton aufhorchen ließ. Es hatte geklungen wie das Klingeln eines Handys, aber es war so abrupt beendet worden, dass er sich das vielleicht auch nur eingebildet hatte. Robert blieb stehen, lauschte und sah schließlich auch zum verhängten Schaufenster der Vitaminoase hinüber. Alles war still, und es brannte kein Licht in dem Haus, mit dem sich seine Buchhandlung den Hinterhof teilte. Einen Moment noch blieb er stehen, dann wurde ihm der Asphalt doch etwas zu kühl unter seinen nackten Füßen, und er kehrte in seine Wohnung zurück.

Die Frau war von dem Klingelton aufgewacht und warf dem Mann neben sich einen wütenden Blick zu. Eddie hob entschuldigend die Hand, nachdem er das Smartphone sofort nach dem ersten Geräusch wieder stumm geschaltet hatte. Er las auf dem Display den Namen des Anrufers, nahm das Gespräch an, meldete sich aber nur mit einem Knurren.

»Ist erledigt«, kam es vom anderen Ende. »Die Bullen stehen jetzt wahrscheinlich schon bei Möhring und Verlinden auf der Matte. Wie blöd kann man sein, ein Juweliergeschäft auszuräumen, das schon überfallen wurde?«

Ein heiseres Lachen, dann fuhr der Anrufer fort.

»Für euch sieht das jetzt natürlich sehr gut aus, was? Es gibt Spuren der beiden Trottel im Schmuckladen, sie werden fast auf frischer Tat ertappt, und ihr habt eure Ruhe. Ganz schön clever, Eddie.«

»Hm.«

»Dann kommen wir jetzt ins Geschäft? Ich meine mit dem Ring und so? Ich habe einen Kunden an der Hand, der würde sich das Teil eine schöne Stange Geld kosten lassen. Und seit der weiß, dass der Ring zur Beute gehört, lässt er mir keine Ruhe mehr. Wann kann ich ihn denn haben?«

Eddie schwieg.

»Hör mal, Eddie, du hast mir versprochen, dass ich den Ring bekomme, wenn ich die beiden Trottel den Bullen melde. Das hab ich gemacht, jetzt bist du dran, dein Versprechen zu halten.«

Ohne ein Wort legte Eddie auf und steckte das Handy weg.

»Hat er's gemacht?«, fragte die Frau.

»Ja, läuft alles. Ich geh jetzt mal nach vorn und schau, was die Bullen so treiben.«

Er stand auf und bewegte sich im Dunkeln bis ans Ende des benachbarten Verkaufsraums. Vorsichtig nahm er einen Karton ab, der vor dem Schaufenster angebracht war, hob die Ecke eines der Filmplakate an und lugte durch die so entstandene kleine Öffnung zum Marktplatz hinaus. Den Juwelierladen konnte er von hier aus nicht sehen, aber die Streifenwagen und die Polizisten. Dann fielen ihm die Leute auf, die in den Gebäuden rundum an ihren Fenstern standen und auf Gollmanns Haus starrten. Er ließ die Ecke des Plakats wieder los und brachte den

Karton an der alten Stelle an. Es war besser, nichts zu riskieren. Alles lief bestens. Das wollte er nicht dadurch gefährden, dass aufmerksame Nachbarn jemanden im Schaufenster der angeblich verwaisten Vitaminoase entdeckten.

7

Alfons hatte seinem Chef noch in der Nacht eine Textnachricht geschickt und darum gebeten, ein, zwei Tage freinehmen zu dürfen, um sich auszukurieren. Robert war natürlich einverstanden, sein Mitarbeiter musste nach dem Faustschlag vor dem Juweliergeschäft einen gewaltigen Brummschädel haben. Deshalb sagte er außerdem auch zu, für einige Stunden den Vogelsitter zu spielen. Marie brachte ihm den Käfig mit Sherlock und Watson um Viertel vor acht und versprach, die beiden wieder abzuholen, wenn sie kurz nach Mittag von der Uni nach Hause kommen würde.

Sherlock war ganz aufgeregt, offenbar hatte ihm der Anblick seines verletzten Herrchens mehr zugesetzt als Watson. Und dass er auf seiner Stange saß und immer wieder »Aua, aua!« vor sich hin krächzte, war sicher das Echo dessen, was er bis in den frühen Morgen von Alfons zu hören bekommen hatte. Und so imitierte nur Watson die altmodische Glocke an der Ladentür, als fünf Minuten nach acht Uhr die erste Kundin die Buchhandlung betrat. Frau Heberle war ähnlich aufgeregt wie Sherlock, und sie machte keinen Hehl daraus, dass sie sich im Moment herzlich wenig für Bücher interessierte.

»Guten Morgen, Herr Mondrian«, platzte sie heraus, noch bevor die Tür hinter ihr wieder ins Schloss gefallen war. »Was muss ich hören? Herrn Gollmanns Schmuckgeschäft ist schon wieder ausgeraubt worden?« Und meinte damit natürlich eher: *Was muss ich hören? Ich habe das erst nach den anderen erfahren?*

Auf ihre schrille Stimme, die noch ein bisschen höher und schneidender klang, wenn sie außer sich war, wie jetzt gerade, hätte Robert an diesem Morgen gut verzichten können. Er war nicht gleich nach seiner Heimkehr ins Bett gegangen, weil ihn der Einbruch und die missglückte Jagd auf die Einbrecher umgetrieben hatten, und als er endlich unter die Decke geschlüpft war, hatte er lange gebraucht, bis er in einen unruhigen Schlaf fand. Schon um halb sieben hatte ihn ein Geräusch aufgeschreckt, der Lärm einer Stuckateurfirma, die an einem der Nachbarhäuser ein Gerüst aufbaute. Und danach war er zwar todmüde gewesen, hatte aber keine Ruhe mehr gefunden und war aufgeblieben.

Seither hielt er sich mit Kaffee leidlich wach, und für das anstehende Gespräch mit Frau Heberle, das vermutlich eher zu einem Verhör werden würde, wappnete er sich nun mit der nächsten Tasse. Die Nachbarin ließ sich einen Cappuccino spendieren, und kaum saßen sie in der Leseecke – sie natürlich mit Sicht auf den Marktplatz, damit sie nicht womöglich schon wieder etwas verpassen würde –, da fragte sie ihm auch schon Löcher in den Bauch. Alles, was die anderen Anwohner des Marktplatzes beobachtet und aufgeschnappt hatten, hatte sie trotz der frühen Uhrzeit schon in Erfahrung gebracht. Jetzt fehlten ihr nur noch Roberts Schilderungen aus erster Hand, denn einer der Nachbarn hatte zufällig mitangesehen, wie Alfons niedergeschlagen worden und Robert über ihn gestolpert war.

Er berichtete in groben Zügen, ließ die Beschreibung der beiden Einbrecher weg und schilderte die Rollen von Pasquale Fontana und Alfons in einer sehr wohlwollenden Version. Elsa Heberle hing ihm an den Lippen und fragte erst nach, als er mit seiner Erzählung geendet hatte. Auf einige ihrer Fragen wusste er keine Antwort, die meisten aber wollte er nicht beantworten und griff zu Ausflüchten und Notlügen. Schließlich gab sich Frau Heberle zufrieden und sah ihn mit einer eigentümlichen Mischung aus Mitleid und Respekt an.

»Sie haben aber auch was erlebt, heute Nacht«, sagte sie und schüttelte den Kopf. »Dass Sie keine Angst hatten, in das dunkle Haus von Herrn Gollmann hineinzugehen – die waren ja immerhin zu zweit!«

So ging es noch eine Weile weiter, aber irgendwann sah sie ein, dass dem Buchhändler zu diesem Thema nichts mehr zu entlocken war. Sie bedankte sich überschwänglich für den Kaffee, verabschiedete sich und ging auf den Marktplatz hinaus, vermutlich schon auf der Suche nach jemandem, dem sie all ihre Neuigkeiten brühwarm erzählen konnte. Und wirklich begegnete sie auf halbem Weg von der Buchhandlung zum Juweliergeschäft einer Bekannten, die sie sofort ins Gespräch zog. Elsa Heberle beugte sich immer wieder zu der anderen Frau hin, dann wieder deutete sie in ausholenden Gesten zu Gollmanns Haus und zum Buchladen hin. Schließlich trennten sich die beiden Frauen wieder, und Elsa Heberle schaute sich nach der nächsten Gesprächspartnerin um.

Offenbar war es auch in Remslingen so, dass Leute, deren Leben im Allgemeinen eher ereignislos verlief, am meisten zu tratschen hatten. Das erklärte für Robert auch, dass er selbst so gar keine Lust hatte, mit Geschichten aus seiner Vergangenheit hausieren zu gehen. Dafür dachte er, wie schon während der Nacht, über das nach, was er bisher zum Juwelenraub vom vergangenen Freitag, zum Tod von Gollmanns Mitarbeiter und dem Einbruch ins Schmuckgeschäft wusste. Warum wurde Gollmanns Laden gleich zweimal in so kurzer Zeit ausgeraubt? Waren es beide Male dieselben Ganoven, oder ging es um zwei verschiedene Coups? Und warum hatte nach der Flucht der Einbrecher so schnell ein anonymer Anrufer die Identität der Flüchtigen an die Polizei weitergegeben?

In solche Gedanken versunken packte er neu eingetroffene Bücher aus, blätterte in Online-Katalogen mit Neuerscheinungen und rückte im Schaufenster Bücher und Dekomaterialien hin und her.

»Dorin wird natürlich versuchen, uns übers Ohr zu hauen«, sagte Eddie leichthin.

»Dann verkaufen wir ihm den Ring eben nicht«, sagte die Frau, die ihm in der Vitaminoase gegenübersaß. »Du hast es ihm zwar für den Fall versprochen, dass er der Polizei verrät, wer gestern Nacht in Gollmanns Geschäft eingebrochen ist. Aber ich nehme an, dass es dich nicht weiter stört, wenn du in diesem Punkt dein Wort nicht hältst. Vor allem nicht einem Hehler gegenüber, dem du eh nicht über den Weg traust.«

»Natürlich nicht. Aber Dorin hat meiner Meinung nach einen Kunden an der Hand, der sehr interessiert ist an dem Ring und der dafür vermutlich auch einen ordentlichen Preis bezahlen würde.«

Ihr war sofort klar, worauf er hinauswollte.

»Und jetzt möchtest du an Dorin vorbei an diesen Kunden rankommen, richtig?«, fragte sie.

»Genau. Und dazu fahre ich jetzt mal zu ihm hin, bringe ihm ein paar weitere Stücke aus der Beute und rufe für den Ring mal einen ziemlich frechen Preis auf. Frech genug, damit er sich mit seinem Kunden besprechen muss.«

Sie grinste, wünschte ihm viel Glück und schenkte sich Kaffee nach. Eddie war aufgestanden und wollte gerade einige Schmuckstücke aus dem Stoffbeutel holen, der in der Ecke auf dem Boden lag – da nahm er aus den Augenwinkeln eine Bewegung wahr. Er trat an ein Fenster, vor dem die Jalousien heruntergelassen waren. Durch einen Schlitz zwischen den Lamellen sah er den Marktplatz vor sich und konnte ganz rechts einige Tische und Stühle vor dem *Café Journal* erspähen. Die neugierige Nachbarin Elsa Heberle kam über den Marktplatz näher. Sie wirkte müde und vielleicht auch ein bisschen aufgeregt, Eddie konnte ihre Miene nicht deuten. Allerdings hielt sie so genau auf die Buchhandlung neben der Vitaminoase zu, dass kein Zweifel blieb, wohin sie sich gerade wandte – auch wenn Eddie den Eingang zum Buchladen von seiner Position aus nicht sehen konnte.

»Mist«, knurrte er.

»Was ist denn?«, fragte die Frau und trat neben ihn. Aber draußen war nun nichts Interessantes mehr zu sehen.

»Die alte Heberle geht zu Mondrian. Und so eilig, wie sie es hatte, will sie sicher etwas mit ihm besprechen. Ob sie gestern Nacht doch etwas gemerkt hat?«

Sie sah zum Nebenzimmer hin, wo die beiden anderen Männer auf dem Boden schliefen.

»Sammy sagt, dass ihr ganz sicher nicht aufgefallen ist, dass wir hier im Haus sind.«

»Na ja, Sammy … Der hat doch die Hosen gestrichen voll, seit er den Verkäufer niedergestochen hat. Der war sicher heilfroh, dass er die Alte nicht aus dem Verkehr ziehen musste. Und wenn sie nichts zu berichten weiß: Warum sollte sie es dann so eilig haben, so kurz nach Ladenöffnung mit dem Buchhändler zu sprechen?«

»Jetzt mach dich mal nicht verrückt, Eddie. Du versuchst jetzt, an Dorins Kunden heranzukommen, und ich setze unsere beiden Langschläfer darauf an, die Buchhandlung im Blick zu behalten.«

Die erste Stunde im Laden zog sich wie Kaugummi. Natürlich war Robert Mondrian froh, dass Elsa Heberle wieder gegangen war, und natürlich wollte er im Moment nichts lieber als seine Ruhe. Aber dass kaum ein Kunde für Abwechslung sorgte, ließ eben auch die Zeit quälend langsam verstreichen. Robert hatte Kopfschmerzen, sein Nacken war verspannt, und wenn er noch mehr Kaffee trinken würde, bevor er etwas Vernünftiges gegessen hatte, würde sein Magen rebellieren.

Kommissar Neher rief an und erkundigte sich, wie es Robert und seinem Mitarbeiter ging. Er berichtete kurz, dass die Suche nach den beiden nächtlichen Einbrechern auf Hochtouren laufe, aber im Moment noch kein Resultat erbracht habe. Neher klang ähnlich frustriert wie Robert. Und nachdem er aufgelegt hatte, kümmerte er sich eine Weile um die beiden Kakadus.

Dorin Rigidu sah den Wagen heranfahren und die beiden Insassen aussteigen. Als er Henk Möhring und Ralph Verlinden erkannte, bekam er einen ordentlichen Schreck und schob sich noch ein bisschen weiter hinter den Vorhang. Hatten die beiden herausgefunden, dass er sie an die Polizei verpfiffen hatte? Wollten sie sich nun dafür rächen? Er versuchte, ihre Mienen zu ergründen, aber die beiden wirkten nur konzentriert, nicht wütend, und so beschloss er, sich mit ihnen zu treffen, aber nicht in seiner Wohnung. Vor zwei Jahren hatte er den Fehler gemacht, Henk mal hier zu empfangen, seither kannten sie seine Adresse. Aber nun musste er nicht auch noch riskieren, dass ihn jemand mit den beiden – immerhin derzeit gesuchten Einbrechern – zu Gesicht bekam. Über die Sprechanlage beschrieb er ihnen den Spielplatz in der Nähe, neben dem sie auf ihn warten sollten.

Er behielt sie vom Fenster aus im Auge, bis Henk und Ralph hinter der Hecke des Nachbarhauses verschwunden waren. Dann nahm er seine Jacke, steckte sein Handy und für alle Fälle ein Pfefferspray und ein Klappmesser ein und machte sich auf den Weg. Er würde sich dem Spielplatz aus einer anderen Richtung nähern als die beiden, und so würde er noch einmal einschätzen können, ob sie ihn in eine Falle locken wollten. Aber Henk und Ralph lümmelten so arglos auf der Holzbank zwischen Fußweg und Spielplatz, dass er sich mit jedem Schritt, den er sich ihnen näherte, etwas mehr entspannte.

»Hi, Henk, grüß dich, Ralph.«

Die beiden sahen müde aus, seit dem Einbruch heute Nacht hatten sie offenbar noch kein Auge zugetan. Nun winkten sie ihm nur kurz zu, er lehnte sich an einen metallenen Schaltkasten der Telekom und wartete, was sie von ihm wollten. Ralph tätschelte eine Sporttasche, die neben ihm auf der Bank stand.

»Wir würden gern mit dir ins Geschäft kommen.«

Dorin zuckte mit den Schultern und hoffte, dass er so cool wirkte, wie er wollte.

»Wenn ihr was Vernünftiges habt«, sagte er leichthin.

Ralph zog den Reißverschluss der Tasche auf und spreizte die Öffnung ein wenig. Dorin trat näher und schaute hinein. Schmuck war zu sehen, Uhren, das Übliche nach einem Einbruch in ein Juweliergeschäft – von dem er natürlich nichts wissen durfte.

»Ach, seid ihr wieder irgendwo eingestiegen?«, fragte er deshalb nur. »Und ich soll nicht wissen, woher ihr das Zeug habt, stimmt's?«

»Das wäre das Beste.«

»Darf ich?«, sagte er und deutete auf den Schmuck in der Tasche.

Ralph sah sich kurz um.

»Hier?«

»Ja, hier. Der Spielplatz wird demnächst umgebaut. Du siehst ja die Absperrbänder, die wurden angebracht, nachdem sich ein Junge drüben an der Kletterwand böse verletzt hat. Seither spielt hier kein Kind mehr, und wir haben rundherum Büsche, die uns vor Blicken aus den Wohnblocks dort hinten abschirmen. Das ist seit ein paar Wochen ein beliebter Treffpunkt für Liebespaare, aber die kommen erst abends.«

»Na dann«, erwiderte Ralph und schob ihm die Tasche hin.

Dorin wühlte in ihrem Inhalt, nahm das eine oder andere Schmuckstück heraus und hielt es prüfend ins Licht.

»Da ist nichts Tolles dabei, tut mir leid.«

»Was soll das heißen? Nichts Tolles? Du sollst hier kein Geschenk für deine Freundin aussuchen, du sollst uns das Zeug abkaufen und es danach verticken. Soweit ich weiß, bist du in dieser Hinsicht mit uns noch nie schlecht gefahren.«

»Das schon, aber …« Er schob die Tasche an ihren alten Platz zurück. »Da ist viel Ramsch dabei, und ein richtig gutes Stück konnte ich nicht entdecken. Dafür kann ich euch nicht viel geben.«

»Und wie viel ist ›nicht viel‹ in diesem Fall?«

Er nannte einen Betrag, Ralph handelte ihn um ein Drittel nach oben, dann verabredeten sie, dass Dorin das Geld aus seiner Wohnung holen und anschließend hierher zurückkehren und Geld gegen Tasche tauschen würde.

Der Streifenwagen rollte langsam durch die Wohnstraßen des Ortes, und wann immer den Beamten ein auswärtiges Kennzeichen auffiel, machten sie routinemäßig eine Halteranfrage. Dass sie diesmal einen Treffer hatten, überraschte die Polizisten selbst am meisten, und ihre Anfrage setzte eine ganze Kette von Maßnahmen in Gang. Sie sollten einen der möglichen Fluchtwege blockieren, weit genug von dem betreffenden Wagen entfernt, um nicht bemerkt zu werden. Die anderen Routen würden Kollegen übernehmen, und die nächste Kripodienststelle, die zum Glück nicht weit entfernt war, setzte mehrere Beamten in Zivil in Marsch, um die Häuser rund um den Stellplatz des Fahrzeugs zu observieren.

Nun hieß es warten, wie so oft, und auch wenn zunächst niemand in den Wagen stieg, der auf einen gesuchten mutmaßlichen Einbrecher zugelassen war, machten die Beamten Fotos von allen Personen, die eines der umliegenden Häuser betraten oder verließen. Darüber verging eine Stunde, und im Nachhinein konnte einer der Kripokommissare einige passende Puzzlestücke rekonstruieren. Der Typ mit dem dunkelblonden Pferdeschwanz hatte den Wohnblock betreten und etwa zehn Minuten später wieder verlassen. Er schaute sich betont unauffällig um und ging davon. Zwanzig Minuten später näherten sich zwei Männer dem Wagen mit dem auswärtigen Kennzeichen, einer der beiden, ein untersetzter Typ mit Schlägervisage und schwarzer Borstenfrisur, setzte sich ans Steuer, der andere nahm auf dem Beifahrersitz Platz und zog, bevor er sich anschnallte, einen Briefumschlag aus der Jackentasche und steckte ihn ins Handschuhfach. Der Untersetzte fuhr los. Die Beamten glichen die Gesichter der beiden mit den Fotos von Henk Möhring und Ralph Verlinden ab, und dann wurde dem Streifenwagen, der in Fahrtrichtung der Einbrecher stand, und einem weiteren zivilen Fahrzeug aufgetragen, Möhring und Verlinden zu verfolgen und erst nach ein paar Kilometern festzunehmen. Weit genug entfernt, um eine etwaige Kontaktperson nicht aufzuschrecken. Mit etwas Glück würden die Polizisten heute nicht nur zwei Einbrecher dingfest machen, sondern vielleicht sogar ihrem Hehler auf die Spur kommen.

Gegen halb zehn trat Robert vor die Ladentür und sah sich um. Auf dem Marktplatz war nicht viel los, nur an den Tischen vor dem *Café Journal* war Betrieb wie immer. Robert suchte die Gäste nach einem bekannten Gesicht ab, fand jedoch niemanden, mit dem er eine Weile hätte plaudern wollen. Er würde sich noch einen Kaffee machen und dachte darüber nach, ob er sich schnell vom Bäcker oder vom Metzger eine Kleinigkeit zu essen holen sollte.

Er hatte noch Käse in der Wohnung, also ging er stattdessen nach oben, belegte eine Brotscheibe mit reichlich Edamer und trug den Teller nach unten. Er ließ sich das kleine Vesper schmecken, entlockte danach der Maschine einen weiteren Kaffee und trat mit der Tasse erneut vor die Ladentür.

Nun spazierten ab und zu Leute vorbei, die Robert kannte. Sie grüßten, eine ältere Dame blieb sogar für einen kurzen Schwatz bei ihm stehen, und als schließlich ein Mann auf der Suche nach einem spannenden Roman in die Buchhandlung kam, nahm sich Robert viel Zeit für die Beratung. Der Kunde erzählte ihm, welche Romane ihm zuletzt am besten gefallen hatten, und er verließ den Laden mit drei Büchern, die Robert ihm ans Herz gelegt hatte.

Dann wurde es wieder ruhig, und durch die Müdigkeit schoben sich immer wieder Gedanken nach vorn. Wieso war das in der vergangenen Nacht so unglücklich gelaufen? Würde die Polizei die flüchtigen Einbrecher aufstöbern? Gab es eine Verbindung zwischen ihnen und den Räubern, die Gollmann am Freitag überfallen hatten?

Eddie hatte Dorin während der Fahrt angerufen, er hatte schlechten Empfang, aber er verstand genug, um zu wissen, dass Dorin ihn neben dem Spielplatz erwarten würde, an dem er sich in letzter Zeit gern mit Leuten traf, deren Beute er zu Geld machen sollte. Am Stadtrand fielen ihm ein Streifenwagen und ein ziviler Kombi auf. Zwischen ihnen stand ein Auto am Straßenrand, und als er gerade vorbeifuhr, sah er, wie ein Mann dem Fahrer mit erhobener Pistole ein Zeichen gab, das Fenster herunterzulassen. Das Auto und sein Kennzeichen hatte Eddie nicht gekannt, aber hinter dem Steuer hatte Henk Möhring und auf dem Beifahrersitz Ralph Verlinden gesessen. Hatten die Bullen sie nur zufällig erwischt, waren sie ihnen hierher gefolgt – oder wussten sie, dass Dorin als Hehler arbeitete?

Um kein Risiko einzugehen und sich von Dorins Wohnung so weit fernzuhalten wie möglich, fuhr er einen Umweg zum Treffpunkt, stellte seinen Wagen ein Stück entfernt ab und ließ die Schmuckstücke, die er ihm hatte anbieten wollen, lieber im Kofferraum. Er peilte erst einmal aus sicherer Deckung heraus die Lage rund um den abgesperrten Spielplatz. Hier schien niemand zu lauern, und Dorin selbst saß gemütlich auf einer Bank, eine Sporttasche neben sich.

»Na, schon wieder Geschäfte gemacht?«, fragte Eddie, obwohl er sich denken konnte, von wem der Hehler die Tasche bekommen hatte.

Dorin war ein Schlitzohr, und es war durchaus denkbar, dass er für ein paar Euro extra Henk und Ralph ans Messer geliefert hatte. Ihm gegenüber war immer Vorsicht angesagt, und im Zweifelsfall wusste Eddie von nichts, schon gar nicht von irgendeiner Verhaftung am Stadtrand.

»Du hast ja gar nichts dabei«, maulte Dorin und nickte zur Sporttasche hin. »Da wäre noch reichlich Platz.«

»Den Ring, den du so unbedingt haben willst, würde ich lieber nicht unter den Kram mischen wollen, den du da drin hast.«

Dorin riss die Augen auf.

»Du hast den Ring dabei? Super, freut mich, dass du Wort hältst. Sag, wie viel du haben willst, dann kann ich gleich das Geld holen.«

»Jetzt mal langsam, Dorin. So viel, wie ich für den Ring haben will, hast du vermutlich nicht daheim herumliegen.«

Der Hehler kniff die Augen etwas zusammen und musterte den anderen abschätzig.

»Übertreib's nicht, Eddie«, knurrte er. »Mein Kunde zahlt dir einen guten Preis, aber er lässt sich nicht bescheißen. Und ich werde ihm sicher nicht raten, das Geschäft mit dir zu machen, wenn du den Hals nicht vollkriegst. Also bitte: fair bleiben, ja?«

Eddie gönnte sich ein lässiges Grinsen. Er nannte den Preis, den er sich vorstellte, und er konnte dem Hehler ansehen, dass er den Ring gern billiger haben würde, dass er aber einen Betrag aufgerufen hatte, der vielleicht gerade noch für den Kunden infrage kam.

»Zu teuer«, beschied ihm Dorin trotzdem, und als Eddie nur mit den Schultern zuckte und sich zum Gehen wandte, rief er ihm hinterher: »Ich werde meinen Kunden anrufen und ihn fragen, ob ihm euer Ring so viel wert ist. Kann aber dauern.«

Eddie blieb nicht stehen, sondern hob nur die rechte Hand und winkte zum Abschied. Dorin blieb sitzen, bis der andere außer Sichtweite war, dann ging er auf direktem Weg nach Hause.

Bis hierhin hatte alles geklappt, und natürlich würde Dorin den Kunden nicht anrufen, sondern ihn besuchen. Außerdem würde er das sofort machen, damit ihm das gute Geschäft nicht noch durch die Lappen ging. Was Eddie dagegen nicht wusste: Machte Dorin mit der Polizei gemeinsame Sache oder war er ahnungslos? Hatten die Bullen erst die Einbrecher geschnappt und beschatteten nun auch ihren Hehler? Selbst wenn er mit den Bullen zusammenarbeitete, würde Dorin ihnen vermutlich nichts über ihn erzählen wollen, weil er ja noch hoffte, mit dem Ring einen guten Schnitt zu machen – aber natürlich konnte Dorin, wenn die Bullen ihn in die Mangel nahmen, trotzdem verraten, wer hinter dem Raubüberfall auf Gollmanns Laden steckte. Das wäre nicht besonders klug, weil Eddie so seine Verbindungen hatte und ihm Leute noch einen Gefallen schuldeten, die sich um einen geschwätzigen Hehler kümmern konnten, auch nachdem Eddie im Knast gelandet sein würde. Aber man konnte nie wissen.

Jedenfalls achtete er darauf, dass ihm der andere nicht folgte, und zu dem Wohnblock, in dem Dorin lebte, fuhr er erneut einen Umweg. Ein gutes Stück von Dorins Wohnung entfernt stand ein ziviler Kombi mit der Buchstabenkombination, die seines Wissens die hiesige Kripo bevorzugte. Er stieß mit seinem Auto in eine Parklücke, von der aus er das Auto, seine beiden Insassen und den schmalen Weg vom Bürgersteig zu Dorins Wohnblock im Blick behalten konnte. Und wirklich kam in die Zivilbeamten Bewegung, als der Hehler mit der Sporttasche zu seinem Haus ging. Ein Handy wurde ans Ohr gehalten, dann warteten die Männer weiter. Ein zweiter Kombi rollte langsam an Eddie vorüber, darin saßen eine Frau und ein Mann, die nur Augen für ihre Kollegen und den Hauseingang hatten, in dem Dorin gerade verschwunden war.

Nach einer Weile kam er wieder heraus, stieg in einen schäbigen Kleinwagen, der schräg gegenüber geparkt war, und fuhr davon. Die beiden Kombis folgten ihm in sicherem Abstand, und am Ende setzte sich auch Eddie in Bewegung. Es ging einmal quer durch den Ort, dann ein gutes Stück auf der Bundesstraße, und schließlich bogen sie mehrmals auf immer kleiner werdende Straßen und Feldwege ab, bis die beiden Kombis zwischen Büschen am Rand der Fahrbahn ausrollten. Eddie hatte zu diesem Zeitpunkt schon gesehen, dass Dorin durch ein großes Metalltor gefahren war, und hatte seinen Wagen in einen schmalen Wiesenweg gesteuert, der hinter einer Böschung von dem Sträßchen wegführte, auf dem sie zuletzt unterwegs gewesen waren. Der Weg stieg gleichmäßig an, und als ihn die Böschung fast nicht mehr vor den Blicken der Kripobeamten in ihren Autos schützte, hielt er an und suchte sich zwischen Büschen einen Aussichtspunkt.

Er konnte die Kombis der Polizisten sehen, sah die Einfahrt, die Dorin genommen hatte und vor der das Metalltor inzwischen wieder geschlossen war. Das Tor gehörte zu einer gut zwei Meter hohen Umzäunung, die ein recht großes Areal umfasste, auf dem ein schlossähnliches Wohnhaus und mehrere Nebengebäude standen. Von seiner erhöhten Position aus sah er Dorins Wagen vor einer Freitreppe stehen, der Hehler selbst wurde am Eingang von einem Mann in Livree empfangen und ins Haus geführt. Lange musste Eddie nicht warten. Aus beiden Richtungen kamen nun Streifenwagen und weitere zivile Fahrzeuge auf dem Sträßchen herangebraust, an dem die Kripobeamten warteten. Schließlich fuhr auch ein Mannschaftsbus vor, aus dem Einsatzkräfte in voller Montur sprangen und sofort ausschwärmten, um das umzäunte Anwesen zu umstellen. Eddie schätzte seine Entfernung zum Geschehen, hier müsste er fürs Erste unbehelligt bleiben. Und so wurde er Zeuge, wie einer der Zivilbeamten am Eingangstor läutete, sobald alle Kollegen ihre Positionen eingenommen hatten. Es dauerte etwas, bis das Metalltor aufschwang, danach fuhren die meisten Fahrzeuge auf das Gelände, und die Beamten strömten ins Haus, am protestierenden Butler vorbei. Minuten später führten zwei Polizisten Dorin Rigidu ab, nach ihnen schritt ein hagerer alter Mann mit gerecktem Kinn die Treppe hinunter, flankiert von zwei Uniformierten, und ließ sich von einem von ihnen die hintere Tür eines Streifenwagens öffnen.

Eddie setzte sich hinters Steuer und rief seine Komplizin an, um sie aufs Laufende zu bringen. Mit diesem Kunden von Dorin Rigidu würden sie so schnell kein gutes Geschäft mehr machen können.

Gustaf Kruse hatte erst in seiner Wohnung und dann in seinem Puppentheater aufgeräumt, was er schon lange hätte tun sollen. Das machte keinen Spaß, und bevor er sich für die nächsten Stunden an die Buchhaltung setzen würde, brauchte er eine Pause, eine leckere Kleinigkeit zu essen und eine angenehme Unterhaltung. Also kaufte er in der Metzgerei Schwarzfuß zwei Leberkäswecken und ging in die Buchhandlung. Es waren keine Kunden anwesend, und Robert Mondrian sah aus, als könne er ebenfalls eine Pause brauchen. Er ließ ihnen zwei Tassen Kaffee aus der Maschine, und sie machten es sich in der Leseecke bequem.

»Geht es den Vögeln gut?«, fragte Kruse, nachdem sie eine Weile über dies und jenes geplaudert hatten und er das gefiederte Elend auf seiner Stange kauern sah. »Vor allem Sherlock sieht nicht gut aus.«

Robert erzählte ihm von den Erlebnissen der vorangegangenen Nacht und davon, wie es seinem Mitarbeiter ergangen war.

»Alfons sieht entsprechend aus. Sein Gejammer hat vermutlich auch einen seiner Kakadus verstört.«

»Oh, der Arme! Aber so ist das eben, wenn man seinem Superhelden Bookman beistehen will …«

Kruse grinste, und als ihm Robert spielerisch mit dem erhobenen Zeigefinger drohte, lachte er so laut auf, dass Sherlock zu ihm herüberschaute.

»Seine Freundin Marie hat mir die Kakadus heute früh gebracht. Ich kann mir gut vorstellen, dass das Gezeter der beiden mehr ist, als Alfons heute ertragen kann.

Sie will sie nachher wieder mitnehmen, sobald sie von der Uni zurück ist.«

»Apropos zurück«, warf Kruse ein: »Ist Frau Fischer wieder in Remslingen?«

»Wie kommen Sie darauf?«

»Als ich vorhin meine Wohnung aufgeräumt habe, war es mir, als sei jemand aus der Hintertür der Vitaminoase gekommen. Ich konnte nicht erkennen, wer es war, aber von der Statur und der Gangart her würde ich auf eine Frau schließen. Sie hatte eine Stofftasche bei sich, und sie ging recht eilig in Richtung Weingärtner Vorstadt davon. Es könnte Frau Fischer gewesen sein, und wer sonst sollte aus ihrem Laden kommen?«

»Als wir vor dem Wochenende zum letzten Mal miteinander gesprochen haben, sagte sie mir, dass sie dem Tolkien-Trubel aus dem Weg gehen und jemanden besuchen will. Sie war nicht sicher, ob sie ein paar Tage dranhängen würde, es kann also schon sein, dass sie inzwischen wieder zurück ist.«

»Seltsam, dass sie dann überall die Jalousien unten gelassen hat.«

Robert stutzte, Kruses Tonfall irritierte ihn. Der Puppenspieler zuckte mit den Schultern.

»Tut mir leid, Frau Fischer ist mir nicht besonders sympathisch. Um ehrlich zu sein, glaube ich sogar, dass sie irgendwie Dreck am Stecken hat. Und wenn ich mir nun vorstelle, dass sie nach Remslingen zurückgekehrt ist, die Fenster ihres Ladens aber noch verklebt und verrammelt lässt und sie Sie und andere glauben macht, dass sie eigentlich noch weg ist … Da geht dann schon mal die Fantasie mit mir durch.«

»Also bitte, Herr Kruse! Und haben Sie nicht selbst gesagt, dass Sie gar nicht erkennen konnten, wer da aus dem Haus kam?«

»Ja, das stimmt natürlich. Vergessen Sie, was ich gesagt habe. Ich sollte meine Fantasie wahrscheinlich lieber nur auf der Puppenbühne ausleben.«

Kruses versöhnlicher Tonfall brachte Robert dazu, das Thema zu wechseln, und über dem Plaudern über weniger verfängliche Dinge verflog die Zeit nur so. Schließlich erhob sich Gustaf Kruse und ging zurück an die Arbeit, und Robert trug die Tassen in die Teeküche und riss Vorder- und Hintertür auf, um den würzigen Wurstgeruch aus dem Laden zu lüften.

Dass an diesem Vormittag fast nichts los war in der Buchhandlung, war Robert – von der damit verbundenen Langeweile abgesehen – im Grunde genommen ganz recht. Er hing seinen Gedanken nach, erledigte nebenbei Dinge, auf die er sich nicht besonders konzentrieren musste, oder legte eine Pause ein. Und so stand er in der Tür und ließ den Blick über den Marktplatz schweifen, als Marie auf ihn zukam. Sie war pünktlich, aber sie sah aus, als habe sie etwas auf dem Herzen. Und wirklich hatte Alfons sie den ganzen Vormittag über mit Sprach- und Textnachrichten bombardiert. Selbst wenn man eine gehörige Portion Selbstmitleid abzog, musste es ihm ziemlich schlecht gehen. Schlechter jedenfalls, als das regelmäßige Gezeter der Gelbhaubenkakadus gut vertragen zu können. Robert ersparte es der jungen Frau, ihn lange bitten zu müssen, und schlug ihr von sich aus vor, die beiden Vögel bis morgen oder, wenn es nicht anders ging, auch bis übermorgen bei ihm zu lassen. Sie war sehr erleichtert, und weil Alfons in der Teeküche immer von allem etwas lagerte, mit dem die Vögel zu versorgen waren, stellte auch das kein Problem dar.

Nachdem Marie gegangen war, rief Robert seinen Mitarbeiter an, um sich zu erkundigen, wie es ihm inzwischen ging, und sich aus diesem Anlass auch persönlich noch ein bisschen vorjammern zu lassen. Alfons enttäuschte ihn nicht, und als Robert auflegte, beschäftigte er sich eine Weile mit den Kakadus und sprach beruhigend auf die beiden ein. Watson hörte ihm aufmerksam zu, wiederholte das eine oder andere Wort, wenn auch nicht so laut wie sonst. Und als Sherlock auch nach mehreren Ermunterungen nicht auf Roberts Stimme reagiert hatte, hüpfte Watson neben seinem Artgenossen auf die Holzstange und stupste ihn ein paarmal mit dem Kopf.

»Aua, aua!«, kam es daraufhin von Sherlock, und obwohl Robert nicht glaubte, dass Gelbhaubenkakadus grinsen können, sah dieser Vogel nun doch sehr verschmitzt aus.

Während in der Voliere die Stimmung allmählich wieder besser wurde, blieb Roberts Laune schlecht. In der Nacht waren ihm zwei Einbrecher entwischt, aus Ärger darüber hatte er wenig und schlecht geschlafen, und nun deutete auch noch Kruse an, dass er Sonja Fischer illegale

Machenschaften unterstellte, sie womöglich sogar mit dem Raubüberfall auf Gollmanns Juweliergeschäft in Verbindung brachte. Und zu allem Überfluss ging ihm nicht mehr aus dem Kopf, dass die geschwätzige Heberle ein Indiz dafür gesehen haben wollte, dass sich jemand in der Vitaminoase aufhalte.

Eine halbe Stunde tigerte er noch durch den Laden, räumte Bücher um, dann hielt er es nicht mehr aus. Er musste dem Verdacht nachgehen, den Kruse und die Heberle ihm eingepflanzt hatten. Robert schloss die Vordertür ab, hängte das »Geschlossen«-Schild auf und verließ das Haus durch den Hinterausgang. Der Hof, den sich die Buchhandlung mit Sonja Fischers Obstladen teilte, wies nichts Ungewöhnliches auf. Langsam ging er auf das Nachbargebäude zu und musterte alle Fenster des Geschäftes, aber nirgendwo fiel ihm etwas Verdächtiges auf. Die Jalousien waren heruntergelassen, aber nur so lose geschlossen, dass zwischen den Lamellen schmale Schlitze blieben. Dahinter war nirgendwo Licht zu sehen, und er konnte auch keine Bewegung erkennen, als er einige dieser Schlitze genauer betrachtete. Dass das Schaufenster mit Filmplakaten verklebt war, wusste er ja bereits, deshalb wandte er sich nun dem Hintereingang zu. Die Tür war verschlossen, und nichts deutete auf einen Einbruch hin. Er schloss die Augen und lauschte, es war aus dem Haus auch kein Geräusch zu hören.

Einen Augenblick lang dachte er darüber nach, ob er sich im Laden umsehen sollte, die verschlossene Tür würde ihn davon nicht lange abhalten. Aber dann entschied er sich dagegen. Wieso sollte er seine Nachbarin so intensiv ausspionieren, nur weil eine Tratschtante und ein allzu besorgter Bekannter ihrer Fantasie freien Lauf gelassen hatten? Er ging zur anderen Hausseite, auch hier war nichts Auffälliges zu sehen. Gerade wollte er eine der Jalousien etwas genauer betrachten, weil er nicht sicher war, ob er hinter den Schlitzen, die auch hier zwischen den Lamellen offen geblieben waren, eine Bewegung wahrgenommen hatte … da bemerkte er aus den Augenwinkeln, dass er beobachtet wurde. Elsa Heberle stand an einem ihrer Fenster und schaute interessiert zu ihm herunter. Das hatte ihm gerade noch gefehlt: Musste ihn die Klatschbase erwischen, wie er genau jenem Verdacht nachging, den er ihr hatte ausreden wollen? Auf ihrem Gesicht zeichnete sich auch tatsächlich eine gewisse Befriedigung ab, und sie nickte ihm lächelnd zu.

Mehr hatte er nicht gebraucht, um seine Inspektion abzubrechen. Er wusste einen Moment lang nicht so recht, wohin er am unauffälligsten verschwinden konnte. Dann fiel ihm ein, was Kruse noch gesagt hatte: Die Frau, die möglicherweise aus der Vitaminoase gekommen war, hatte sich in Richtung Weingärtner Vorstadt gewandt. Dorthin, wo sich mit der Programmiererin Doris Fellner und ihren drei Kollegen ebenfalls ein Quartett mit Frau befand. Und wo sie, als er sie in ihrer Wohnung besuchte, ganz eilig etwas wegschafften, das er nicht sehen sollte.

Er winkte Frau Heberle zum Abschied und machte sich auf den Weg zu dem Gebäude, in dem die vier arbeiteten und wohnten. Robert war noch ein Stück entfernt, als Fynn und Kalle aus der Haustür traten, der jüngste und der älteste Kollege von Doris Fellner, und sich Richtung Remsufer wandten. Die beiden waren in ein Gespräch vertieft und bemerkten ihn nicht. Fynn steckte sich im Gehen eine Zigarette an, und Kalle nestelte eine Bäckertüte auf und holte ein Butterhörnchen heraus. Robert wartete, bis sie hinter der Galerie außer Sicht waren, dann ging er die letzten Schritte bis zum Haus und drückte den Klingelknopf, der zur Wohnung gehörte. Die Sprechanlage blieb stumm, aber der Türöffner summte, und Robert ging hinauf. Auch die Wohnungstür war nur angelehnt, doch als er den Flur betrat, starrte ihn Hennes, der gerade mit Tellern und Besteck aus der Küche kam, erschrocken an.

»Du?«, fragte er überflüssigerweise. »Ich dachte, Fynn, der Schussel, hätte wieder mal was vergessen. Passiert ihm dauernd.«

»Ich störe, nehme ich an.«

Hennes hatte sich wieder unter Kontrolle, er zuckte mit den Schultern.

»Magst du mitessen? Es gibt Pasta und Salat.« Hennes nickte zur Küche hin. »Hol dir einfach noch einen Teller aus dem Schrank, Besteck ist in der Schublade neben dem Spülbecken.«

»Ich würde lieber mit euch reden«, versetzte Robert und ging an Hennes vorbei aufs Wohnzimmer zu, in dem es lecker nach Tomatensoße roch.

Er hatte durchaus Hunger, wollte aber auf keinen Fall, dass der andere seine Mitbewohnerin warnen und die womöglich schon wieder irgendetwas wegräumen konnte, das nicht für seine Augen gedacht war. Doris, die am Tisch saß und gerade zwei Gläser mit Mineralwasser füllte, sah ihn genauso erschreckt an wie zuvor ihr Kollege. Robert ließ seinen Blick über einige Papiere gleiten, die auf dem neben Sofa und Sesseln stehenden Couchtisch zu einem unordentlichen Stapel geschichtet waren. Doris folgte seinem Blick, schluckte und sah Hilfe suchend zu Hennes. Der stellte die Teller auf dem Esstisch ab, legte das Besteck daneben und folgte Robert zur Polsterecke. Erst hatte er versucht, den Gast zu überholen und ihm die Sicht auf die Papier zu verwehren, aber Robert war schneller, und Hennes stand nun direkt hinter ihm.

Aus den Papieren wurde Robert auch deshalb zunächst nicht schlau, weil er sich in diesem Moment auf den Mann hinter ihm konzentrierte. Er achtete auf jedes noch so leise Geräusch, und als er sicher war, was als Nächstes kommen würde, drehte er sich blitzschnell um, packte den erhobenen Arm mit der einen Hand und schloss die andere wie einen Schraubstock um Hennes' Kehle. Er drückte nur halbherzig zu, das reichte aber schon, um Hennes vor Panik die Augen aus den Höhlen treten zu lassen. Dann entglitt das Messer seinem Griff. Als es scheppernd auf dem Boden gelandet war, kickte Robert es zur Seite und ließ Hennes los.

»Keine gute Idee«, sagte Robert und wies auf den Stuhl neben Doris. »Setz dich. Wie gesagt, ich habe mit euch zu reden.«

Hennes fügte sich, und die beiden schauten bedröppelt zu, wie er einen Stuhl heranzog und sich ihnen gegenübersetzte.

»Was müsst ihr so unbedingt verbergen, dass ihr mich deswegen sogar niederstechen würdet?«

Doris rang mit sich, Hennes senkte den Blick.

»Wenn ihr einen Toten in Kauf nehmt, kann es ja nur darum gehen, dass ihr schon ein Menschenleben auf dem Gewissen habt.«

Hennes starrte ihn entgeistert an.

»Um Himmels willen, nein!«, entfuhr es ihm. »Wir haben doch niemanden ... Wie kommst du denn auf so was?«

»Na, du willst mit dem Messer auf mich losgehen – da kann es keine Kleinigkeit sein, die du damit vertuschen willst.«

»Tut mir leid, mir sind die Nerven durchgegangen. Du stehst plötzlich hier in der Wohnung, schaust dir die Papiere an, und ich ... Wie gesagt, mir sind die Nerven durchgegangen.«

»Was ist mit diesen Papieren?«

»Nichts. Das sind ...« Er räusperte sich. »Das sind ein paar Unterlagen aus unserem aktuellen Job, und die dürfen wir eigentlich nicht aus dem Büro mitnehmen. Das habe ich dir auch schon gesagt. Wenn das rauskommt, müssen wir eine hohe Konventionalstrafe zahlen.«

»Und dafür würdest du jemanden niederstechen?« Robert schüttelte den Kopf. »Klingt nicht sehr überzeugend.«

»Es ist wirklich eine sehr hohe Konventionalstrafe. Wenn wir erwischt werden, können wir unseren Laden dichtmachen.«

Doris legte ihm eine Hand auf den Arm, machte ein paar Gesten und bedeutete ihm dann, für Robert zu übersetzen. Er zögerte, kam aber ihrer Bitte nach.

»Sie bestätigt, dass wir uns eine solche Strafe nicht leisten könnten. Dann wären wir pleite.«

Sie stieß ihn in die Seite und gebärdete nun etwas wütender.

»Genau«, fuhr er eilig fort. »Doris sagt: Außerdem wären wir für alle Zeiten erledigt in unserer Branche, wir würden keinen einzigen Auftrag mehr bekommen.«

Doris erhob sich und holte ein Tablet von der Anrichte hinter ihr. Sie klappte die Hülle auf, in die eine Tastatur eingearbeitet war, und tippte los. Danach drehte sie den Computer so, dass Robert lesen konnte, was sie geschrieben hatte.

»Hennes erzählt Quatsch, das hast du sicher gemerkt. Er hat meine Gebärden nicht richtig übersetzt.«

Robert nickte, und Doris wiederholte die Prozedur.

»Seit ein paar Monaten«, stand jetzt auf dem Display, »arbeiten wir unter anderem mit der Uni Münster an einer App, die Gebärdensprache mithilfe der Handykamera direkt in gesprochene Sprache umsetzt. Leider ist die App noch nicht fertig, deshalb müssen wir uns eben so behelfen. Ich werde dir erzählen, was es mit den Unterlagen auf sich hat. Aber erst sagst du mir, was du uns unterstellst.«

Robert zögerte, sie tippte wieder.

»Du hast einen Toten erwähnt. Glaubst du, dass wir etwas mit dem Tod des Schmuckverkäufers zu tun haben, der während des Überfalls am Freitag ums Leben kam?«

Nun nickte er bedächtig.

»Und, liege ich falsch?«

Doris las ihm mühelos jedes Wort von den Lippen ab, und die Antwort tippte sie rasend schnell.

»Total falsch. Wie kommst du auf diese Idee?«

»Wenn ich dir alle Gründe aufzähle, bekomme ich Ärger mit der Polizei. Aber ihr seid auch zu viert, wie die Schmuckräuber. Es kann sein, dass dir an den fliehenden Räubern ein teures Frauenparfüm und ein altmodisches Rasierwasser aufgefallen ist – es kann aber genauso gut sein, dass ihr selbst auf der Flucht wart und du dir das mit den Düften nur ausgedacht hast, um von euch abzulenken.«

»Gut kombiniert«, schrieb sie und grinste. »Aber eben falsch. Was noch?«

»Warst du heute Vormittag in dem Obstladen neben meiner Buchhandlung?«

Sie stutzte.

»Ist der nicht seit Freitag geschlossen?«

»Ja, aber mir haben Nachbarn zugetragen, dass heute jemand aus dem Haus gekommen ist – und dass sich möglicherweise schon das ganze Wochenende über jemand dort versteckt hält.«

Doris zuckte mit den Schultern.

»Ich war nicht im Laden und nicht im Haus. Warum

sollte ich auch? Verstecken muss ich mich auch nicht, wir wohnen und arbeiten hier ganz offiziell.«

Ihm war kein Erschrecken, kein Ertapptsein, keine Nervosität an Doris Fellner aufgefallen, als er über die Vitaminoase gesprochen hatte. Sollte sie doch im Haus gewesen sein, war sie eine überdurchschnittlich gute Schauspielerin.

»Außerdem haben wir diesem Kripokommissar Neher angeboten, DNA-Proben von uns zu nehmen, damit er sie mit etwaigen Spuren im Juweliergeschäft abgleichen kann. Hat er gemacht, die Laborergebnisse müsste er bald haben. Wir haben mit diesem Raubüberfall nichts zu tun, glaub mir.«

»Was habt ihr dann so eilig vor mir verstecken müssen, als ich das erste Mal hier in die Wohnung kam?«

Sie wechselte einen Blick mit Hennes.

»Darauf kommt's nun auch nicht mehr an«, knurrte er, und Doris tippte wieder.

»Du solltest nicht sehen«, stand auf dem Display, »dass wir Unterlagen unseres aktuellen Jobs mit in die Wohnung genommen haben.«

»Hast du nicht vorhin gemeint, dass Hennes dich falsch übersetzt hat? Und jetzt kommst du mir mit dem gleichen Mist?«

Doris lächelte nachsichtig, und Robert hakte nach.

»Richie hat zufällig mal mitbekommen, wie du am Handy eine Textnachricht mit einem falschen Namen gezeichnet hast.«

Ihre Augenbrauen gingen nach oben.

»Du hast dich ›Schuhmann‹ genannt, nicht Fellner.«

Sie lachte.

»Das ist kein falscher Name. So hieß ich vor meiner Scheidung wirklich. Und wenn mich Kunden von damals kontaktieren, schenke ich es mir manchmal, sie in der Anrede zu korrigieren.«

Nun senkte Robert den Blick. Er hatte sich offenbar verrannt und fühlte sich wie ein Idiot. Da konnte er auch die letzte Frage noch stellen, die ihm unter den Nägeln brannte. Auch wenn er nicht glaubte, dass ihm die Antwort darauf gefallen würde.

»Du bewohnst ein ziemlich teures Haus in Konstanz, beste Lage, Steinalpweg. Für das ganze Gebäude sind nur du und deine Firma gemeldet. Ich hatte mir überlegt, dass das mit dem Honorar, das dir dieser Investor bezahlt, womöglich nicht komplett zu finanzieren ist.«

Doris beugte sich lächelnd über die Tastatur.

»Großartig, was man mit wenig Mühe alles übers Internet herausfinden kann, was? Das Haus ist samt Grundstück wirklich eine ganze Menge wert, und ja, ab und zu muss ich etwas dazuverdienen, um das gute Stück halten zu können. Kaufen musste ich es nicht: Es ist das Haus meiner Eltern. Als sie starben, habe ich es geerbt.«

Robert schluckte. Seine Verdachtsmomente lösten sich in Luft auf, und mit jeder Frage machte er sich mehr zum Affen. Dann überflog er einen der Sätze, die sie gerade geschrieben hatte, noch einmal.

»Etwas dazuverdienen – was meinst du damit?«, fragte er schließlich.

Sie sah Hennes an, der wand sich erst, aber mit einigen Gebärden gelang es ihr offenbar, ihn zu überreden.

»Okay«, begann er, »dann erzähle ich's dir eben. Wenn du das mit dem Messer der Polizei steckst, bin ich sowieso dran. Wir haben dir ja schon gesagt, dass wir von einem Investor damit beauftragt werden, Start-ups zu überprüfen, die er mit seinem Geld unterstützt, und sie marktfähig zu machen, falls nötig. Dafür bekommen wir kein schlechtes Honorar, aber zwischen den Aufträgen haben wir auch mal Wochen oder Monate, in denen wir nur kleine Jobs von anderen Auftraggebern bekommen. Deshalb sind wir auf die Idee gekommen, einige Algorithmen und sonstige Programmbestandteile, die wir für die Start-ups optimieren oder sogar selbst entwickeln, noch auf andere Weise zu Geld zu machen.«

»Ihr verkauft das an die Konkurrenz der Start-ups?«

»Nein, nie an direkte Konkurrenz. Die Programmzeilen beinhalten gewisse Lösungen, die auch in anderen Branchen nützlich sein können. Und wenn sie sehr nützlich sind, fällt da finanziell ordentlich was für uns ab.«

»Deshalb habt ihr die Unterlagen von Rox Inc Solutions mit in die Wohnung genommen? Ihr kopiert das Zeug und verkauft das geklaute Material unter der Hand weiter?«

»So ungefähr, wobei wir die Unterlagen nur brauchen, um die Programmierung zu testen und auszuprobieren, für welche anderen Anwendungen sie sich eignen. Und ›geklaut‹ trifft es auch nicht ganz: Viele der Programmierungen haben wir selbst geschrieben. Diese Start-ups beschränken sich manchmal auf die Beschreibung des Geschäftsmodells, die Programmierung arbeiten sie oft gar nicht ganz aus. Das machen wir dann, also stehlen wir letztendlich nichts, sondern verkaufen unsere eigene Arbeit lediglich ein zweites Mal.«

»Was aber natürlich trotzdem strafbar ist.«

»Weiß ich nicht. Wir halten eben unsere Verträge nicht so ganz buchstabengetreu ein.« Er grinste schüchtern. »Und falls du das alles der Polizei erzählst, streiten wir natürlich alles ab. Ich hab dir das nie erzählt, und die Unterlagen bringen wir runter ins Büro, sobald du wieder gegangen bist.«

Hinter Robert wurde die Wohnungstür aufgestoßen, Schritte näherten sich. Zigarettenrauch mischte sich in den Geruch von Tomatensoße, und er musste sich nicht umdrehen, um sich die verblüfften Gesichter von Fynn und Kalle vorzustellen.

»Okay, dann bringt die Unterlagen mal schnell wieder zurück«, sagte Robert und erhob sich. »Und mach nie wieder so einen Blödsinn wie vorhin mit dem Messer.«

Hennes befühlte vorsichtig seine Kehle, auf der noch die Abdrücke von Roberts Fingern zu sehen waren.

»Auf keinen Fall«, sagte er und nickte Robert lächelnd zu.

8

Als Robert Mondrian von Doris und ihren Kollegen zurückkehrte, stand ein Paar verwundert vor der verschlossenen Tür der Buchhandlung. Er ließ sie ein, hörte sich an, was die beiden gern lasen, und empfahl ihnen einige Romane, die ihnen gefallen würden. Den restlichen Nachmittag verbrachte Robert tief in Gedanken versunken, und als er Selina anrief, um sich mit ihr zu einem gemütlichen Abendessen zu verabreden, holte er sich einen Korb: Sie hatte ab zwanzig Uhr ein Online-Meeting mit dem größten der Kleinverlage, die sie als Außendienstlerin vertrat, und wusste nicht genau, wie lange das dauern würde.

»Ich schau aber, dass ich dich danach besuchen komme, okay?«

Natürlich war das okay, aber es war eben auch noch lange hin. Der nächste Anruf hob seine Stimmung ein wenig. Neher wollte sich mit ihm auf ein Bier vor seiner Schlafpause verabreden.

»Könnten wir heute mal woanders hingehen als in den *Scottish Pub?*«, fragte Robert. »Ich habe Hunger, aber ich glaube nicht, dass mein Magen Richies Kochkünsten heute gewachsen ist.«

Und so saßen sie kurz nach zwanzig Uhr im *Thai-Imbiss* in der Kurzen Straße. Neher war bisher nur hier gewesen, um Essen abzuholen. Nun hatten sie Plätze an einem kleinen Tisch neben der Toilettentür, und besonders glücklich schien der Kommissar mit dem zweckmäßigen Ambiente nicht zu sein. Doch als das Geklapper in der winzigen offenen Küche verebbte und die freundliche Wirtin ihr Essen auftrug, war alle Kritik sofort vergessen: Der Duft der Speisen hüllte sie ein, alles schmeckte wunderbar, und am Ende streckte Neher die Beine aus und prostete Robert satt und zufrieden zu.

»Übrigens wissen wir jetzt«, sagte er, »dass wir Frau Fellner und ihre drei Kollegen von der Liste der Verdächtigen streichen können. Die DNA-Proben, die wir von ihnen genommen haben, passen nicht zu den Spuren in Gollmanns Juweliergeschäft.«

»Dann dürfte die Aussage von Frau Fellner zu Parfüm und Rasierwasser also stimmen«, meinte Robert. Dass er mit ihr heute schon gesprochen hatte, verschwieg er. Und er spürte leichte Gewissensbisse, weil er Neher damit auch vorenthielt, womit Doris Fellner und ihre Jungs unter der Hand Geschäfte machten.

»Ja, aber das hat uns bisher noch nicht weit gebracht. Das Parfüm ist teuer, aber es wird erstaunlich oft verkauft, und ebenso scheint es erstaunlich viele Männer zu geben, die altmodisches Rasierwasser benutzen. Das Zeug riecht echt widerlich, wenn Sie mich fragen.«

Er nahm noch einen Schluck Bier und wischte sich danach mit dem Handrücken den Schaum von den Lippen.

»Und noch jemand dürfte es nicht gewesen sein«, fuhr er fort. »Wir haben uns inzwischen die beiden Einbrecher vorgeknöpft, die gestern Nacht in Gollmanns Laden waren.«

Wie der Kripo am Vormittag *Kommissar Zufall* zu Hilfe gekommen war, hatte Neher ihm schon erzählt, als sie auf das Essen gewartet hatten.

»Fingerabdrücke gab es keine, weil sie Handschuhe trugen. Und ihre DNA-Proben sind noch zum Abgleich im Labor. Aber ich würde darauf wetten, dass die beiden nichts mit dem Raubüberfall auf das Juweliergeschäft und dem Tod von Kevin Schröder zu tun haben. Das einzige Alibi, das sie für Freitagnachmittag vorweisen können, geben sie sich gegenseitig. Sie seien in Möhrings Wohnung in Affalterbach gewesen, sonst könne das niemand bezeugen. Ich habe beide befragt, ihre Aussagen stimmen überein, klingen aber nicht abgesprochen. Und um ehrlich zu sein: Sie kommen mir zu dumm vor, um glaubhaft genug lügen zu können.«

Neher schmunzelte und nahm noch einen Schluck.

»Sie behaupten, dass sie aus der Zeitung von dem Überfall auf Gollmann erfahren hätten. Dass sie sich dachten, selbst in einem überfallenen Schmuckgeschäft müsste noch genug zu holen sein. Und dass niemand damit rechnen würde, dass derselbe Laden gleich zweimal so kurz nacheinander ausgeräumt werden könnte. Etwas schräg, die Argumentation, aber das scheint genau die geistige Kragenweite der beiden zu sein.«

Robert winkte der Wirtin.

»Auch noch ein Bier?«, fragte er Neher, als er für sich nachbestellte.

»Nein danke, ich bin ja bald wieder im Dienst.«

Sie stießen an, und Neher erzählte weiter.

»Von unseren beiden Einbruchsgenies möchte ich noch wissen, ob sie und Kevin Schröder wirklich einen Einbruch oder Überfall auf Gollmanns Laden geplant hatten oder ob Schröders Vater sich das nur eingebildet hat. Sie scheinen Schröder jedenfalls zu kennen, und Fragen in diese Richtung haben sie ziemlich nervös gemacht.«

»Haben Sie von diesem Hehler schon etwas erfahren, das Ihnen weiterhilft?«

»Nein, leider nicht. Der schweigt, er scheint vor jemandem Angst zu haben, vielleicht vor einem seiner Lieferanten, womöglich genau vor den Leuten, die mit Schröders Tod zu tun haben. Auch der Kunde, zu dem die Kollegen ihm gefolgt sind, sagt nichts, wenn auch aus anderen Gründen – er scheint mir ziemlich abgebrüht zu sein. In seinem Haus wurden einige Schmuckstücke aus der Gollmann-Beute gefunden, aber er hat einen ziemlich cleveren Anwalt. Mal sehen, ob der den Kopf seines Mandanten aus der Schlinge ziehen kann. Das wäre nicht das erste Mal, dass wir unsere Arbeit machen und jemanden mehr oder weniger auf frischer Tat erwischen – und dann schafft er es doch noch, sich aus der Sache herauszuwinden. Dorin Rigidu, der Hehler, wird dagegen ziemlich sicher für eine Weile einfahren, aber das scheint er aushalten zu wollen. Ihm ist wohl die Chance lieber, nach einer Zwangspause wieder ins Geschäft einsteigen zu können, als hinter Gittern einen schlimmen Unfall zu erleiden.«

»Gibt es sonst Ansätze, von denen Sie sich etwas erhoffen?«

»Die Kollegen schauen sich noch einmal die Akten nach dem Einbruch in Marianne Böhmes Juweliergeschäft in Schwäbisch Hall vor ein paar Jahren an. Erinnern Sie sich an die Dame?«

»Ja.« Robert setzte ein entschuldigendes Lächeln auf. »Und dafür muss ich gar nicht so weit zurückgehen in meiner Erinnerung. Ich habe sie gestern Nachmittag besucht.«

Neher riss die Augen auf, aber er schien eher amüsiert als ärgerlich.

»Es hat sich nichts ergeben«, schob Robert schnell nach, »sonst hätte ich Ihnen natürlich alles berichtet.«

»Natürlich«, brummte Neher in spöttischem Tonfall.

»Doch, wirklich, ich hätte Ihnen alles erzählt. Mir kam es nur so vor, dass Frau Böhme sehr nervös war, als ich sie auf …« Robert unterbrach sich. Wollte er, dass Neher erfuhr, was er damals in Sonja Fischers Wohnzimmerschrank entdeckt hatte? Genau genommen musste das Diadem nicht aus der Beute des Einbruchs in Schwäbisch Hall stammen, und selbst wenn, bewies das keine direkte Verbindung zwischen Sonja und dem Einbruch. Der beigefügte Zettel klang eher nach dem Geschenk eines Verehrers. Und sollte er für eine vielleicht sehr weit hergeholte Vermutung das Vertrauensverhältnis zu Klaus Neher riskieren, der es ihm sicher übel nehmen würde, dass er Informationen zu Sonja Fischer zurückgehalten hatte?

»Ja?«, fragte Neher, als ihm die Pause in Roberts Erzählung zu lang wurde.

»Mir kam sie sehr nervös vor. Angeblich wartete sie auf ihren Versicherungsvertreter.«

»Einen gewissen Dillinger vielleicht?«

Robert stutzte.

»Keine Ahnung, der Mann hat sich mir nicht vorgestellt.«

»Was fuhr er denn für ein Auto?«

»Einen gelben Porsche, wieso?«

»Ach, nur so.« Neher schmunzelte, er schien sich an etwas Lustiges zu erinnern. Und als ihn Robert fragend ansah, winkte er nur ab und sagte leichthin: »Ich hatte selbst mal so einen Wagen.«

Kurz wartete Robert noch, ob der Kommissar seine Bemerkung noch erklären würde, doch als das ausblieb, fuhr er fort: »Frau Böhme hat den Versicherungsmenschen aber nicht ins Haus gelassen, und sie haben ihr Gespräch an der Haustür auch recht schnell beendet.«

»Und was schließen Sie daraus?«

»Dass nicht der Termin mit dem Versicherungsvertreter der Grund für ihre Nervosität war. Vielleicht hatte sie Besuch von jemandem, der nicht von mir gesehen werden wollte.«

»Jemand, der damals an dem Einbruch in Hall beteiligt war und jetzt vielleicht die Verbindung zum Überfall auf Gollmann darstellt? Gut möglich. Wie Sie ja wissen, gab es damals Hinweise darauf, dass Marianne Böhme einen Liebhaber hatte, dem sie irgendwie geholfen haben könnte, in ihr Geschäft einzubrechen. Und wenn wir bedenken, dass wir auf Schröders Kleidung Blut von jemandem sichern konnten, der auch im Juweliergeschäft Böhme DNA hinterlassen hat …«

Seit Eddie und die Chefin nacheinander das Versteck verlassen hatten, waren die beiden anderen mit Aufräumen und Putzen beschäftigt gewesen. Spuren zu beseitigen war am helllichten Tag leichter, und als sie sicher sein konnten, alles gesäubert und abgewischt zu haben, hatten sie Plastikhauben über die Haare und Einmalhandschuhe über die Hände gezogen und warteten, bis es Abend wurde.

Sie hatten den Buchhändler kurz vor acht Uhr weggehen sehen, und sie hatten beobachtet, wie die neugierige Nachbarin über den Marktplatz marschierte und vermutlich irgendeine Freundin treffen wollte, mit der sie Klatsch und Tratsch austauschen konnte. Jedenfalls war kurz nach neun Uhr die Luft rein, und sie machten sich an die letzten Vorbereitungen für den heutigen Abend. Zwei, drei Stunden noch, eine letzte Aufgabe, dann würden sie aus dieser Stadt verschwinden, würden untertauchen, eine Weile von dem Geld leben, das ihnen der Verkauf des ersten Teils der Beute eingebracht hatte, und würden darauf warten, den Rest zu versilbern und dann erst einmal für eine Weile ausgesorgt zu haben.

Was sie noch aus der Vitaminoase mitnehmen mussten, konnten sie in ihren Jacken und Rucksäcken verstauen. Den Fluchtwagen würden sie mit den beiden Fahrrädern erreichen, die ein kleines Stück außerhalb der Altstadt deponiert waren, und dann mussten sie bloß die Fahrt zum Treffpunkt, ohne aufzufallen, hinter sich bringen.

Die Sonne war schon untergegangen, als sie sich auf den Weg machten, aber es war noch ziemlich hell. Im Hinterhof konnten sie nur noch aus dem oberen Geschoss des Hauses gesehen werden, in dem der Puppenspieler lebte, aber dort stand kein Fenster offen, und es war auch hinter den Fenstern keine Silhouette und keine Bewegung auszumachen.

Das Schloss der Hintertür hielt nicht lange stand. Sammy hatte keine Minute gebraucht, dann huschten er und Benny ins Haus. Das Licht im Treppenhaus ließen sie natürlich ausgeschaltet, auch wenn es im Inneren des Gebäudes schon recht düster war. Im Obstladen hatten sie sich jede Nacht in Dunkelheit oder schummrigem Dämmerlicht bewegt, das kam ihnen jetzt zugute. Und falls sie ihre Taschenlampen nachher doch brauchen sollten, hatten sie sie so eingestellt, dass nur ein dünner, schwacher Lichtstrahl durch die Dunkelheit strich.

»Jetzt bloß leise!«, zischte Sammy seinem Begleiter zu.

»Das musst du mir nicht sagen«, knurrte Benny zurück. »Ich mach das auch nicht zum ersten Mal.«

Neher war zurück in die Kripodirektion gegangen, bevor Robert sein zweites Bier ausgetrunken hatte. Also saß der Buchhändler noch ein wenig allein im *Thai-Imbiss*, hörte dem singenden Deutsch der Wirtin zu, wenn sie Kunden am Telefon mitteilte, dass sie ihr Essen in zwanzig Minuten abholen konnten. Er lauschte dem Klappern der Pfannen und Töpfe, dem Zischen von Öl und Frittierfett, und er stellte sich dazu vor, wie sie in ihrer kleinen Küche, die er von seinem Platz nicht einsehen konnte, mit Gemüse, Fleisch und Reis hantierte und am Ende mit flinken Händen alles zum Mitnehmen verpackte.

Als er schließlich in die angenehm kühle Abendluft hinaustrat, kam ihm eine Schlussfolgerung des Kommissars in den Sinn. Neher hielt es wohl für möglich, dass jemand, der nicht in Marianne Böhmers Haus gesehen werden wollte – oder von dem sie nicht wollte, dass er dort gesehen wurde –, etwas mit dem damaligen Schmuckdiebstahl zu tun hatte. War das so, dann hatte Robert wohl eine Gelegenheit verpasst, zugleich auch einem der Juwelenräuber auf die Spur zu kommen, die Gollmanns Geschäft überfallen hatten. Warum war er nicht in der Nähe geblieben und hatte darauf gewartet, wer nach einer Weile das Haus der Juwelierin im Ruhestand verließ? Warum hatte er ihn nicht verfolgt, hatte nicht versucht, auf diese Weise das Versteck der Räuber zu entdecken oder zu erfahren, wer ihr Hehler war? Dazu brauchte die Kripo die zufällige Beobachtung einer Polizeistreife – weil er, Robert Mondrian, ehemaliger Geheimagent, nicht schlau genug gewesen war, sich in Vellberg auf die Lauer zu legen.

Er war weich geworden durch sein Leben in Remslingen, vielleicht auch bequem. Er hatte in seiner Aufmerksamkeit, in seiner Wachheit, im ständigen Abwägen von Wahrscheinlichkeiten, im Erkennen von vielversprechenden Fährten nachgelassen. Und auch wenn all das eigentlich ein gutes Zeichen dafür war, dass er sein altes Leben so weit hinter sich gelassen hatte wie erhofft: Dass er eine solche Chance verpasst hatte, wurmte ihn doch. Und dann ließ er sich von zwei Einbrechern vorführen. Er hatte die beiden Männer beobachtet und trotzdem den Zugriff vermasselt. Sicher, Pasquale Fontana trampelte im falschen Moment in den Raum, und Alfons war wirklich sehr ungünstig direkt vor seinen Füßen zu Boden gegangen. Aber früher hätten ihn solche kleine Widrigkeiten nicht davon abgehalten, einen Auftrag fehlerfrei zu erledigen.

Robert schlenderte über den Marktplatz, das Ristorante rechts und den Brunnen links von sich. Unter den Arkaden des Alten Rathauses lungerten ein paar Jugendliche herum, die niemandem Böses wollten, solange man sie in Ruhe Bier aus Dosen trinken ließ. Im Wohnzimmer von Puppenspieler Kruse brannte Licht, und rundum leuchteten die Fenster in gemütlichen Gelbtönen. Einige Spaziergänger waren unterwegs, er sah bekannte Gesichter und fremde, er grüßte und wurde zurückgegrüßt, und alles war so, wie er es sich für sein neues Leben als Buchhändler in Remslingen gewünscht hatte. Vielleicht sollte er es als gutes Zeichen nehmen, dass er mit den Gefahren und dem ständigen Druck seiner Vergangenheit auch einige der alten Fähigkeiten abgelegt hatte. Er war körperlich gut in Schuss, hatte keine gesundheitlichen Probleme, war äußerst zufrieden mit einem Leben, das er früher vermutlich als langweilig empfunden hätte. Und mit den Kriminalfällen, in die er sich von Zeit zu Zeit ein bisschen einmischte, verschaffte er sich gerade so viel Spannung und Abwechslung, wie es ihm gefiel.

Als er sein Haus erreichte und in die Dunkelheit des Hinterhofs eintauchte, hatte er seinen Frieden mit dem Versäumnis von Vellberg geschlossen. Sollte die Polizei ruhig ihre Arbeit selbst machen, er war in dieser Hinsicht niemandem verpflichtet, nicht einmal sich selbst, auch nicht seinem alten Ich. Er hielt Augen und Ohren auf, achtete auf Dinge, die ihm auffielen, dachte über mögliche Zusammenhänge nach – und wenn er Neher und seinen Kollegen damit helfen konnte, sollte es ihm recht sein. Und wenn nicht, war es nicht sein Problem.

Er träumte inzwischen immer seltener von früheren Aufträgen, sondern verarbeitete im Schlaf Erlebnisse mit Nachbarinnen oder hiesige Ereignisse. Damit kam er immer mehr in seinem heutigen Leben an, und dieses Leben hielt viel Schönes für ihn bereit. Ein Lächeln spielte um seine Lippen, als er daran dachte, dass Selina Brand nachher noch vorbeischauen würde. Er sah auf die Uhr, ihr Online-Meeting war schon vorüber oder würde es bald sein. Robert zückte den Schlüssel und schloss die Hintertür auf. Wozu sollte er sich jedes Mal, bevor er das Haus betrat, vergewissern, dass es am Schloss keine neuen Kratzer gab? Und wozu jedes Mal, bevor er die Wohnung verließ, mit Haaren, dünnen Fäden oder anderen unauffälligen Details kleine Fallen anlegen, die ihm verrieten, ob sich in seiner Abwesenheit jemand durch die Räume bewegt hatte?

Wer sich heute Abend außer ihm durch diese Wohnung bewegen würde, lag nun vielleicht schon in seinem Bett und erwartete ihn. Selina und er hatten sich gegenseitig Schlüssel zu ihren Wohnungen gegeben, aber trotzdem klingelte jeder an der Tür des jeweils anderen, bevor sie die Räume betraten. Er hatte zu Selina volles Vertrauen, auch wenn ihn die vorangegangene Beziehung zu Sonja Fischer eigentlich das Gegenteil gelehrt hatte, und sie vertraute ihm hoffentlich ebenso rückhaltlos. Das mit Selina konnte etwas Längeres werden, vielleicht musste es auch gar nicht mehr enden. Sie verstanden sich gut, er genoss ihren Humor, überhaupt ihre Nähe, und konnte mit ihr über alles reden und über vieles lachen. Er war zur Stelle, wenn sie traurig oder frustriert war und jemanden brauchte, der zu ihr stand. Und sie hatten an allem, was sie gemeinsam taten, viel Freude.

Die Tür fiel hinter ihm ins Schloss, und er drückte den Lichtschalter, ohne hinzusehen. Auch das ein Zeichen dafür, dass er inzwischen hier zu Hause war. Irgendwo hatte er mal gelesen, dass man dort daheim sei, wo man sich im Dunkeln zurechtfindet und nicht mehr darüber nachdenken muss, wo Schalter und Steckdosen sind und wo Gläser oder Töpfe stehen. Das Licht fand er nach der gedämpften Beleuchtung des Marktplatzes für einen Moment etwas zu grell, und die Lampen zeigten ihm auch jene Ecken, die er dringend einmal herrichten oder für die er einen Handwerker engagieren sollte. Die Tür zur Buchhandlung war einen Spaltbreit geöffnet, was ihn jetzt nicht störte. Und weil er noch immer das Bild von Selina vor Augen hatte, die in seinem Schlafzimmer auf ihn wartete, machte er sich auch keine Mühe, die Treppe hinauf zur Wohnung besonders leise zu nehmen.

Doch der Lärm, der plötzlich losbrach, traf ihn völlig unerwartet.

»Und du meinst, die beiden bekommen das hin?«

Die Frau klang besorgt, und Eddie konnte im Hintergrund Fahrgeräusche hören. Offenbar sprach auch sie über die Freisprecheinrichtung ihres Wagens.

»Das schaffen die schon. Ich habe es ihnen genau so aufgetragen, wie wir es besprochen haben: alle Spuren beseitigen, und dann nichts wie raus da.«

»Ja, so habe ich es ihnen auch gesagt. Bisher haben sie zumindest nach dem zweiten Mal alles verstanden. Es ist schon ein Elend, dass man einfach keine guten Leute mehr findet, oder?«

»Das stimmt. Wohin bist du unterwegs?«

»Zu unserem Treffpunkt. Dort teilen wir den Rest der Beute, lassen Gras über die Geschichte wachsen, und irgendwann danach machen wir die letzten Stücke zu Geld. Vor allem *den wertvollsten Ring* können wir jetzt nicht auf den Markt bringen. Wenn der irgendwo auftaucht, schrillen sofort alle Alarmglocken.«

»Sehe ich genauso. Wie lange wirst du am Treffpunkt warten?«

»Wieso fragst du?«

In ihre Stimme hatte sich eine Spur von Misstrauen gemischt, und er beeilte sich, ihre Bedenken zu zerstreuen.

»Ach, wegen der beiden. Ich weiß nicht, wie lange die brauchen, bis sie alles aufgeräumt haben. Nicht, dass du schon über alle Berge bist, nur weil die Jungs etwas getrödelt haben.«

»Keine Sorge, ich warte. Bist du auch schon zum Treffpunkt unterwegs?«

»Ja, ich müsste bald da sein. Bis nachher also. Tschüs.«

Damit beendete er die Verbindung. Er hatte seinen Tonfall leicht klingen lassen, und er hoffte, dass sie ihm die Lüge nicht angehört hatte. Tatsächlich war er fast an seinem Ziel, aber das war nicht der verabredete Treffpunkt. Er hatte noch etwas zu erledigen, und als er das Ortsschild von Remslingen passierte, ging er seinen Plan noch einmal in Gedanken durch.

»Jetzt bloß leise!«, schallte es in unglaublicher Lautstärke durch das Treppenhaus, und der andere Kakadu krähte ebenso inbrünstig: »Das musst du mir nicht sagen!«

Robert hatte die vorletzte Stufe der Treppe erreicht, als die Vögel unten in der Buchhandel ihr Spektakel begannen. Bis ins Mark erschrocken fuhr er herum und sah unten einen Mann aus der hinteren Ladentür rennen, als Nächstes hörte er hinter sich Holz bersten. Erneut drehte er sich um: Am oberen Ende der Treppe stand ein zweiter Mann, und an der Wand lagen die Splitter eines seiner Küchenstühle. Während er kombinierte, dass ihn das Geschrei der Kakadus um wenige Zentimeter davor bewahrt hatte, mit einem Stuhl niedergeschlagen zu werden, taxierte er seine Chancen gegen die beiden Angreifer und legte sich eine Strategie zurecht, wie er beide am besten zur Strecke bringen konnte.

Die Männer verbargen ihre Gesichter unter schwarzen Skimasken, und beide hielten nun Messer in der Hand. Der Vermummte aus dem Erdgeschoss war nur noch vier Stufen von Robert entfernt, der im Obergeschoss stellte seinen rechten Fuß ein wenig vor den linken und beugte sich leicht nach vorn. Offenbar war er im Begriff, mit dem Messer zuzustechen. Als seine rechte Hand vorschnellte, packte Robert das Handgelenk mit der Linken und packte mit seiner Rechten den Arm des anderen knapp unterhalb der Schulter. Im selben Moment warf er sich nach links herum und stieß mit dem Rücken hart gegen das Treppengeländer, das bedenklich knarrte, aber nicht brach. Den beiden Angreifern bescherte die Aktion mehr Schmerzen als ihm selbst: Das Messer des oberen stach an Robert vorbei erst in die Luft, und dann rannte der untere, der nicht schnell genug auf die Bewegung seines vermeintlichen Opfers reagieren konnte, geradewegs in die Klinge seines Komplizen. Sein eigenes Messer, mit dem er Robert in den Rücken hatte stechen wollen, verfehlte seinen Komplizen nur um wenige Zentimeter. Als er stürzte und sich auf der Treppe vor Schmerzen krümmte, prallte seine rechte Hand gegen die Kante einer Stufe, und er ließ seine Waffe mit einem lauten Schrei fallen.

Robert hatte den oberen Angreifer inzwischen um sich herumgewirbelt, und früher hätte er ihn einfach die Treppe hinunterstürzen und sich dadurch vermutlich das Genick brechen lassen. Weil er aber noch Antworten von dem Mann wollte, riss er dessen Arm wieder zurück, und in Rückenlage landete der Vermummte auf der Treppe und polterte hilflos drei, vier Stufen hinunter, bevor er stöhnend liegen blieb und sich zitternd ans Rückgrat fasste.

Das Ganze hatte nur wenige Sekunden gedauert, und es war auch nur kurz laut zugegangen im Treppenhaus. Jetzt hörte Robert nur noch seinen eigenen, schwer gehenden Atem und das unterdrückte Wimmern und Stöhnen der beiden Männer. Und von unten, aus der Buchhandlung, ein zweistimmiges »Aua, aua«.

9

Eddie Neutze hatte seinen Wagen in der Nähe des Kinos abgestellt. Nun nahm er die Treppe hinunter zur Fronackerstraße und ging zu einem der Mehrfamilienhäuser. Während er noch überlegte, ob er das Schloss knacken oder versuchen sollte, ob ihn ein anderer Mieter unter einem Vorwand ins Treppenhaus lassen würde, schwang die Haustür auf, und die Frau, auf die er es abgesehen hatte, trat ins Freie.

Selina Brand wirkte aufgekratzt, sie hatte sich hübsch gemacht und hielt eine Flasche Wein in der Hand. Eddie freute sich über diese glückliche Fügung, und er nahm es als Zeichen dafür, dass auch der Rest seines Plans aufgehen würde. Er folgte der Frau die Fronackerstraße hinunter, vorbei an aufgemotzten Autos und ihren stolzen Besitzern und schließlich über eine breite Straße hinweg in die Altstadt hinein. Es war nicht schwer, ihr unauffällig zu folgen. Die Frau drehte sich kein einziges Mal um, und offenbar freute sie sich schon sehr auf den schönen Abend, den sie vor sich zu haben glaubte. Eddie achtete trotzdem darauf, dass sich zwischen ihm und ihr immer zwei, drei andere Personen befanden. Erst als sie das Schaufenster der Buchhandlung passierte und in den Hof hinter dem Gebäude einbog, schloss er zu ihr auf.

Von jetzt an achtete er auf niemanden sonst in seiner Umgebung, sondern konzentrierte sich allein auf Selina Brand und das, was er gleich tun würde. Sein Tunnelblick blendete alle anderen aus, die auf dem Marktplatz unterwegs waren. Auch das junge Pärchen, das den Platz gerade überquerte und in diesem Moment kurz stehen blieb.

Aber Selina Brand ließ er nicht aus den Augen. Sie hielt auf die Hintertür von Mondrians Haus zu und steckte den Schlüssel ins Schloss. Nun musste es schnell gehen.

Marie Beck hatte ihren Freund Alfons am Ärmel gepackt und war stehen geblieben. Er sah sie fragend an, und sie deutete in Richtung der Buchhandlung.

»Hast du Frau Brand gesehen?«, fragte sie.

»Sie ist wohl zu meinem Chef unterwegs. Vielleicht sollten wir wieder umkehren. Sherlock und Watson können wir auch morgen noch abholen. Ich habe sowieso noch ordentlich Kopfschmerzen und …«

»Papperlapapp!«, unterbrach ihn Marie. »Um die Vögel geht's mir jetzt gar nicht.«

»Sondern? Hast du Angst, dass die beiden später am Abend Geräusche nachmachen könnten, die sie aus Mondrians Wohnung hören und die nicht ganz nach dem Geschmack der Nachbarn wären?«

Marie sah ihn verdutzt an, und als sie verstand, worauf er anspielte, gab sie ihm einen kleinen Klaps und zwinkerte ihm zu.

»Aua«, entfuhr es Alfons, der noch immer gern in Watte gepackt werden wollte und vorhin ohnehin nicht gern die Wohnung verlassen hatte, verwundeter Held, der er war.

»Hast du nicht gesehen, dass Frau Brand verfolgt wurde?«

»Verfolgt? Wer sollte sie denn verfolgen?«

»Keine Ahnung, aber der Typ, der nach ihr im Hinterhof deines Chefs verschwunden ist, hat sie nicht aus den Augen gelassen.«

Alfons horchte auf. War Frau Brand in Gefahr, womöglich auch Robert Mondrian? Wurde er wieder gebraucht, als treuer Gefährte von Bookman? Marie schien in seinem Gesicht lesen zu können wie in einem offenen Buch.

»Ja, du wirst gebraucht«, sagte sie deshalb.

Ein Strahlen legte sich auf sein Gesicht, das aber nach ihrem nächsten Satz wieder halb erlosch.

»Schließlich hast du einen Schlüssel zur Buchhandlung.«

Die beiden Vermummten waren vollauf mit sich und ihren Schmerzen beschäftigt, sodass Robert schnell eine Rolle Paketband aus der Buchhandlung holen und sie damit fesseln konnte. Danach schleifte er sie nacheinander ins Wohnzimmer hinauf, setzte sie auf den Boden und lehnte sie mit dem Rücken an die Wand. Er zog beiden die Skimasken vom Kopf und legte sie aufs Fensterbrett. Er kannte keinen der Männer. Der eine war eher klein und dünn, hatte hellblonde Haare und mochte Mitte zwanzig sein. Er war seinem Kumpan ins Messer gelaufen und hatte eine Wunde an der linken Hüfte. Robert riss das Hemd des Mannes auf und begutachtete die Wunde. Sie blutete und tat sicher höllisch weh, die Klinge schien aber kein lebenswichtiges Organ verletzt zu haben. Aus dem Bad holte er Verbandszeug, und nach kurzer Zeit war der Mann notdürftig versorgt. Sein Komplize war etwas größer, vielleicht zehn Jahre älter und hatte rötlich blonde Haare. Er wies keine sichtbare Wunde auf, aber das Sitzen fiel ihm schwer, der Rücken schien ihm wehzutun.

»Dann erzählt mal«, begann Robert, der sich mit verschränkten Armen vor ihnen aufbaute. »Was habt ihr beiden Galgenvögel in meinem Haus zu suchen? Und warum geht ihr mit Messern auf mich los?«

Der Ältere funkelte ihn hasserfüllt an und schwieg. Der Jüngere versuchte ein höhnisches Lachen, zuckte aber zusammen und presste die Lippen aufeinander, weil ihm das starke Schmerzen in seiner Wunde bescherte.

»Wie lange seid ihr schon im Haus?«

Beide schwiegen.

»Auch gut«, sagte Robert leichthin. »Ich frag euch noch ein paarmal, und wenn ihr dann noch immer nicht das Maul aufbekommt, weiß ich ja, wohin ich treten muss, um euch doch noch zu überreden.«

Der Jüngere schluckte, der Ältere senkte den Blick.

»Aber das meiste kann ich mir auch ohne Hilfe zusammenreimen. Ihr seid ungesehen hier reingekommen und habt auf mich gewartet. Dazu müsst ihr gesehen haben, wie ich das Haus verlassen habe. Also wart ihr in einem Versteck, von dem aus ihr das beobachten konntet. In der Vitaminoase, richtig?«

Robert hatte einen Schuss ins Blaue versucht, der schnelle Seitenblick des Jüngeren war Antwort genug. Hatte Frau Heberle also doch recht gehabt.

»Und dort habt ihr gesteckt, seit ihr Juwelier Gollmann ausgeraubt habt, stimmt's?«

Der Jüngere schaute wieder seinen Kompagnon an, und der brachte nun tatsächlich eine abschätzige Miene zustande.

»Pfff, wenn Sie das gewusst hätten, hätten Sie uns doch schon lang die Polizei auf den Hals gehetzt. In Wirklichkeit haben Sie keine Ahnung.«

»War von Anfang geplant, dass Schröder erstochen wird?«

»Welcher Kevin Schröder?«, versetzte der Ältere patzig, bevor er seinen Fehler bemerkte und zerknirscht zu Boden sah.

»Na, geht doch«, sagte Robert. »Du kennst Kevin Schröder also. War es seine Idee, das Schmuckgeschäft zu überfallen, in dem er arbeitete, oder habt ihr ihn überredet? Und wolltet ihr während des Überfalls einen lästigen Mitwisser beseitigen, oder kam es eher versehentlich zu dem tödlichen Stich?«

Der Ältere starrte vor sich hin, der Jüngere wurde zusehends nervöser.

»Du warst das also mit dem Messer«, wandte sich Robert an den Verletzten. »So blöd, wie ihr euch vorhin angestellt habt, würde ich darauf tippen, dass es kein kaltblütiger Mord war, sondern dass dir einfach die Nerven durchgegangen sind. Und wenn du jetzt noch kooperierst und mir oder der Polizei alles aus freien Stücken erzählst, wird dir das sicher auch angerechnet.«

Robert hörte hinter sich ein Geräusch, als würde ein Schuh über den Boden schleifen. Er wandte sich um und sah Selina in der Gewalt eines Mannes, den er nicht kannte. Der Typ war um die vierzig, normal groß und muskulös. Er hielt Selina mit dem linken Arm so umklammert, dass er ihr jeden Moment die Kehle zudrücken konnte. Mit der rechten Hand hatte er ihr eine Pistole an die Schläfe gedrückt, die er nun auf Robert richtete.

»Die beiden werden keine Fragen mehr beantworten, und du machst sie mal lieber wieder los, bevor ich dir ein Loch in den Kopf puste. Und wenn du nicht spurst, kannst du den schönen Abend mit deinem hübschen Häschen hier knicken.«

Das hübsche Häschen nahm die Formulierung nicht sehr gut auf. Selina hob ganz kurz ihren rechten Fuß hoch und schmetterte dem Mann ihre Ferse mit Wucht auf die Zehen. Sie traf gut, aber mit den Sneakers erzielte sie längst nicht die Wirkung von Schuhen mit spitzen Absätzen. Der Mann zuckte nur kurz, dann schlug er ihr mit dem Griff der Pistole eine Platzwunde an der Schläfe, und Robert musste mitansehen, wie Selina die Knie weich wurden, wie sie leicht die Augen verdrehte und sich stärker gegen ihren Peiniger lehnte.

»Wenn Sie sie nicht in Ruhe lassen, mach ich gar nichts!«, blaffte Robert ihn an.

»Du bist nicht in der Position, Forderungen zu stellen. Mach die beiden los und stell dich dann mitten ins Zimmer!«

»Zum Losmachen brauche ich ein Messer. Das muss ich aus der Küche holen.«

Der Mann grinste hämisch und sah sich im Wohnzimmer um. Schließlich nickte er zum Couchtisch hin.

»Da, die Nagelschere tut's auch. Los jetzt!«

Kurz darauf waren die Fesseln durchschnitten, aber die beiden blieben auf dem Boden sitzen.

»Was ist mit euch, ihr Pappnasen?«, herrschte der dritte Mann sie an. »Braucht ihr eine Extraeinladung?«

Der Jüngere deutete auf seine Wunde, die den Verband mit Blut tränkte.

»Mein Rücken«, brachte der Ältere hervor. »Ich kann nicht aufstehen, Eddie.«

»Na, mit euch als Helfer hab ich ja das große Los gezogen!«, rief Eddie und schüttelte den Kopf. »Jetzt nennt ihr mich auch noch beim Namen! Okay, dann eben alle. Du, Sammy, schaust jetzt, dass du auf die Beine kommst. Siehst du die restlichen Kabelbinder dort auf der Fensterbank? Damit fesselst du jetzt unseren feinen Buchhändler und das hübsche … die Lady hier.«

Sammy ächzte und mühte sich umständlich hoch, aber weil er den Verband mit einer Hand weiterhin auf die Wunde presste, um die Blutung wenigstens teilweise zu stoppen, würde das Fesseln so schnell nichts werden.

»Hoch mit dir, Benny!«, kommandierte Eddie nun den Älteren. »Das wird dein Rücken schon noch aushalten. Sonst lass ich euch hier und hau allein ab. Dann könnt ihr aber euren Anteil am Rest der Beute auch vergessen!«

Das wirkte, Benny rappelte sich auf und machte sich daran, Roberts Hände hinter dessen Rücken mit einem Kabelbinder festzuzurren.

»Musst du eigentlich alles hier rausplappern?«, murrte er währenddessen. »Der Buchhändler hört doch alles mit, und seine Freundin auch.«

»Das muss uns nicht kümmern. Du fesselst die beiden, und danach sorgt ihr dafür, dass die niemandem mehr etwas erzählen können.« Benny machte große Augen, und auch der andere war mit Eddies Plan offensichtlich nicht einverstanden.

»Hör mal«, gab Sammy zu bedenken, »dass ich diesen blöden Verkäufer niedergestochen habe, war ein Versehen! Aber das hier …«

»Haltet endlich die Klappe, ihr elenden …«

Weiter kam er nicht. Robert hatte hinter ihm nur ganz kurz eine Bewegung gesehen, und er hatte sich Mühe gegeben, denjenigen, der zu Hilfe kam, nicht mit einem unbedachten Blick zu verraten. Dann ging es auch schon rund. Die Pistole flog in hohem Bogen aus Eddies Hand, und der Schuh, der ihm vermutlich den Handrücken gebrochen hatte, gehörte zu Marie. Eddie schrie auf vor Schmerz, weil Selina geistesgegenwärtig die lädierte Hand ergriffen hatte und fest zudrückte. Und noch bevor der Mann irgendetwas zu seiner Gegenwehr versuchen konnte, traf ihn ein zweiter Tritt in eine Kniekehle, er sackte nach unten und wurde mit einem gezielten Handkantenschlag ins Reich der Träume befördert.

Benny hatte sich umgewandt, als er den Aufprall der Schusswaffe auf dem Boden hörte, und war bass erstaunt. Über dem muskulösen, jetzt aber reglosen Eddie stand eine kleine, schmächtige Frau, deren Augen vor Kampfeslust funkelten und die eine Position eingenommen hatte, die er aus Martial-Arts-Filmen kannte. Daneben ballte Selina Brand die Fäuste und kochte vor Wut. Dann wurde es schwarz um ihn, weil Robert ihm die Faust gegen die Schläfe rammte.

Sammy war nach hinten getaumelt, bis er an der Wand lehnte. Er hielt weiterhin eine Hand auf seine Wunde gepresst, sah ängstlich zwischen Robert, Selina und Marie sowie seinen überwältigten Kumpanen hin und her.

»Was … was kennen Sie bloß für Frauen, Mann?«, brachte er hervor, bevor seine Beine nachgaben und er langsam nach unten rutschte, wo er jammernd sitzen blieb.

Nun betrat Alfons den Raum, er sah nach wie vor elend aus, war aber erkennbar stolz auf seine Freundin. Von unten war ein Martinshorn zu hören und das Quietschen von Reifen. Robert schüttelte den Kopf und lachte.

»Alfons, du kannst deinen beiden Kakadus sagen, dass sie jetzt aufhören können mit ihren Geräuschen.«

Diesmal waren es allerdings nicht Sherlock und Watson. Martinshorn und Reifenquietschen waren echt, und keine fünf Minuten später wimmelte Roberts Wohnung von Polizisten und Sanitätern. Robert nahm Kommissar Neher zur Seite, der ebenfalls gekommen war.

»Ich hätte Sie auf jeden Fall angerufen, Herr Neher, glauben Sie mir bitte«, beteuerte er. »Aber die hatten Frau Brand in ihrer Gewalt, und dann ging alles ganz schnell.«

»Schon okay. Sie erzählen mir einfach alles, was es zu erzählen gibt.«

»Mache ich natürlich. Und woher wussten Sie, was hier los ist?«

Neher ging ans Fenster und öffnete es. Dann deutete er quer über den Marktplatz. Robert schaute in die angegebene Richtung. In einem offenen Fenster unter dem Dach der Pizzeria stand Pasquale Fontana, beobachtete Roberts Haus durchs Fernglas und winkte, als Roberts Blick ihn traf.

»Signore Fontana senior hatte durchs Fenster etwas beobachtet, das ihm verdächtig vorkam. Da hat er uns angerufen.«

Robert schüttelte den Kopf und musste grinsen.

»Ein Hoch auf neugierige Nachbarn, was?«, schlug Neher vor, und nachdem er überprüft hatte, ob mit Selina alles in Ordnung war, ging er mit dem Kommissar in die Essküche hinüber und erzählte ihm alles, was er über Eddie, Sammy und Benny wusste, alles, was er im Zusammenhang mit dem Überfall auf Gollmanns Juweliergeschäft in Erfahrung gebracht hatte. Und damit, dass es zwischen den Mauscheleien von Doris Fellner und dem Schmuckraub nicht wirklich einen Zusammenhang gab, beruhigte er sein schlechtes Gewissen darüber, dass er davon Neher auch diesmal nichts erzählte.

In der Nacht wurde er ein paarmal wach, auch Selina hinderten die aufregenden Erlebnisse des Abends daran, ungestört durchzuschlafen. Aber der Wein, den sie auf den Schreck in Selinas Wohnung getrunken, und das, worauf sie sich vor dem ersten Einschlafen ausgiebig konzentriert hatten, machte sie schläfrig genug, dass sie kurz darauf wieder wegdämmerten. Gegen halb acht wurde Robert von Tassenklappern und würzigem Kaffeeduft geweckt. Er schlurfte in die kleine Küche hinüber, wo ihn Selina schon auf einem der Barhocker erwartete.

»Übrigens kannst du so lange hierbleiben, wie du willst«, sagte sie ihm, als sie ihm das Marmeladenglas reichte. »Keine Ahnung, wie lange die Kripo brauchen wird, um in deinem Haus die Spuren zu sichern. Ich hab mir für heute und morgen freigenommen, wir können es also gern mal etwas langsamer angehen.«

Das taten sie, bis Roberts Handy summte. Kruse war dran. Er war am Vorabend auf dem Sofa eingeschlafen und hatte sich ins Bett geschleppt, ohne von den Vorgängen im Nachbarhaus etwas mitzubekommen. Sogar das Martinshorn hatte er verschlafen, was darauf hindeutete, dass Kruse den Abend über nicht nur Sprudel getrunken hatte. Am frühen Morgen allerdings bemerkte er gleich nach dem Aufwachen, dass im Haus seines Nachbarn die Polizei arbeitete, und Alfons, der vor Ort war und die Arbeit der Kriminaltechniker interessiert verfolgte, hatte ihm die aufregenden Geschehnisse haarklein geschildert, kaum dass er danach gefragt hatte.

»Geht's Ihnen beiden denn gut?«, fragte er, und als Robert bejahte, kam er auf den Grund seines Anrufs zu sprechen. »Ich wollte Sie und ein paar andere ohnehin einladen, um zu feiern, dass nach den Tolkien-Tagen wieder etwas mehr Ruhe in Remslingen eingekehrt ist. Na ja, auch wenn es in Ihrem Fall mit der Ruhe so eine Sache ist.« Er lachte. »Hätten Sie und Selina denn heute Abend Zeit? So gegen neunzehn Uhr? Es wird nichts Großes, wir sitzen nett beisammen, essen eine Kleinigkeit und stoßen miteinander an. Wir treffen uns vor meinem Haus, von da aus ist es nicht weit.«

Robert fragte nach, aber mehr als die heimlichtuerische Andeutung über den Ort der kleinen Feier ließ sich der Puppenspieler nicht entlocken. Auch verriet er nicht, wer alles kommen würde, nur Hunger und Durst sollten sie mitbringen, und vielleicht eine Jacke, falls es etwas später werden würde.

Sonja Fischer hatte stundenlang in der Scheune ausgeharrt, die sie als Treffpunkt verabredet hatten. Der Ort war gut gewählt: ein verlassener Bauernhof ein Stück außerhalb eines kleinen Dorfes im Schwäbischen Wald. Als gegen Mitternacht noch immer niemand gekommen war, musste sie sich eingestehen, dass vielleicht gar niemand mehr kommen würde. Und falls etwas schiefgegangen war, falls die Polizei ihre drei Komplizen womöglich gefasst hatte, musste sie damit rechnen, dass sich Sammy oder Benny verplappern oder sie gegen das Versprechen einer geringeren Strafe verraten würden. Von Eddie war das nicht zu befürchten, aber dass auch er nicht eintraf, war ein sehr schlechtes Zeichen.

Also nahm sie den Rucksack mit dem Rest der Beute, machte sich auf den Fußmarsch zu ihrem Auto, das sie ein gutes Stück von der Scheune entfernt auf einem Wanderparkplatz abgestellt hatte. Sie warf den Rucksack in den Kofferraum, startete den Motor und fuhr langsam davon. Feldweg, Landstraße, Bundesstraße und schließlich Autobahn: Ohne Zwischenfälle brachte sie Kilometer um Kilometer zwischen sich und Remslingen, zwischen sich und ihre möglichen Verfolger – und als sie die Grenze hinter sich hatte, begann sie sich zu entspannen. Es schien sie niemand zu verfolgen, und wenn sie alles beherzigte, was Eddie und sie für diesen Fall besprochen hatten, sollte sie untertauchen und die nächsten Jahre unbehelligt leben können.

Die Mietverträge für die Vitaminoase und ihre Wohnung waren gekündigt, sie hatte sogar ein Umzugsunternehmen beauftragt, beides zu räumen und Möbel und all den anderen Kram in eine mehrere Hundert Kilometer entfernte Stadt zu bringen, wo bereits ein Lagerraum angemietet und für zwei Jahre im Voraus bezahlt war. Was ihr wichtig war, unter anderem das Diadem, das ihr

Eddie nach dem Einbruch in das Schmuckgeschäft von Marianne Böhme geschenkt hatte, trug sie längst bei sich.

Einen Moment lang dachte sie wehmütig an Robert Mondrian, den Buchhändler aus dem Nachbarhaus, mit dem sie einige sehr schöne Nächte verbracht hatte. Aber eine feste Beziehung, das hatte sie schnell gemerkt, war nichts für sie.

»Alles Gute, Robert«, murmelte sie halblaut vor sich hin.

Dann blinzelte sie ein Tränchen weg, stellte das Radio lauter und verließ die Autobahn an der nächsten Ausfahrt.

Robert staunte nicht schlecht, wer sich an diesem Abend alles vor Gustaf Kruses Haus einfand. Elsa Heberle und ihre Freundin Marianne Pfuderer waren gekommen, die beiden wurden von Dorothee von Meier eingehend darüber befragt, was sie über den Schmuckraub und die folgenden Ereignisse berichten konnten – es war eine Menge. Auch andere Nachbarn standen beieinander und unterhielten sich angeregt. Pasquale Fontana kam über den Marktplatz, eine qualmende Pfeife im Mundwinkel, und richtete liebe Grüße von seinem Sohn Lino aus, der leider im Ristorante unabkömmlich sei. Roland Gollmann hatte seine Freundin Doreen mitgebracht, sogar Richie McCafferty, der doch eigentlich rund um die Uhr in seinem Pub gebraucht wurde, ließ sich das Beisammensein nicht entgehen. Marie und Alfons waren gekommen, hatten aber zwei Helden der vorangegangenen Nacht zu Hause gelassen: Sherlock und Watson, die beiden Gelbhaubenkakadus. Und schließlich traf kurz nach Robert und Selina auch noch Kommissar Neher ein

Kruse begrüßte alle Anwesenden. Er bedauerte, dass einige der Eingeladenen nicht gekommen waren, darunter Doris Fellner und ihre drei Kollegen – was für Robert auf der Hand lag, vor allem, wenn Kruse ihnen erzählt hatte, dass auch er und Neher hier sein würden. Der Puppenspieler hielt eine launige kurze Rede, dann bat er alle, ihm zu folgen – und nach einem Spaziergang hatten sie den hübsch dekorierten Hof hinter der Metzgerei Schwarzfuß erreicht. Bunte Papierwimpel flatterten an langen Leinen im leichten Abendwind, Leuchtstrahler tauchten die Szenerie in gemütliches Licht, und mehrere Sitzgarnituren boten ausreichend Platz für alle Gäste. Entlang der Rückwand des Metzgereigebäudes standen zwei Tische mit allem, was zu einem deftigen und reichlichen Vesper gehörte. Stövchen hielten Behälter warm, in denen verschiedene Würste in der Brühe schwammen, es gab Maultaschen, warmen Fleischkäse und gegrillte Hähnchenschlegel. Auf Servierplatten türmten sich Brötchen, großzügig belegt mit Salami oder Bierschinken oder dick bestrichen mit der Kalbsleberwurst, für die die Metzgerei Schwarzfuß seit Jahren in ganz Remslingen und weit darüber hinaus berühmt war.

Auch Durst musste keiner leiden. Neben Wasser und Limonade gab es Bier vom Fass und mehrere Sorten Biowein von einem Wengerter aus dem Remstal, einem wahren Geheimtipp, wie Kruse immer wieder dem einen oder der anderen zuflüsterte.

Kein Wunder, dass sofort viele Gespräche in Gang kamen, dass sich alle kreuz und quer wunderbar verstanden und unterhielten. Irgendwann erhob sich Neher, bedankte sich bei Kruse herzlich für die Einladung und winkte im Davongehen Robert zu, er möge ihm kurz folgen. Als sie außer Hörweite der anderen waren, blieb Neher stehen und brachte Robert zum aktuellen Fall in groben Zügen aufs Laufende.

»Die drei Männer, die vergangene Nacht in Ihr Haus eindrangen, sind andere Kaliber als die beiden Dummköpfe, die wir nach dem Einbruch erwischt haben«, erzählte er. »Vor allem der Anführer der drei ist eine harte Nuss. Eddie Neutze, so heißt er, verweigert zu den meisten Punkten seine Aussage. Aber den Raubüberfall hat er zugegeben. Er sei als Gandalf verkleidet gewesen, und die beiden Männer, die mit Messern auf Sie losgegangen sind, wären als Orks aufgetreten. Einer der Orks, Benny Mues, kennt Henk Möhring und Ralph Verlinden von einem früheren Bruch her, er hat im Gespräch mit ihnen wohl aufgeschnappt, dass sie Gollmann bestehlen wollen. Mues ist mit dem Computer recht geschickt, er hat die Programmierung geknackt, mit der die Glashaube gesichert war. Der andere Ork, Sammy Räbel, scheint Kevin Schröder niedergestochen zu haben. Von ihm stammt jedenfalls das Blut, das wir auf Schröder Kleidung sichern konnten, und seine DNA haben wir damals auch in Frau Böhmes Schmuckgeschäft gesichert. Inzwischen wird auch Frau Böhme befragt, sie hat sich schon verplappert, Eddie scheint ihr Liebhaber zu sein, und sie hat vor Jahren wohl tatsächlich mitgeholfen, dass er und Sammy für den damaligen Einbruch Zugang zu ihrem Laden bekamen. Die Gute ist wohl eifersüchtig auf eine Nebenbuhlerin, von der sie aber keinen Namen kennt.«

»Könnte diese Nebenbuhlerin ebenfalls an dem Überfall auf Gollmanns Laden beteiligt gewesen sein?«

»Davon gehen wir aus, aber wie gesagt: Wir haben keinen Namen und auch keine vielversprechende Spur.«

Robert kam der Zettel in den Sinn, den er einst zusammen mit dem Diadem in Sonjas Wohnzimmerschrank entdeckt hatte. »Pass auf dich auf, alles Liebe, Eddie!«, hatte darauf gestanden, und er hatte inzwischen keinen vernünftigen Grund mehr, daran zu zweifeln, dass *Eddie* niemand anderes war als Eddie Neutze.

Unterdessen erzählte Neher munter weiter. Von Kevin Schröder, der seinen beiden Bekannten Möhring und Verlinden die Kombination der Sicherung jener Glashaube verriet, unter der Gollmanns wertvollster Ring präsentiert wurde. Dafür sollte er einen Anteil an der Beute bekommen – und als am Freitag plötzlich vier Fremde das Juweliergeschäft überfielen, sah er seine Felle davonschwimmen und versuchte in einer Kurzschlussreaktion, den Ring vor dem Zugriff der vier Kostümierten zu retten.

»Gollmann hat angeboten, dass er das den Eltern von Kevin Schröder schonend beibringen könne«, fuhr Neher fort. »Ich sehe allerdings keine Notwendigkeit, die alten Leute unnötig aufzuregen. Wir von der Kripo haben keine Fragen mehr an sie, also ...« – er senkte seine Stimme ein wenig – »... also habe ich Gollmann vorgeschlagen, dass er die Geschichte gern ein wenig anders erzählen und die Verstrickung des jungen Mannes in die Pläne von Möhring und Verlinden verschweigen kann.«

»Sehr anständig von Ihnen, Herr Neher«, lobte ihn Robert.

»Klaus«, erwiderte der Kommissar und streckte ihm die Hand hin. Robert ergriff sie gern.

»Und was wird jetzt aus dem vierten Schmuckräuber?«, fragte Robert.

»Oder der Räuberin, wie wir glauben? Erst einmal nichts. Wir suchen weiter, aber wenn ich ehrlich bin, sehe ich schwarz. Die ist inzwischen sicher über alle Berge. Mues und Räbel haben nie ihren Namen gehört und wissen auch sonst nichts über die Frau.«

»Könnte es Sonja Fischer sein? Immerhin haben sich die Räuber tagelang in ihrer Vitaminoase versteckt.«

Klaus Neher zuckte mit den Schultern.

»Mues und Räbel haben übereinstimmend ausgesagt, dass die Frau keinen Schlüssel zu dem Gebäude hatte. Sie seien eingebrochen und hätten danach einen Ersatzschlüssel benutzt, den sie im Flur des Ladens gefunden hatten, um jeweils rein- und wieder rauszukommen.«

Robert dachte darüber nach. Natürlich konnte Sonja durchaus so clever sein, ihre Komplizen in den eigenen Laden einbrechen zu lassen, obwohl sie den Schlüssel in der Tasche hatte. Aber andererseits konnte Sonja Remslingen auch wirklich nur für einen längeren Besuch verlassen haben.

»Und dieser Eddie verrät uns den Namen der Frau ganz sicher nicht. Er scheint sie zu mögen, meiner Meinung ist er total verliebt in sie. Er hat nur zugegeben, was wir eh schon wussten: dass der vierte Räuber als Frodo, der Hobbit, verkleidet war. Sonst kein Wort über die Frau, und wann immer die Sprache auf den Tod von Kevin Schröder kommt oder darauf, wer die Idee für den Überfall auf das Juweliergeschäft hatte, sagt er immer nur den einen Satz, wieder und wieder.«

»Welchen?«

»Frodo war's nicht.«

ENDE

DANKSAGUNG

Allen, die dieses Buch möglich gemacht haben, möchte ich auch diesmal herzlich danken – für Anregungen, Informationen und tatkräftige Mitarbeit. Und auch wenn nicht alle Tipps, die ich während des Schreibens bekommen habe, schon in diesen dritten Teil der Krimireihe um Robert Mondrian eingeflossen sind: Vielleicht werden Sie genau diese Details im nächsten, dem vierten Teil der Serie finden.

Für alle, die aus meiner Heimatregion stammen, dem Rems-Murr-Kreis, ist unschwer zu erkennen, dass mich die Kreisstadt Waiblingen zum fiktiven Remslingen inspiriert hat. Aber obwohl es auch in Remslingen ein Beinsteiner Tor gibt, eine Kurze und eine Lange Straße: Alle, wirklich alle Personen und die allermeisten Lokale und Ladengeschäfte sind frei erfunden, auch wenn sich ab und zu eine augenzwinkernde Verbeugung vor manchen Originalen findet, die sich mit etwas Fantasie aus ihren Namen im Roman herauslesen lässt.

Ebenfalls frei erfunden sein sollte der Umstand, dass Remslingen einen neuen OB bekommen hat. Angeregt hatte mich dazu die Wahl eines neuen, recht jungen Oberbürgermeisters in Backnang, das in meinen Krimis Badheim an der Murr heißt. Am Ende hat die Realität in diesem Punkt meine Fantasie überholt: Der OB, der während der Entstehungszeit dieses Krimis Waiblingen vorstand, hat angekündigt, zur nächsten Wahl nicht mehr anzutreten – nachdem die entsprechende Passage des Romans geschrieben war. Wie jung der neue Oberbürgermeister auch immer sein wird: Mein Krimi und ich können nichts dafür.

Zwei Beispiele, die den Unterschied zwischen fiktiven Remslinger Figuren und Personen des realen Waiblinger Lebens deutlich machen: Der echte Puppenspieler (sein *Theater unterm Regenbogen* lohnt einen Besuch auch für Erwachsene) hat seine Bühne im Keller eingerichtet und führt seine Stücke mit Marionetten auf, nicht mit Handpuppen wie der erfundene Gustaf Kruse – und in Wirklichkeit befindet sich eine wunderbare Buchhandlung am Marktplatz genau gegenüber der fiktiven, und ein Stück weiter südlich eine zweite, und beide zeichnen sich (soweit ich weiß) auch nicht durch einen ehemaligen Geheimagenten als Chef aus, sondern durch gute Beratung und ein vielseitiges Sortiment. In seinem Traum gleich zu Beginn des Krimis wundert sich Robert über ein völlig verändertes Remslingen, das dem realen ein bisschen mehr gleicht als die Krimi-Location.

Auch gibt es in der Nähe des Beinsteiner Tors keinen Scottish, sondern einen Irish Pub – in dem viel gute Musik läuft, aber sicher nicht Nazareth zu jeder vollen

Stunde. Was aber stimmt und hiermit ausdrücklich zum Testen empfohlen sei: Im *Thai-Imbiss* in der Kurzen Straße wird wirklich frisch und lecker gekocht, die Metzgerei am Marktplatz bietet mehr als nur eine sagenhafte Streichleberwurst an – und in den Remsauen lässt sich gerade an lauen Sommerabenden wunderbar spazieren. Fragen Sie Marie und Alfons.

Oder mich unter *medien@seibold.de*.

Und wenn sie nicht gestorben sind …

*Cover und Preisänderungen vorbehalten

Jürgen Seibold

Schneewittchen und die sieben Särge

Kriminalroman

Piper Taschenbuch, 304 Seiten
€ 11,00 [D], € 11,40 [A]*
ISBN 978-3-492-31596-8

Nachdem er seine aufregende Karriere bei Deutschlands geheimstem Geheimdienst beendet hat, erfüllt sich Robert Mondrian einen alten Traum und übernimmt eine Buchhandlung. Doch dann wird ausgerechnet seine Traumfrau des Mordes beschuldigt: Feinkosthändlerin Sonja soll einen ihrer Lieferanten mit einem vergifteten Apfel umgebracht haben. Treibt ein Märchenmörder in Remslingen sein Unwesen? Mondrian muss wieder in die Rolle des Geheimagenten schlüpfen und gemeinsam mit seinem schusseligen Gehilfenteam aus dem Buchladen ermitteln.

Leseproben, E-Books und mehr unter www.piper.de

Sein oder Totsein?
Das ist hier die Frage!

* Cover- und Preisänderungen vorbehalten

Jürgen Seibold
Sein oder Totsein
Kriminalroman
Piper Taschenbuch, 304 Seiten
€ 10,00 [D], € 10,30 [A]*
ISBN 978-3-492-31597-5

Nach der Aufklärung seines ersten Kriminalfalls hofft Buchhändler Robert Mondrian auf ruhige Stunden, um sich endlich seiner literarischen Passion zu widmen. Doch prompt stellt ein neuer Mord ihn vor ein Rätsel: Auf einer Frauenleiche findet die Kripo einen Zettel mit einem Shakespeare-Sonett. Mondrian wird als Experte hinzugezogen und erkennt, dass die gereimten Zeilen vertauscht wurden. Sieht er Gespenster, oder will der Mörder ihm eine verschlüsselte Botschaft übermitteln? Holt ihn seine Vergangenheit als Geheimagent ein? Aber davon soll niemand erfahren – oder wie Shakespeare einmal sagte: Der Rest ist Schweigen.

Leseproben, E-Books und mehr unter www.piper.de

Kommissar Hansen ermittelt weiter …

BAND 3

ISBN 978-3-492-30542-6

BAND 4

ISBN 978-3-492-30543-3

BAND 6

ISBN 978-3-492-30853-3